W0408355

© 2009 by Röschen-Verlag
Berger Str. 261, D-60385 Frankfurt/Main
Internet: www.roeschen-verlag.de
e-Mail: frankdemant59@yahoo.de
Alle Rechte vorbehalten
Bildquellen: ISG Frankfurt am Main, Istock
Umschlaggestaltung: www.coico.de
Satz: www.coico.de
Druck: Prisma-Druck, Saarbrücken
1. Auflage

Der Türmer

Ein historischer Roman von Meddi Müller

Röschen-Verlag

Der Autor

Meddi Müller ist geboren und aufgewachsen in Frankfurt am Main. Ein „Frankfurter Bub“, der heute mit seiner Frau und seinen zwei Söhnen im schönen Norden der Stadt lebt und auch niemals woanders leben möchte.

Seinen gestählten Körper stellt er im Hauptberuf der Branddirektion Frankfurt als Feuerwehrmann und Rettungsassistent auf der Bereichswache 10 zur Verfügung.

Unter *www.leserun.de* finden Sie alles Weitere über den Autor.

Eine neue Aufgabe

„Herr Niemann, diesmal sind Sie zu weit gegangen.“

„Aber ich habe doch nur auf mein Recht bestanden, das wird man ja wohl noch dürfen“, polterte der untersetzt wirkende Mann, der durchaus adrett aussah in seiner blauen Uniform der Frankfurter Berufsfeuerwehr.

Branddirektor Schänker sprang auf und stützte sich auf seinen schweren Schreibtisch. Eindringlich sprach er auf den Feuerwehrmann ein.

„Herr Niemann, ...“

Der Frankfurter Feuerwehrchef hielt kurz inne. Er schien seine Worte gewissenhaft abzuwägen. Dann setzte er erneut zur Erklärung an: „Heinrich, wie lange kennen wir uns jetzt?“

„Ich wusste gar nicht, dass wir uns duzen, Herr Direktor.“

„Genau, das ist dein ... äh ... Ihr Problem, Heinrich ...“

„Löschmeister Niemann, bitte!“

Der Branddirektor ließ sich resigniert in seinen Sitz fallen.

„Also gut“, sagte er gepresst und massierte sich die Nasenwurzel. „Noch mal von vorne: Herr Löschmeister Heinrich Niemann, Sie werden zum ersten Januar 1900 auf den Frankfurter Kaiserdom der St. Bartholomäusgemeinde als Türmer versetzt und die mit diesem Amt verbundenen Aufgaben erfüllen. Die Stadt Frankfurt stellt Ihnen die Türmerwohnung kostenfrei zur Verfügung. Haben Sie noch Fragen dazu?“

„Sie haben sich klar und deutlich ausgedrückt, Herr Branddirektor. Außerdem gehe ich davon aus, dass Sie mir das Versetzungsschreiben noch aushändigen werden. Dort wird sicherlich alles Notwendige drin stehen.“

„So ist es“, sagte der Direktor knapp.

„Dann ist alles gesagt“, schloss Niemann und sprang auf. „Guten Tag, Herr Branddirektor.“

Löschmeister Niemann nahm das Versetzungsschreiben entgegen und verließ das Büro seines Chefs, der froh war, ihn endlich los zu sein.

Es war abzusehen, dass es einmal so weit kommen würde. Doch Heinrich Niemann konnte nicht anders, als die Missstände auf der Feuerwache anzuprangern. Dummerweise macht man sich damit keine Freunde unter den Kollegen. Ebenso dumm gelaufen war die Sache mit dem Brief an Bürgermeister Adickes. Im Nachhinein betrachtet hätte er doch besser den Dienstweg einhalten sollen; aber dann wäre nichts passiert.

Seit Wochen schon war die Heizung auf der Hauptfeuerwache in der Münzgasse nicht funktionsfähig. Auf diesen Missstand hatte Niemann seinen Vorgesetzten mehrfach mündlich hingewiesen. Als sich bezüglich der Reparatur nichts getan hatte, beschloss der Feuerwehrmann einen geharnischten Brief an den Bürgermeister zu schreiben. Was Niemann nicht wusste, war, dass just einen Tag, bevor er den Brief an Adickes schrieb, sein Vorgesetzter den Auftrag zur Reparatur der Heizung gegeben hatte. Dies führte dann zu seiner Strafversetzung an Frankfurts höchsten Arbeitsplatz. Man hatte nun endlich eine passende Gelegenheit gefunden, ihn loszuwerden.

Heinrich Niemann war ein nett anzusehender Bursche von knapp dreißig Lenzen, mit schicker Uniform und einem nach oben gebogenen Schnurrbart, der gerade in Mode war und viel Pflege verlangte. Der Löschmeister im Dienste der Berufsfeuerwehr Frankfurt war jedoch ein sehr streitbarer Zeitgenosse. Die ständigen Eingaben bei seinen Vorgesetzten rührten aus einer Frustration heraus, die einige Jahre zurücklag. Er wurde seinerzeit bei einer Beförderung übergangen. Die Stelle, die er beansprucht hatte, war dem Neffen seines Wachleiters zugesprochen worden. Und das, obwohl dieser erst wenige Jahre bei der Feuerwehr und, Niemanns Meinung nach, weitaus geringer qualifiziert war als er. Seitdem nutzte Niemann jede Gelegenheit zum schriftlichen Protest, wobei er eigentlich darauf achtete, dass seine Eingaben berechtigt waren. Dies gelang ihm leider nicht in allen Fällen, was ihm schnell den Ruf des Querulanten vom Dienst einbrachte.

Seine Frau Klara, die er sehr verehrte und anders als zu dieser Zeit häufig üblich aus wahrer Liebe geehelicht hatte, war die Einzige, die ihn auf den Boden der Tatsachen zurückzubringen vermochte.

Dies gelang ihr jedoch nur episodisch.

Das Fatale war, dass Heinrich die Briefe meist in den langen Nachtdiensten, in denen er aus Prinzip niemals schlief, schrieb.

Niemann war für seine Briefe an die Direktion bei den Kollegen berühmt und berüchtigt. Hinter vorgehaltener Hand erhielt er bei seinen Kameraden den Spitznamen *Postbote.*

Seine Beschwerden waren mannigfaltig.

Mal waren die Schnarchgeräusche seiner Kollegen während des Nachtdienstes zu bemängeln. Und überhaupt: Warum schläft ein Feuerwehrmann des Nachts, wo er doch *Wach*dienst hat? Dann war ihm die Ausrüstung zu kläglich und sollte gefälligst erneuert werden. Oder aber sein Vorgesetzter schien ihm nicht geeignet zur Führung einer Wachmannschaft, was nebenbei bemerkt zwar stimmte, aber gehörigen Ärger für Niemann nach sich zog.

Derartige Schreiben gab es viele aus der Feder des Feuerwehrmanns, jedoch blieben diese in jedem Fall innerhalb der Branddirektion. Niemals hatte etwas nach außen durchdringen können. Die Direktion fühlte sich im aktuellen Fall deshalb zu recht düpiert und konnte sich diese Dreistigkeit nicht gefallen lassen. Anderseits hatte sie endlich eine Handhabe, den aufmüpfigen Niemann loszuwerden. Also wurde er in die Spitze des Domes strafversetzt, wo er von nun an als Türmer und menschlicher Feuermelder fungieren sollte.

„Ich habe es dir immer gesagt, Heinrich“, zeterte Klara, des neuen Türmers Frau. „Seit Jahren schreibst du diese Beschwerdebriefe. Immer wieder hast du deshalb Ärger bekommen. Aber nein, du kannst es nicht lassen.“

„Die Heizung war viel zu lange kaputt“, gab sich Niemann trotzig. „Die Kollegen haben gefroren.“

„Nein“, rief die Frau vorwurfsvoll. „*Du* hast gefroren und *du* bist ein Querulant! Dabei haben wir dieselbe Heizung in unserem Haus und die hast du schon zigmal repariert!“

„Aber Klärchen …“

„Ach, lass mich in Ruhe!“

Zuhause war Niemann wesentlich umgänglicher als im Dienst. Er war ein fürsorglicher Ehemann und stritt nur sehr selten mit seiner Frau. Er wäre auch ein guter Vater geworden, wenn es denn geklappt hätte. Aber das Ehepaar Niemann hatte schon vor einigen Jahren die Hoffnung aufgegeben, Kinder zu bekommen. Er war ein Mensch mit zwei Gesichtern, mit dem des wütenden Feuerwehrmanns und dem des netten Privatmenschen. Woran das lag, war selbst ihm ein Rätsel. Aber er konnte einfach nicht anders. Wenn er erst einmal ein Unrecht aufgedeckt hatte, dann ließ er nicht locker. Das war seine Natur.

Nur ein Monat blieb Niemann Zeit, den Umzug zu organisieren. Er bat um Freistellung vom Dienst, was ihm sein Vorgesetzter mit Freuden gewährte. Der Umzug gestaltete sich äußerst schwierig. Etliche Möbel aus Niemanns bisheriger Wohnung mussten veräußert oder anderweitig entsorgt werden, da sie nicht durch die engen Treppen des Domturmes transportiert werden konnten. Zum Glück hatten die Erbauer des Doms beim Bau des Glockenturms mitgedacht. Die engste Stelle im gesamten Turm befand sich bereits am Eingang. Was hier nicht durchpasste, kam nicht in den Turm. So konnte man sich eine böse Überraschung am Gipfel ersparen. Dennoch war es eine schwere Schinderei, bis alles seinen Platz in knapp siebzig Metern Höhe fand.

Noch während des Umzugs wurde Niemann in seine neuen Aufgaben eingewiesen und trat am ersten Januar 1900 seinen Dienst als Türmer hoch oben über der Stadt im Gipfel des Frankfurter Kaiserdoms an.

Zu den Aufgaben des Türmers gehörte unter anderem die Revision des Kirchendaches und der Glockenstuben. Niemann betreute darüber hinaus die Besucher des Domes, die sich gerne einmal die herrliche Altstadt Frankfurts aus luftiger Höhe ansehen wollten. Er kontrollierte deren Eintrittskarten oben an der Aussichtsplattform, die am Fuße des Turmes der Dompförtner verkaufte. Heinrich hatte alle Hände voll zu tun, die Bengel in den Besuchergruppen davon abzuhalten, die Wände des heiligen Gebäudes zu beschmieren.

Die wichtigste Aufgabe jedoch war die Bestätigung bereits gemeldeter Brände in der Stadt. Wenn ein Feuer gemeldet wurde, bekam Heinrich über den modernen Morseapparat in seiner Stube eine Anfrage, die da lautete: „Siehste was?“ Dann hatte er Ausschau zu halten, ob irgendwo in der Stadt eine Rauchsäule zu sehen war. Sobald er eine solche entdeckt hatte, bestätigte er den Brand. Zusätzlich steckte er eine rote Fahne an die Dommauer. Und zwar genau in der Richtung, in der das Feuer vermutet wurde.

Aber alles in allem war es ein beschaulicher Posten. Darüber hinaus war er mit seiner Frau Klara allein hier oben und hatte keinen direkten Vorgesetzten, außer Branddirektor Schänker. Hier würde er kaum Ärger bekommen können.

Ein schrecklicher Fund

Die Monate vergingen, in denen sich Heinrich alsbald eine Routine aneignete. Er kam sogar ganz gut mit dem sonstigen Personal der St. Bartholomäusgemeinde aus. Klaras Befürchtungen, ihr Heinrich würde auch hier gegen alles und jeden Protest einlegen, bewahrheiteten sich nicht. Im Gegenteil: Die Aufgaben als Türmer schienen ihrem Ehemann zu gefallen. Sein sonst so grantiges Wesen kam nur noch sporadisch zum Vorschein. Er gab den Besuchern des Turmes bereitwillig Auskunft und verrichtete seinen Dienst sehr gewissenhaft. Nur ein einziges Mal musste er eine Meldung machen, doch dieses Mal zu recht. Denn im über der Türmerwohnung befindlichen Hochzeitsraum, der gelegentlich für Feiern im kleinen Kreise genutzt wurde, gab es einen kleinen alkoholbedingten Zwischenfall, bei dem sich einer der Besucher über die Brüstung auf den Domplatz übergeben hatte, was sich für ein Gotteshaus dieser Tradition nicht geziemte und zur sofortigen Stornierung aller noch anstehenden Feierlichkeiten führte. Seitdem war das Hochzeitszimmer bis auf die eiserne Wendeltreppe, die in die oberste Aussichtsplattform führte, verwaist.

Heinrich und Klara hatten sich erstaunlich schnell mit den widrigen Bedingungen, die die karge Türmerwohnung bot, angefreundet. Es gab weder fließendes Wasser noch ausreichende sanitäre Einrichtungen. So befand sich die Toilette, wenn wir sie einmal so nennen wollen, in Form eines Brettes mit eingelassenem Loch über einem Blecheimer im Treppenhaus zum Hochzeitszimmer. Diesen Eimer zu leeren verweigerte der Mann, der für die Reinigung der Aussichtsplattform zuständig war, erfolgreich und mit Recht. Diese Arbeit blieb am Türmer hängen. Das Meiste, was das Türmerehepaar zum Leben benötigte, konnte über einen Seilzug nach oben geschafft werden. Dadurch konnte man sich viele Gänge über die insgesamt dreihundertvierundfünfzig Stufen sparen.

Die Wohnung selbst bestand aus drei kleinen Räumen, von denen nur einer beheizt werden konnte. Zudem waren die Zimmer vollgestopft mit Möbeln, sodass nur wenig Platz blieb.

An diesem Morgen im November des Jahres 1900 stand Heinrich wie immer früh auf, um seinen ersten Kontrollgang durchzuführen. Zunächst galt es, die Funktionsfähigkeit der Sturmglocke zu überprüfen. Diese kleine Glocke war von eminenter Wichtigkeit. Denn sie musste geläutet werden, wenn ein großes Feuer in der Stadt ausbrach, um die Bürger Frankfurts vor der Gefahr zu warnen. Die Glocke konnte über einen Seilzug in der Türmerwohnung bedient werden. Dieser Seilzug musste täglich kontrolliert werden. Dazu musste Heinrich in den Glockenraum, der etwa auf halber Höhe des Kirchturms lag. Immerhin einhundertzwölf Stufen gab es bis hierher zu überwinden.

Noch müde streifte Heinrich sich die Uniform über und öffnete die Tür seiner Wohnung, durch die er direkt auf die Aussichtsplattform des Kaiserdoms gelangte. Heinrich scheuchte einige Tauben aus dem Weg.

„Verdammte Viecher", schimpfte er, „kacken alles voll!"

Aufgeregt flatternd entfernte sich das Federvieh und ließ den mürrischen Feuerwehrmann zurück.

Das Wetter wurde jetzt im November sehr ungemütlich. Eiskalter Nieselregen peitschte Heinrich ins Gesicht, als er ins Freie trat. Und in fast siebzig Metern Höhe hatte der raue Wind leichtes Spiel. Der Türmer schlug den Kragen hoch und zog fröstelnd die Schultern ein.

„Sauwetter!", fluchte er.

Morgenmuffelig und verfroren stieg er die steinernen Stufen zum Glockenraum hinab, den er schon kurz darauf erreichte.

Heinrich öffnete die schwere Holztür und betrat den staubigen Vorraum. Von hier aus konnte man rechter Hand den riesigen Speicher des Doms betreten. Geradeaus kam man zu einer weiteren Treppe und linker Hand lag der Glockenraum, in dem die Gloriosa hing.

Die Gloriosa war die Hauptglocke des Doms, entstanden aus einer Rippe der Erfurter Glocke Maria Gloriosa. Die Frankfurter Gloriosa wurde von Kaiser Wilhelm gespendet, der am Tag des großen Dombrandes 1867 in Frankfurt zu einem Besuch eintraf und spontan entschied, die zerstörte Glocke aus seiner Privatschatulle zu ersetzen. Weshalb sie die Inschrift trägt: *„Gloriosa heiß ich, Kaiser Wilhelm gab mich, Wilhelm Grosse goss mich."*

Mühevoll schlängelte sich Heinrich durch das Gebälk. Um die Sturmglocke zu erreichen, musste er über einige Leitern nach oben, ganz in die Spitze des Turmes klettern. Staub wirbelte auf und stieg dem Türmer in die Nase.

„Hatschi!“, nieste er laut. „Elender Staub. Jedes Mal dasselbe!“

Flach atmend ging er weiter zur ersten Leiter und wollte gerade hinaufsteigen, als er gegen etwas stieß.

„Wer hat denn hier wieder was herumliegen lassen“, schimpfte der Feuerwehrmann und beugte sich nach unten, um das Hindernis zu entfernen. Da es so früh am Morgen noch recht dunkel war, konnte er nur schemenhaft etwas erkennen.

„Ich breche mir noch mal den Hals.“

Er griff vor seine Füße und zuckte unweigerlich zurück.

„Igitt, was ist das?“

Der Türmer sprang zurück. Das, was er da angefasst hatte, war seltsam weich. Heinrich schüttelte sich und suchte nach einer Lichtquelle. Da er den Gang zur Glocke jeden Morgen tat, verzichtete er meist auf eine Laterne. Es war ihm zu viel Aufhebens. Er kannte sich gut genug aus, um den Weg zum Glockenzug auch ohne Licht zu finden. Warum Zeit und Energie mit der Lampe verschwenden? Wenn das Petroleum leer war, musste er entweder den schweren Seilzug mit dem Korb daran bedienen oder gar die ganzen dreihundertvierundfünfzig Stufen hinunter, um neues zu holen.

Genau aus diesem Grund hatte er auch immer Streit mit seiner Frau, die es gerne hell in der Stube hatte.

Vorsichtig griff er erneut an die Stelle, an der er kurz zuvor das seltsame Etwas ertastet hatte. Wieder überkam ihn ein Schaudern, als er den weichen Gegenstand berührte. Er ließ diesmal jedoch die Hand darauf und erforschte es weiter. Es handelte sich um etwas Großes, Weiches. Es fühlte sich fast an wie …

„Das darf doch nicht wahr sein!“, entfuhr es Niemann. „Oh, mein Gott!“

Heinrich sprang auf und rannte hinaus in den Vorraum, wo eine Petroleumlampe hing. Hastig kramte er in seiner Uniform nach Streichhölzern. Endlich hatte er die Schachtel gefunden und entzündete mit zittrigen Händen den Docht.

„Das darf nicht sein“, murmelte er. „Sicher alles ganz harmlos.“

Bevor er widerwillig die Tür zum Glockenraum öffnete, bekreuzigte er sich, holte tief Luft und trat zögernd ein. Im schalen Licht der kleinen Lampe wirkte der Raum unheimlich.

Heinrich zitterte, schritt aber dennoch mutig voran. Kurz vor der Stelle, an der er auf das Hindernis gestoßen war, hob er die Lampe nach oben, um den Lichtkegel zu erweitern.

„Oh nein, es ist doch wahr!“

Vor ihm lag die Leiche einer Frau.

Heinrich rannte, so schnell er konnte, hinauf zu seiner Wohnung, wo Klara noch immer in den Federn lag und noch nichts vom herannahenden Unheil ahnte. Der Türmer stürmte an ihr Bett und rüttelte sie unsanft wach.

„Steh auf, Weib!“, rief er. „Es gibt Ärger.“

Klara schreckte hoch. „Was ist denn los? Bist du verrückt geworden?“

„Unten bei den Glocken liegt eine tote Frau!“

„Du hast geträumt, Heini!“

„Ich wollte, es wäre so!“

„Du musst die Polizei holen.“

„Du hast recht. Erspar dir den Anblick und bleib hier. Ich gehe und hole die Polizei.“

Der Türmer hastete die Wendeltreppe des Westturms in Rekordzeit nach unten. Im Freien angekommen, nahm er sofort Kurs auf das Polizeipräsidium. Niemann rannte wie besessen die Fahrgasse hinauf. Um diese frühe Stunde war kaum ein Mensch zu sehen. Kurz vor der Markthalle war die Ausdauer des untrainierten Türmers bereits erschöpft. Treppensteigen war doch etwas anderes als Dauerlauf. Der Feuerwehrmann machte eine kurze Verschnaufpause, in der er die erste Trambahn des Tages an sich vorbeiziehen ließ und wechselte schnellen Schrittes die Straßenseite. Wenig später hatte er das Polizeipräsidium auf der Neuen Zeil erreicht. Heinrich stürmte hinein und rief dem Pförtner zu:

„Schnell, ein Mord!“

„Was ist?“ Der Polizist schien eingenickt zu sein.

„Im Glockenturm des Doms liegt eine Frauenleiche“, sagte Niemann ungeduldig. „Ich glaube, es war Mord. Jemand muss kommen.“

Nach knapp einer halben Stunde hatte man es endlich geschafft, den richtigen Ansprechpartner aufzutreiben.

„Was genau ist denn passiert?“, fragte der zuständige Polizist, der sich als Gerhard Schuhmann vorgestellt hatte.

„Ich war gerade dabei, den Seilzug der Sturmglocke zu kontrollieren, als ich gegen etwas stieß. Als ich genauer hinsah, erkannte ich eine Frau. Und sie war tot.“

„Sind Sie sicher?“

„Absolut!“

Die Männer stiegen kurz darauf die Stufen des Domturms hinauf, wobei die Polizisten einige Schwächen offenbarten. Heinrich war es gewohnt und schritt voran.

„Wann simmern endlich obbe?“, fragte einer der Männer keuchend.

„Gleich geschafft“, beruhigte Niemann den Mann. „Nur noch ein paar Stufen.“

Die kleine Gruppe erreichte wenig später die Tür zum Glockenraum. Heinrich blieb davor stehen und ließ den Polizisten den Vortritt. Sein Bedarf an Leichen war für heute gedeckt.

„Wo ist denn jetzt die tote Frau?“, hörte er Schuhmann von drinnen rufen.

Heinrich war ein wenig verwirrt. Die konnten sie doch nicht übersehen.

„Na, mitten im Raum“, rief er zurück.

„Kommen Sie mal rein und zeigen Sie uns die Tote.“

Heinrich hielt den Polizisten im Stillen für gebührend bescheuert und trat in den Glockenraum.

„Na, da liegt sie do …“

Heinrich schaute sich um. Dort, wo noch vor einer knappen Stunde die tote Frau gelegen hatte, lag jetzt nur eine alte Wolldecke.

„Ich fall vom Glauben ab!“, entfuhr es dem Feuerwehrmann. „*Da* hat sie gelegen. Genau da“, rief er und deutete hektisch auf die vergammelte Decke am Boden. „Da brat mir einer einen Storch. Ich habe sie doch gesehen. Das gibt’s doch nicht.“

„Also, ich kann hier keine Leiche finden“, resümierte Schuhmann, schaute sich aber trotzdem noch einmal im Raum um.

„Heißt des, isch bin jetzt die ganze Stufe für die Katz hier enuff gerannt?", schimpfte der lungenschwache Polizist erbost. „Isch krie en Rabbel!"

„Herr Wachtmeister, ich schwöre, die Leiche war da!" Heinrich schrie die Worte fast.

„Ja, ja, ich glaube Ihnen doch, Herr Niemann", beschwichtigte ihn der Polizist.

„Also, isch seh hier nix", meldete sich der andere Wachtmeister. „Isch glaab der hat en Dubbe! Isch dapp hier tausend Stufe enuff, nur um e aal Kolder azugucke! Des hat e Nachspiel!"

„Du hältst jetzt mal den Rand, Herbert!", fuhr Schuhmann seinen Kollegen an. „Sie wohnen doch mit Ihrer Frau hier, oder?", wandte er sich dann an den Türmer.

„Richtig. Sie ist oben in der Wohnung."

„Vielleicht hat sie etwas bemerkt."

„Ich glaube es zwar nicht, aber wir können sie gerne fragen", antwortete Heinrich.

„Dann gehen wir doch mal hoch."

„Wie - hoch?", meldete sich Kollege Herbert entsetzt. „Des geht noch weider enuff?"

Oben angekommen schnaufte Herbert wie eine Dampflok und schimpfte wie ein Rohrspatz. Schuhmann wies ihn darauf hin, dass sie sich hier in einer Kirche befanden und dass er das Fluchen gefälligst unterlassen sollte.

„Wenn du noch Luft zum Meckern hast, scheint es ja nicht so schlimm zu sein."

„Isch sterb gleisch", war alles, was Herbert zustande brachte, als sie endlich in der Türmerwohnung ankamen.

Um Schuhmanns Kondition war es besser bestellt. Der Polizist schnaufte zwar, war aber bei Weitem nicht so außer Puste wie sein Assistent, der nun auf der oberen Aussichtsplattform stand und die Hände auf die Knie stützte. Sein Gesicht war eine Fratze und dicke Schweißperlen glänzten auf seiner Stirn.

„Was ist Herbert? Geht's?", fragte sein Vorgesetzter ernsthaft besorgt.

„Isch kann nemmer. Lass misch hier zurück!"

„Wieso zurücklassen? Wir sind oben!"

„Gott sei Dank! Noch a Stuf und isch sterb werklisch!“

Die drei Männer betraten die Türmerwohnung, wo Klara gerade dabei war, das Frühstück vorzubereiten.

„Oh, wen hast du denn da mitgebracht?“, fragte sie beim Anblick der Polizisten und wischte sich die Hände an ihrer Schürze ab.

„Das sind die Herren von der Polizei - wegen der Leiche.“

„Ach, so. Möchten die Herren einen Kaffee?“

Beide wollten und Herbert ließ sich in einen Stuhl fallen. Er schien kurz vor dem Kollaps zu stehen.

„Geht es Ihnen gut, junger Mann?“, fragte Klara deshalb beim Anblick des Polizisten.

„Isch sterb gleisch!“, keuchte Herbert erneut, der Klara gar nicht wahrnahm.

„Oh, eine Leiche am Tag sollte genügen“, antwortete Klara freundlich und hielt dem Polizisten eine dampfende Tasse Kaffee hin, die dieser mit zitternden Händen entgegennahm.

„Frau Niemann“, sprach jetzt Kommissar Schuhmann, „haben Sie die Leiche gesehen?“

„Aber nein, Herr Wachtmeister.“

„Ist Ihnen irgendetwas Besonderes aufgefallen?“

„Nein.“

„Denken Sie bitte genau nach“, bohrte Schuhmann nach.

„Es war alles wie sonst. Mal abgesehen davon, dass Heini heute Morgen diese Leiche gefunden hat.“

„Nun, ob er sie gefunden hat, klären wir ja gerade.“

„Wie bitte?“

„Es gibt keine Leiche im Glockenraum.“

„Was?“

„Ja, red mein Chef Schinesisch? Sie iss fort, die dod Fraa“, meldete sich Polizist Herbert, der langsam wieder zu Kräften kam, zu Wort und fügte hinzu: „Wennse überhaupt jemals da gewese is.“

„Sie war da“, rief Heinrich. „Da schwöre ich jeden Eid!“

„E aal Kolder iss kaa Leisch!“, stellte Herbert fest.

„Ich bin doch nicht blöd“, echauffierte sich der Türmer. „Sie war da!“

„Ohne Leiche kein Mord, Herr Niemann“, sagte Schuhmann fast entschuldigend. „Das werden Sie sicherlich verstehen.“

„Ich kann mich doch nicht so sehr getäuscht haben“, zweifelte der Feuerwehrmann.

„Anscheints doch“, zog Polizist Herbert einen Schlussstrich. „Könne mer?“, forderte er deshalb seinen Vorgesetzten zum Gehen auf und sprang vom Stuhl hoch.

„Tja, tut mir leid. Ich kann hier nichts machen.“ Schuhmann schaute den Türmer verständnisvoll an. „Wenn Sie die Leiche dann doch noch finden, stellen Sie sie sicher und melden sich dann wieder bei uns. Vielen Dank für den Kaffee, Frau Niemann.“

Heinrich vermied es, eine weitere Diskussion über seine Glaubwürdigkeit anzuzetteln und ließ die beiden Polizisten gehen.

„Ich weiß doch, was ich gesehen habe!“

Herr und Frau Niemann saßen in der engen Küche der Türmerwohnung und frühstückten.

„Ach, Heini“, antwortete Klara in mütterlichem Tonfall. „Es war doch dunkel. Und müde warst du auch, wer weiß ... vielleicht hat der Küster die Wolldecke dort unten liegen lassen. Warum auch immer.“

„Ich habe mich nicht geirrt!“ Der Türmer schlug mit der flachen Hand auf den Tisch. Er entzündete eine Lampe und lief wütend aus der Wohnung. Wenig später stand Heinrich an der Stelle, an der er die Leiche am Morgen gefunden hatte. Als er die Decke anhob und die Lampe abstellte, sah er einen dunklen Fleck auf dem Holzboden. In diesem Moment begann das Morgengeläut.

Heinrich hielt sich die Ohren zu und beeilte sich, den Glockenraum zu verlassen.

„Dieser verdammte Küster!“, fluchte Heinrich.

Die Glockenschläge zeigten Wirkung. Jetzt stand der Feuerwehrmann im Vorraum und wartete, bis das Pfeifen in seinen Ohren nachließ. Er nahm sich vor, den Küster zur Rede zu stellen. Dann fiel sein Blick zufällig auf die Tür zum Dachboden des Domschiffes. Der hinter dieser Tür befindliche riesige Raum war früher einmal genutzt worden, um allerlei Gerümpel unterzustellen. Doch 1867 wurde genau diese Tatsache dem Dom zum Verhängnis, denn hier oben entstand der Brand, der so verheerende Folgen für das Gotteshaus hatte. Eine vergessene Kerze hatte damals das Feuer entfacht.

Heinrich sah genauer hin.

Die Tür war einen Spaltbreit geöffnet.

Das konnte nicht sein.

Er achtete immer peinlich darauf, dass die Tür verschlossen blieb. Niemann mochte es nämlich überhaupt nicht, wenn Türen offen standen. Das ermöglichte den Besuchergruppen freien Zugang und so etwas durfte es auf keinen Fall geben. Was, wenn sich einer dieser Bengel hier oben verirrte?

Wer würde wohl den Ärger bekommen?

Der Türmer, natürlich!

Deshalb hatte es sich der Feuerwehrmann zur Gewohnheit gemacht, alles abzuschließen, was abzuschließen ging.

Und jetzt war diese Tür *offen*!

Heinrich ignorierte das Pfeifen in seinen Ohren und ging zur Tür hinüber. Mit dem Küster konnte er noch später reden. Vorsichtig öffnete er die Tür zum Dachboden und spähte in den riesigen Speicher hinein. Er blieb am Eingang stehen und lauschte in die Dunkelheit. Rechts neben dem Eingang stand immer eine Lampe, die Heinrich nun entzündete und in die Höhe hielt. Der Türmer wagte ein paar Schritte ins Innere des Domspeichers. Sehr vorsichtig musste er jeden Schritt bedenken, da er sich auf einem schmalen Holzsteg befand, der das Gewölbe der Domdecke ausglich. Tiefe Gräben taten sich zu beiden Seiten des Stegs auf. Ein falscher Tritt konnte hier oben fatale Folgen haben.

Heinrich ging vorsichtig weiter. Nach wenigen Metern musste er nach rechts abbiegen und zwei Stufen überwinden, um auf den langen Steg zu gelangen, der sich geradenwegs durch den Speicher zog. Er setzte den ersten Fuß auf die Stufe, als er etwas im Augenwinkel bemerkte. Er führte die Lampe zum Boden und sah dort einen weiteren dunklen Fleck. Dieser sah genauso aus, wie jener, den er im Glockenraum entdeckt hatte, bevor ihn das Geläut vertrieben hatte, nur kleiner und in die Länge gezogen. Geradeso wie …

„Eine Schleifspur!“, entfuhr es dem Türmer.

Tatsächlich zog sich der Fleck die gesamten Stufen entlang bis hinauf zum Steg. Er untersuchte die Spur genauer und stellte dann entsetzt fest:

„Das ist Blut!“

Vor Schreck hätte er beinahe die Lampe fallen lassen. Schnell hatte er sich aber wieder im Griff und schritt mutig voran. Wenige Meter weiter fand er den nächsten Fleck. So zog sich die Spur den gesamten Steg entlang; bis hinüber zum Südflügel. Wie ein Spürhund folgte Heinrich den Flecken, die sporadisch auftauchten. Bis kurz vor das Treppenhaus, welches im Süden zur großen Orgel führte. Der Türmer öffnete die Tür und folgte der Wendeltreppe nach unten. Doch hier waren keine Spuren mehr zu finden. Am Treppenfuß öffnete Niemann die Tür und stand nun hinter dem Altar im Inneren des Doms.

Von hier aus gelangt man beinahe ungesehen ins Freie. Nur ein paar Schritte hinüber zum Ausgang und man stand auf dem Garküchenplatz. Kaum einer hielt sich hier hinten auf. Warum auch? Die Treppe führte nur zum Dachboden und zur Orgel. Wer, außer dem Organist, hätte also hier hinten etwas zu suchen. Und der war selten anwesend, wenn kein Gottesdienst stattfand.

Ein idealer Weg, eine Leiche verschwinden zu lassen.

Heinrich versuchte, seine Gedanken zu ordnen.

Was war nun der nächste, logische Schritt?

Wieder zurück zur Polizei? Nein, das wollte der Türmer erst einmal nicht. Er hörte schon den mürrischen Herbert, wie er sagte: „Was? Wesche dene paar Flecke bin isch schon widder hier enuff gekrabbelt? Ohne Leisch, kaan Mord!“

Heinrich versuchte, systematisch vorzugehen.

Die erste Frage, die sich stellte: Was hatte die Frau dort oben zu suchen?

Leider war es Heinrich unmöglich, die Tote zu identifizieren. Daran hatte er in seiner Eile nicht gedacht.

Warum auch?

Wer konnte schon ahnen, dass sie verschwinden würde. Eine weitere Frage, die sich stellte, war: Wer hat alles Zugang zum Glockenraum?

Diese Frage ließ sich nur teilweise beantworten. Zum einen war da natürlich er selbst, dann seine Frau Klara. Weiterhin hatten der Küster, der Pfarrer und der Organist die Möglichkeit in den Glockenraum zu gelangen. Blieb noch der Baumeister des Doms, der sich um den Erhalt des Bauwerks zu kümmern und deshalb freilich zu jedem Winkel im Dom Zugang hatte. Das waren alle, von denen er wusste. Alles Leute mit ausgezeichnetem Leumund. Heinrich traute keinem einen Mord zu. Andererseits war er erst seit wenigen Monaten Türmer. Und wer weiß, wer noch alles einen Schlüssel für den Dom hatte.

Also schloss er: „Ich muss einfach nur herausfinden, wie diese Frau in den Glockenturm gelangte und was sie dort zu suchen hatte."

Zurück im Glockenraum

Der Türmer stand auf dem zugigen Umlauf des Doms in knapp siebzig Metern Höhe und bemerkte nicht einmal, dass seine Uniform vom Nieselregen völlig durchnässt war.

„Heini, du holst dir noch den Tod“, rief Klara deshalb, als sie ihren Mann dort vorfand.

„Was?“

„Du bist doch tredschnass, Heinrich“, schimpfte des Türmers Frau. „Komm rein ins Warme.“

Heinrich löste sich aus seiner Starre und gehorchte. Wenig später saß er in der warmen Türmerstube und umklammerte mit beiden Händen eine Blechtasse, die mit heißem Kaffee gefüllt war. Klara hatte seine Kleidung zum Trocknen aufgehängt und beobachtete ihren Mann mit sorgenvoller Miene. Es machte keinen Sinn, ihn in diesem Zustand anzusprechen. Sie waren lange genug verheiratet, dass sie wusste, wann sie ihn am besten einfach in Ruhe ließ.

Plötzlich sprang Heinrich auf und zog sich eine frische Uniform an. Wortlos verließ er die Wohnung. Der Türmer stieg entschlossen die steinerne Wendeltreppe zum Glockenraum hinunter.

„Ich bin doch nicht bekloppt“, sagte er zu sich selbst. „Sie war doch da, ich habe sie doch gesehen.“

Auf dem Weg dorthin traf er auf den Küster, Bernhard Doldinger. Heinrich nutzte die Gelegenheit und sprach den vierschrötigen Kirchendiener an.

„Herr Doldinger, darf ich Sie um etwas bitten?“

„Sicher doch, mein Gutster.“

Heinrich hasste es, wenn Leute mit ihm vertraulich wurden, obwohl sie eigentlich nichts mit ihm zu schaffen hatten. Er ignorierte die Unhöflichkeit des Küsters und fuhr äußerlich unbeeindruckt fort.

„Ich wollte Sie nur darauf aufmerksam machen, dass mir beim Morgengeläut beinahe das Trommelfell geplatzt ist, weil ich mich im Glockenraum befand.“

„Was hast du denn da zu suchen, wenn das Morgengeläut losgeht?“

„Falls Sie es nicht mitbekommen haben, dort wurde eine Leiche gefunden und ...“

„Das glaubst aber auch nur du, dass da eine Leiche rumgelegen hat", unterbrach der Küster den Türmer. „Und du solltest eigentlich wissen, wann das Morgengeläut beginnt."

„Ich wollte Sie nur darauf aufmerksam machen, dass es nett wäre, wenn Sie sich beim nächsten Mal versichern, dass niemand in der Nähe der Glocken ist, wenn Sie läuten."

„Das ist ja wohl die Höhe!", echauffierte sich Doldinger. „Meinst du, ich renne jedes Mal in den Glockenraum, um nachzuschauen, ob der Herr Türmer Gespenster sucht? So weit kommt's."

„Es war nur eine Bitte unter Kollegen", versuchte Heinrich den Küster umzustimmen.

„Dann sage ich dir unter Kollegen: Pass halt besser auf."

Heinrich gab sich geschlagen.

„Vergessen Sie es."

„Schon passiert", sagte der Küster und ging seiner Wege.

Kopfschüttelnd sah Heinrich dem uneinsichtigen Küster eine Weile hinterher und besann sich dann auf sein eigentliches Ziel. Er schritt die letzten Stufen hinab und öffnete die schwere Holztür.

Aufmerksam, jedes Detail beachtend, stand er nun im Glockenraum und schaute sich um. Er hielt das Licht in die Höhe, um besser sehen zu können und horchte in die Stille. Gerade so, als könne er damit bewirken, dass die Leiche wieder auftaucht. Plötzlich hörte er ein Geräusch. Angestrengt horchend starrte er in den Raum hinein.

Da war es wieder.

Heinrich hatte solch ein Geräusch hier noch nicht gehört.

„Hallo, ist da jemand?", rief er vorsichtig.

Keine Antwort.

Alles in Heinrich rief ihn auf zur Flucht, aber er machte stattdessen ein paar Schritte in den Raum hinein. Vor ihm lag die alte Decke. Hatte sie heute Morgen nicht an einer anderen Stelle gelegen?

In diesem Moment sprang den Türmer etwas an.

Ein Schatten?

Eine Gestalt?

Gar ein Werwolf?

Heinrich wurde hart am Kopf getroffen und schrie auf. Er kämpfte gegen eine Ohnmacht und ging in die Knie. Halt suchend griff er um sich und bekam etwas zu fassen, was ihn aber nicht hielt und schnell mit einem berstenden Geräusch nachgab.

Der Türmer verlor das Gleichgewicht und ging zu Boden. Er hörte, wie sich Schritte entfernten und die Tür aufgestoßen wurde. Mit letzter Kraft hob er seinen Kopf. Doch das Einzige, was er sah, war der Rücken eines Mannes. Es war ihm unmöglich jemanden zu erkennen.

Dann wurde es dunkel.

Wie lange Niemann im Glockenraum gelegen hatte, wusste er nicht mehr. Als er sich endlich dazu entschloss aufzustehen, war es für die Verfolgung des Mannes zu spät. Niemanns Blick fiel auf die alte Decke in seiner Hand. Sie war weich und schien sehr gut verarbeitet zu sein. Der Feuerwehrmann stand auf. Dabei stützte er sich auf den Holzdielen ab.

„Aua!“, schrie er auf. „Was ist denn das?“

Beim Abstützen hatte sich etwas in seinen Handteller gebohrt. Niemann tastete danach und fand den Grund für seine schmerzhafte Erfahrung.

„Ein Kirschkern?“, stieß der Türmer ungläubig aus. „Im November? In meinem Glockenturm?“

Gedankenverloren steckte er den Kern ein und verließ den dunklen Glockenraum. Wenig später stand er im Freien und konnte so die Decke im Tageslicht genauer untersuchen. Seine Vermutung bewahrheitete sich. Diese Decke war feinstes Gewebe und schien sehr teuer zu sein. Der Türmer drehte das verschmutzte Wollteil in der Hand und suchte nach irgendeinem Hinweis. Dann, in einer der Ecken, sah er etwas eingestickt.

„Das ist ein Wappen!“, sagte er leise. Doch leider konnte man durch die Verschmutzung, kaum erkennen, was dieses Wappen zeigte. So sehr sich der Türmer auch anstrengte. Es erforderte eine gründliche Reinigung der Decke, um etwas erkennen zu können.

Niemanns Gehirnwindungen arbeiteten angestrengt.

Was bedeutet das alles? Leise vor sich hin redend, zog er eine Bilanz seiner bisherigen Erkenntnisse:

„Der Mörder hat die Frau nicht im Dom getötet. Sie sollte hier nur versteckt oder zwischengelagert werden. Warum auch immer. Die Decke mit dem verräterischen Wappen sollte bestimmt nicht hierbleiben. Das wiederum hieße, dass ich den Mörder heute Morgen gestört habe und er in meiner unmittelbaren Nähe gewesen sein muss, als ich die Leiche fand." Dem Türmer lief ein Schauer über den Rücken. „Ich hätte tot sein können!"

Nachdenklich flanierte Heinrich auf der Aussichtsplattform. Zum Glück hatten sich für heute keine Besuchergruppen angesagt. Angestrengt dachte er darüber nach, wie er in der leidigen Angelegenheit weiter vorgehen sollte. Die Polizei wollte er aus bekannten Gründen nicht um Hilfe bitten; noch einmal würde er sich keine Abfuhr einhandeln. Selbst die Beule an seinem Kopf, die ihm der mutmaßliche Mörder zugefügt hatte, wäre für Wachtmeister Herbert kein Beweis. Seine Frau Klara wollte er damit auch nicht belasten. Je weniger sie über die ganze Sache wusste, desto besser. Aber irgendwie musste er einschreiten. Schließlich trieb ein Mörder sein Unwesen im Frankfurter Dom.

„Ich muss mich jemandem anvertrauen", beschloss Niemann und stieg die dreihundertvierundfünfzig Stufen hinunter.

Wenig später klopfte der Feuerwehrmann an eine schwere Holztür. Er ordnete seine Uniform und bekam kurz darauf eine Aufforderung zum Eintritt. Niemann öffnete die große Tür und betrat das Büro des Pfarrers der St. Bartholomäusgemeinde. Ehrfürchtig blieb er am Eingang stehen.

„Ah, Niemann", begrüßte ihn der Pfarrer geschäftig, ohne seine Arbeit zu unterbrechen. „Was führt Sie zu mir?"

„Das ist ein wenig ..." Niemann zögerte und suchte seine Worte mit Bedacht. „Nun, es ist eine delikate Angelegenheit, die mich zu Ihnen führt, Herr Pfarrer."

Der Pfarrer, der den bürgerlichen Namen Peter Lindemann trug und aus einer angesehenen Sachsenhäuser Handelsfamilie stammte, horchte auf.

„Das hört sich ja spannend an", sagte der Pfarrer aufmerksam und unterbrach jetzt endlich sein Tun. „Kommen Sie doch herein und setzen Sie sich, junger Mann."

Heinrich bemerkte erst jetzt, dass er die ganze Zeit über im Türrahmen gestanden und seine Dienstmütze mit beiden Händen geknetet hatte.

„Oh, ja … natürlich … Entschuldigung!“, stammelte er.

„Das scheint mir ja wirklich delikat zu sein, wenn Sie so durcheinander sind, mein lieber Herr Niemann.“

„Mit Recht, Herr Pfarrer, mit Recht!“

„Tja und dann dachte ich mir: Der Pfarrer wird mir bestimmt helfen“, beendete Heinrich seinen Bericht über die Vorfälle vom Vormittag. Erwartungsvoll schaute er den Pfarrer an. Dieser tippte nachdenklich den gekrümmten Finger an seinen Mund und blickte wortlos ins Leere.

„Herr Pfarrer?“, fragte deshalb Niemann nach einer Weile.

„Ich habe Ihnen schon zugehört, mein lieber Türmer. Ich überdenke nur gerade die neue Entwicklung in dieser fatalen Sache.“

„Neue Entwicklung?“, staunte Niemann. „Weshalb *neue* Entwicklung?“

„Weil ich gestehen muss, dass heute Morgen ein gewisser Kommissar Schuhmann bereits in dieser Sache bei mir vorstellig wurde und mich über den Vorfall in Kenntnis gesetzt hat. Er war jedoch der Meinung, dass es keine Leiche und demnach auch keinen Mord gegeben hat. Ich gebe zu, dass ich mich seiner Meinung aufgrund seines Berichtes angeschlossen habe.“

„Und wie denken Sie jetzt darüber?“

„Wie ich darüber denke?“

Niemann nickte eifrig.

„Das weiß ich selbst nicht, mein Lieber. Aber ich muss Ihnen leider sagen, dass eindeutige Beweise fehlen. Vielleicht hat sich auch nur ein Landstreicher in den Glockenturm gemogelt und Ihnen den Schlag versetzt. Es muss ja nichts mit dem angeblichen Mord zu tun haben, den Sie unbedingt entdeckt haben wollen.“

„Entdeckt haben wollen?“, echote Heinrich. „Das heißt, Sie glauben mir auch nicht?“ Der Türmer hatte große Mühe, seine Wut zu bändigen.

„Es fehlen die Beweise, mein lieber Niemann. Ich fürchte, ich kann Ihnen im Interesse und zum Wohle der Bartholomäusgemeinde nicht weiterhelfen.“

„Das ist doch …“

„Was glauben Sie, was in dieser Stadt los ist, wenn Ihre Hirngespinste nach außen getragen werden?", sagte der Pfarrer mit plötzlicher Schärfe. „Ich kann nicht zulassen, dass die ganze Stadt glaubt, im Dom werden Frauen ermordet. Ein gefundenes Fressen für unsere protestantischen Gegner. Die Presse wird sich überschlagen. Ich sehe schon die Schlagzeilen im Frankfurter Generalanzeiger oder im Frankfurter Volksboten, diesem protestantischen Hetzblatt: *Mord im Frankfurter Dom*. Ein Desaster für die heilige katholische Kirche! Ich möchte gar nicht an den Aufschrei der Stiftungen denken, die sich unserer angenommen haben. Was glauben Sie, was hier los ist, wenn das die falschen Leute erfahren? Nicht auszudenken ... Gott bewahre!"

Der Pfarrer bekreuzigte sich heftig.

„Aber ...", setzte Niemann an. Weiter kam er nicht.

Der Pfarrer verengte die Augen zu Schlitzen und fauchte: „Gehen Sie und hören Sie auf, in Töpfen zu rühren, die selbst für Sie als Feuerwehrmann zu heiß sind. Außerdem haben wir hier einen weiteren Kriminalfall zu klären und zwar einen, den wir beweisen können."

„So, welchen denn?"

„Heute Morgen wurde uns ein Karren gestohlen. Und der war auf jeden Fall gestern Abend noch da! Das weiß ich genau, da ich ihn selbst hinter dem Pfarrhaus abgestellt habe."

„Und heute Morgen war er weg", vollendete Heinrich.

„Genau", sagte der Pfarrer scharf. „Sie sehen, ich muss mich um ganz andere, handfeste Sachen kümmern. Ich habe keine Zeit für Ihre Phantastereien. Wenn Sie mich nun bitte entschuldigen würden."

Heinrich war entsetzt, wie schroff der Pastor sein konnte. Ihm schien es angebracht, keine Widerworte zu geben und sich zähneknirschend zurückzuziehen. Beim Hinausgehen stieß er fast mit einer feudal gekleideten Frau zusammen, die, ohne anzuklopfen, das Büro des Pfarrers betreten hatte.

Niemann entschuldigte sich für seine Unachtsamkeit.

„Macht doch nichts, Herr ...", antwortete die Dame verständnisvoll.

„Niemann! Heinrich Niemann", stellte der Feuerwehrmann sich vor. „Ich bin der neue Türmer."

„Ah, lernen wir uns auch endlich mal kennen. Ich bin Henriette zu Helmsbach-Lippe. Die Schwester unseres Herrn Pfarrer."

„Angenehm", antwortete Heinrich und lupfte galant die Dienstmütze. „Ich muss leider zurück an die Arbeit, Frau zu Helmsbach-Lippe. Ich wünsche Ihnen noch einen schönen Tag."

Fragen über Fragen

Am Abend saß Niemann zusammen mit seiner Frau in seiner beengten Behausung in knapp siebzig Metern Höhe und versuchte, seine Gedanken zu ordnen.

„Ach, Heinrich", riss Klara ihren Mann aus seinen Tagträumen. „Was zerbrichst du dir deinen Kopf?"

„Weil ich weiß, was ich gesehen habe", schmollte der Türmer.

„Aber die Polizei hat nichts gesehen und der Pfarrer auch nicht. Und vergiss nicht, dass du Feuerwehrmann bist und kein Polizist."

„Schlimm genug, dass *die* mir nicht glauben. Jetzt glaubt auch noch meine eigene Frau, dass ich Gespenster sehe."

„Nein, Heini ... ich habe einfach Angst um dich. Du steckst deine Nase in Sachen, die dich nichts angehen. Was, wenn du dem Mörder auf die Schliche kommst? Meinst du, der lässt dich davonkommen? Heini, lass es ... mir zuliebe!"

„Ich kann nicht!"

Am nächsten Morgen hatte der Türmer gleich vier Besuchergruppen durch den Domturm zu führen und ihm blieb nicht viel Zeit, sich über die verschwundene Frau Gedanken zu machen. Doch in der Mittagspause ergab sich die Gelegenheit, mit dem Turmpförtner Meinhardt Wolf, der am Fuße des Turmes die Eintrittskarten verkaufte, ein kleines, unverfängliches Schwätzchen zu halten. Heinrich fragte ihn, wer alles einen Schlüssel zum Glockenraum besaß.

„Da sind einische Schlüssel unnerwegs", verriet der redselige Pförtner in unvergleichlichem Idiom. „Spontan falle mir ein: De Parrer, de Organist, de Küster, de Baumaaster, de Diakon, die Schwester vom Parrer, de ..."

„Die Schwester des Pfarrers?", unterbrach der Türmer.

„Stiefschwester, um genau zu sein ...", bestätigte der Pförtner, „ ... de Bürschermeister Adickes, die Feuerwehr, du, dei Fraa und isch, ... mehr sinns, glaab isch, nett."

„Ja, ja", stoppte Heinrich den Redefluss des einfältigen Pförtners. „Zurück zur Schwester des Pfarrers. Warum hat sie einen Schlüssel?"

„Na, den brach se doch."

Niemann rollte mit den Augen und versuchte, seinen Geduldsfaden am Reißen zu hindern.

„Jetzt lass dir doch nicht alles aus der Nase ziehen, Meinhardt. Was macht die Schwester des Pfarrers mit dem Schlüssel?“

„Die schließt dademit die Dier uff un zu, was'n sonst!“ Jetzt hielt Meinhardt den Türmer für einfältig und schüttelte den Kopf. Niemann griff sich an die Nasenwurzel und suchte nach möglichst einfachen Worten.

„Weshalb hat die Schwester des Pfarrers einen Schlüssel für den Dom?“ Eilig fügte der Türmer hinzu: „Und sag jetzt ja nicht, damit sie in den Dom reinkommt!“

„Ei, weil se doch an die Stifdungsunterlache erankomme muss ...“

„Welche Stiftung?“

„Die von dene barmherzische Schwestern aus Sachsehause.“

„Was ist das denn für eine Stiftung?“

„Die kümmern sisch um Blöde!“

„Um was?“

„Um Blöde, Bekloppte, Deppe.“ Der Pförtner kreiste mit dem Zeigefinger um die Schläfe.

„Und warum sind die Unterlagen hier im Dom?“

„Ei, weil die in ihrm Haam scheinbar nett genuch Platz habbe due, was was'n isch? Außerdem habbe die a mal im Monat e Veranstaldung im Dom. So en Flohmarkt, um Geld zu kriesche für ihr Deppe.“

„Jeden Monat. Das ist aber häufig.“

„Tja, Geld regiert die Welt.“

„Ist denn die Schwester des Pfarrers auch reich?“

„Nee, die nett. Aber ihrn Mann, der is de Popanz von Sachsehause.“

„Der was?“, der Türmer, der in Niedersachsen aufgewachsen war, konnte sich nach so vielen Jahren noch immer nicht an den Frankfurter Dialekt gewöhnen.

„Das ist der heimlische Könisch von Sachsehause“, klärte Meinhardt den Fremdling auf, bemüht, sein Frankfurter Idiom im Zaum zu halten. „Der Herr Otto zu Helmsbach-Lippe. Und seine Frau Henriette ist die Königin und die Schwester - Stiefschwester, um genau zu sei - vom Domparrer. Stinkreisch sin die. Alter Handelsadel, habbe sogar e eischenes Familiewabbe, die Herrschaften.“

„So, so, ein eigenes Wappen“, Heinrich horchte auf.

„Ja, mit em Schwert un erer Kanon, oder so. So was! Dabei habbe die noch nie gekämpft. Immer nur gehandelt, dess soll aaner verstehe. Isch … Hey, Heinrisch … wo willstn du hie? Komischer Vochel. Dabei bin isch mir noch nett emal sischer, ob des wärklisch Schwert und Kanon iss ... vielleischt aach Pferd und Wacherad? Oder war's en Dreschfleschel? Ja, isch bin mer sischer … es war en Dreschfleschel … ach, is ja aach worscht.“

Der Türmer eilte die Stufen des Doms hinauf in seine Wohnung und schnappte sich ein Stück Kernseife sowie einen Eimer mit Wasser. Er hatte die Kolter im Hochzeitszimmer über der Türmerwohnung vor seiner Frau in Sicherheit gebracht, weil Klara die Decke sonst bestimmt sofort gewaschen und damit alle Spuren verwischt hätte. Heinrich nahm die Decke in die Hand und schrubbte mit der angefeuchteten Seife gründlich über die Stelle, an der das Wappen eingestickt war. Nachdem es einigermaßen sauber schien, schaute der Türmer angestrengt darauf. Von Schwert und Kanone war aber nicht das Geringste zu sehen. Er erkannte einen geschwungenen Schriftzug über einem gemusterten Schild. Die Worte, so vermutete der Türmer, waren in Latein verfasst. Das Schild schien früher einmal farbig gewesen zu sein. Hinter dem Schild kreuzten sich zwei Dreschflegel.

„Mist!“, fluchte der Türmer. „Wäre ja auch zu schön gewesen.“

So kam er nicht weiter. Warum sollte auch jemand aus einer angesehenen Frankfurter Familie einen Mord begehen?

„Absurd“, schimpfte der Türmer. „Aber die Herkunft der Decke hat etwas damit zu tun, da bin ich mir sicher.“

Er setzte sich auf die eiserne Wendeltreppe im leeren Hochzeitszimmer und dachte angestrengt nach. Aber je mehr er über die ganze Angelegenheit grübelte, desto mehr Fragen türmten sich vor ihm auf.

Die Frage, warum die Leiche im Glockenturm war, war ebenso ungeklärt wie die ihres Verschwindens. Was hatte es mit der Decke auf sich? Der Türmer spürte, dass sie eine entscheidende Spur sein könnte. Zu wem oder was gehörte das Wappen? Weshalb wurde die junge Frau ermordet? Wie geschah die Tat und wo? Und vor allem: Warum? Und wo, zum Teufel, war die Leiche jetzt?

Heinrich Niemann war überfordert. In seinen Ohren klang die Stimme seiner Frau:

„Heini, du bist Feuerwehrmann und kein Polizist!“

Wohltäter

Die Tage verstrichen und Heinrich Niemann kam mit seinen Ermittlungen keinen Schritt voran. Seine Arbeit ließ nicht viel Zeit, sich um die Sache zu kümmern. Allmählich fiel er zurück in die Routine. Die Frankfurter Bürger, die ihren Gästen gerne einen besonderen Blick auf ihre Stadt gönnen wollten, strömten weiter auf den Turm und seine Aussichtsplattform.

„Ich glaube, da ist schon wieder eine Gruppe“, sagte der Feuerwehrmann zu seiner Frau und streifte sich seine Dienstjacke über, um die Gäste gebührend zu empfangen. Er griff automatisch in die Taschen des Jacketts, um zu prüfen, ob er auch seinen Schlüsselbund dabei hatte. Dabei ertastete er etwas Ungewohntes.

„Was ist das denn?“, murmelte er.

Er zog seine Hand aus der Tasche und betrachtete den gefundenen Gegenstand darin.

„Der Kirschkern!“

Jetzt kam es ihm wieder in den Sinn. Er hatte den Fund des Obststeines nach dem Überfall in Glockenraum völlig vergessen.

Noch so eine Ungereimtheit.

Was hatte es mit einem Kirschkern auf sich, den man im November im Glockenturm eines Domes fand?

Niemann war davon überzeugt, dass dieser Kirschkern eine wichtige Rolle bei seinen Ermittlungen spielen musste.

Hastig führte der Türmer die Besuchergruppe durch den Westturm des Frankfurter Doms. Er forcierte das Tempo und ließ sogar einige Stellen der Führung aus, um die Leute schnell wieder loszuwerden. Diese Gruppe sollte die letzte in diesem Jahr sein. Bald wurde es zu kalt und der Turm wurde bis zum Frühjahr für Besucher geschlossen. Ab jetzt hatte der Türmer genug Zeit, sich um die verschwundene Leiche zu kümmern.

Nachdem er, wie immer am Ende der Führung, die Besuchergruppe aus dem heiligen Gemäuer geleitete und sich selbst überließ, machte er sich auf den Weg zurück zu seiner Wohnung. Heinrich wollte den Weg nehmen, durch den der Mörder die Leiche seiner Meinung nach hatte verschwinden lassen. Also ging er hinter dem Altar zur Treppe, die hinauf zur Orgel führte. Inständig hoffte er, dass er auch nach zwei Wochen, die es jetzt schon her war, noch etwas finden konnte. Vorsichtig schritt er die steinernen Stufen der Wendeltreppe empor. Er durchforstete jeden Winkel auf der Suche nach einem Hinweis.

Doch außer abgebröckeltem Sandstein fand er nichts.

Wenig später hatte er die Empore zur Orgel erreicht. Kurzentschlossen und erfolglos inspizierte er das Musikinstrument auf Spuren. Nachdenklich führte ihn sein Weg an die Brüstung des Orgelstandes. Der Türmer stand an dem hüfthohen Geländer und schaute in den leeren Dom hinein.

„Irgendetwas muss doch zu finden sein", sinnierte er.

„Haben Sie noch immer diese fixe Idee mit der Leiche?"

Niemann fuhr herum. Hinter ihm stand der Pfarrer.

„Mann, haben Sie mich erschreckt!", entfuhr es ihm.

„Das tut mir leid, das war nicht meine Absicht", antwortete der Pfarrer ohne eine Spur Reue in der Stimme. „Was machen Sie hier oben? Ich wusste nicht, dass die Pflege der Orgel zu den Aufgaben des Türmers gehört."

„Ich habe mich nur ein wenig umgeschaut."

„Nach Spuren, die zu Ihrer verschwundenen Leiche führen?", schlussfolgerte Pfarrer Lindemann und ließ bei seiner Tonwahl keinen Zweifel daran, dass er Niemann für einen Phantasten hielt.

„Wieso glaubt mir keiner?"

„Überlassen Sie das Glauben mir, mein lieber Herr Niemann. Und nun habe ich zu tun. Es wäre schön, wenn Sie auch wieder an Ihre eigentliche Arbeit gehen würden."

Der Pfarrer wies mit der ausgestreckten Hand auf die Tür, die zur Treppe führte, und wartete darauf, dass der Türmer diese vor ihm durchschritt.

Niemann wollte nach oben gehen, als ihn der Pfarrer aufhielt.

„Sollte ich Sie noch einmal beim Polizeispielen erwischen, wird das Konsequenzen haben. Sie sind Türmer und kein Detektiv."

„Was meinen Sie mit Konsequenzen, Herr Pfarrer?", Niemann wurde jetzt ungehalten, da der Pfarrer ihm im Grunde nichts zu sagen hatte.

„Nun, wie Sie sicherlich wissen, treffe ich mich gelegentlich mit

Branddirektor Schänker auf einen - sagen wir: Gedankenaustausch zwischen Persönlichkeiten dieser schönen Stadt. Ab und an ist auch Bürgermeister Adickes bei diesem Gedankenaustausch dabei. Ich könnte diese wirre Idee, die Sie sich da in den Kopf gesetzt haben, ansprechen. Ich glaube kaum, dass es den beiden Herren gefallen würde, wenn einer ihrer Mitarbeiter seine Kompetenzen derart überschreitet."

„Ich weiß, was ich gesehen habe, Herr Pfarrer", schnaubte Niemann, zusehends um Beherrschung bemüht. „Und drohen lasse ich mir von Ihnen schon gar nicht, Sie Persönlichkeit dieser schönen Stadt."

Niemann ließ die *Persönlichkeit* stehen und stampfte die Stufen hinauf zu seiner Wohnung.

Oben angekommen ignorierte er das leckere Gebäck seiner Frau, was diese erneut zur Bildung von Sorgenfalten veranlasste, und ging direkt in das Hochzeitszimmer, wo er noch einmal die Decke in Augenschein nahm.

Lange saß er in dem leeren Raum auf der Wendeltreppe und zermarterte sich das Gehirn.

„Ich muss das Wappen zuordnen und das Rätsel um den Kirschkern lösen. Aber das gelingt mir nicht, wenn ich hier oben herumhocke!"

Die nächsten Tage verliefen wie viele davor. Der Türmer vollzog die gewohnte Routine auf Frankfurts höchstem Arbeitsplatz. Der Dezember hatte die Stadt in seinem eisigen Griff. Der erste Schnee des Jahres hatte die Dächer der wunderschönen Altstadt weiß gepudert. Vorweihnachtliche Stimmung machte sich breit. Doch die Gedanken von Frankfurts Türmer kreisten um den Mord an der unbekannten Frau. Der Fall ließ ihn nicht ruhen.

„Heini", riss ihn die Stimme Klaras aus seinen Gedanken. „Wir müssen zum Markt. Ich brauche Kartoffeln und noch ein paar andere Sachen."

Wenn Klara *wir* sagte, meinte sie eigentlich: *Du*. Heinrich überlegte kurz, ob er Protest einlegen sollte, beschloss aber dann, die Ablenkung willkommen zu heißen.

„Ja, Schätzchen, ich geh ja schon", rief er ihr deshalb zu.

Ein halbe Stunde später flanierte der Türmer über den Wochenmarkt. Über dem Arm trug er einen großen Flechtkorb und in der freien Hand hielt er den Einkaufszettel seiner Frau. Mühsam suchte der Türmer sich seinen Weg durch die eng stehenden Verkaufsstände. Endlich hatte er alle Waren auf seiner Liste eingekauft, als ihn eine starke Hand an der Schulter festhielt.

„Nett Kanone, Dreschfleschel sinns, Heini."

Der Dompförtner Wolf hatte diese Worte ausgesprochen und stand direkt hinter Niemann.

„Was?"

„Ei, Dreschfleschel ... uffm Wabbe, von de Helmsbach-Lippe Sippe!" Der Pförtner lachte über sein gelungenes Wortspiel. Heinrich hingegen war wie versteinert.

„Bist du sicher?"

„Klar, hab extra noch mei Fraa gefracht, die hat's gewusst! Die hat da nämlisch schon emal geschafft, als Haushälderin. Hat aber nett lang gehalde, iss nix für mei Irma, die ... Heinrisch. Des gibt's doch nett, lässt der misch schon widder stehe."

Die wüsten Beschimpfungen ignorierend stieß der Türmer rücksichtslos durch die Marktmenge. Er musste schnellstmöglich die Decke zur Polizei bringen. Das war der Beweis für die Verwicklung der Familie zu Helmsbach-Lippe in den Fall. Niemann nahm sich nicht einmal die Zeit, seine Einkäufe mit dem Lastzug nach oben zu ziehen. Er schleppte kurzerhand den Korb die Treppe hinauf. Auf halber Strecke verfluchte er sich dafür, hielt aber durch. Er knallte den Korb auf den Tisch im vorderen Zimmer und rannte weiter zum Hochzeitszimmer, wo er die Decke holte und sich damit sofort auf den Weg zur Polizeiwache machte.

„Herr Niemann, das ist doch noch lange kein Beweis für einen Mord", sagte Schuhmann genervt. „Ist Ihnen klar, was Sie da behaupten? Die Helmsbach-Lippes sind eine der angesehensten Familien Frankfurts. Die kann man nicht einfach so des Mordes bezichtigen."

„Wie erklären Sie sich dann den Fund der Decke?"

„Das kann viele Gründe haben. Vielleicht wurde sie ja auch gestohlen. Wer weiß das schon?"

„Ich möchte auf jeden Fall, dass Sie der Sache jetzt endlich nachgehen. Es gab einen Mord im Dom, auch wenn die Leiche verschwunden ist. Aber sie war da."

„Was macht Sie da so sicher?“

Heinrich unterdrückte seinen Zorn und versuchte zu argumentieren.

„Erstens: Ich habe sie mit eigenen Augen gesehen. Zweitens: Hat man mich im Glockenturm überfallen und niedergeschlagen …“

„Was jeder x-beliebige Landstreicher gewesen sein könnte …“

„ … und drittens fand ich Blutspuren im Dachboden gegenüber des Glockenraums und …“

„Was? Von den Blutspuren haben Sie mir nichts erzählt, Niemann!“

„Sie hören mir ja auch nie zu!“ Der Türmer hatte jetzt Mühe, sich zu beherrschen.

Schuhmann legte eine nachdenkliche Miene auf.

„Ich mache Ihnen einen Vorschlag.“

„Ich höre.“

„Ich werde noch einmal zu Ihnen in den Turm kommen und auch die Herkunft der Decke klären. Wenn sich dann neue Anhaltspunkte ergeben, werde ich entscheiden, ob wir eine Akte anlegen.“

„Ich bitte darum!“

Heinrich verließ einigermaßen hoffnungsfroh das Polizeipräsidium. Die Dämmerung hatte bereits eingesetzt, als er zurück zum Dom kam. Er schlenderte gerade die Fahrgasse hinunter, als Henriette zu Helmsbach-Lippe um die Ecke bog. Intuitiv schlug sich der Türmer in einen Hauseingang und spähte ihr hinterher. Die vermeintliche Wohltäterin wurde begleitet von einem dümmlich dreinblickenden Mann, der in schäbige Kleidung gehüllt war. Über seiner Schulter trug er eine Tasche. Er redete unentwegt auf die Schwester des Pfarrers ein, die dies geduldig über sich ergehen ließ. Der junge Mann lief, nein, er hüpfte neben der in feinen Zwirn gekleideten Dame her. Heinrich konnte dem Zwang, den beiden zu folgen, nicht widerstehen. Als die Verfolgten die Alte Brücke erreichten, setzte Schneefall ein. Der junge Mann kramte sofort umständlich in seiner Tasche und holte einen Schirm hervor, den er schützend über Frau zu Helmsbach-Lippe hielt. Erst jetzt fiel Heinrich auf, dass der Mann bei all dem nur die rechte Hand benutzte. Die Linke blieb die ganze Zeit über in der Tasche seiner Jacke stecken. Eine Behinderung, wie der Türmer schlussfolgerte. Es handelte sich hier dem Anschein nach um einen

Schützling der Dame. Kurz darauf hatte das ungleiche Paar die Große Rittergasse erreicht, wo sie in einem Sandsteingebäude verschwanden. Heinrich versuchte, möglichst unauffällig an dem Gebäude vorbeizuschlendern. Am Tor des Vorgartens sah er ein Schild angebracht, welches den Besitzer des Gebäudes anzeigte, nämlich die Henriette zu Helmsbach-Lippe Stiftung für hilfsbedürftige junge Männer. Unter dem Namenszug prangte ein ihm wohlbekanntes Wappen.

Merkwürdigkeiten

Am nächsten Morgen erschien Schuhmann wie versprochen. Schnaufend stand er vor dem Türmer.

„Mann, wie schaffen Sie das jeden Tag hier hoch?"

„Alles Übung", wiegelte Heinrich ab. „Wo ist Ihr Kollege?"

„Hat ungefähr bei der Hälfte aufgegeben. Ich weiß nicht, ob er es bis hier hoch schafft."

Kaum hatte Schuhmann die Worte ausgesprochen, hörte man gotteslästerliche Flüche aus dem Treppenhaus. Kurz darauf erschien der Polizist Herbert auf der Aussichtsplattform.

„Jetzt dabb isch hier schon widder enuff. Wehe, wenn sichs diesmal nett lohnt, dann kann die Feuerpatsch was erlebe, des sach isch dir. Kerle, bin isch platt."

„Auch Ihnen einen schönen guten Morgen", konterte Heinrich fröhlich, wobei er sich ein Lachen verkniff.

„Wo isn jetz der Dachbode? Doch wohl nett noch höher!", motzte Herbert und ließ sich auf einen steinernen Absatz sacken. Er holte ein Tuch aus seiner Hosentasche und wischte sich den Schweiß von der Stirn.

„Nein, der ist gegenüber des Glockenraumes."

Der Polizist hielt in seiner Bewegung inne und schien nachzudenken.

„Der is doch viel weider unne!", rief er.

„Richtig", bestätigte Heinrich und konnte jetzt das Grinsen nicht mehr zurückhalten. „Sie hätten sich glatt zweihundertzweiundvierzig Stufen sparen können."

„Wo is mein Schlaachstock? Isch hach en durch die Wand, den verdammte Drecksack!"

Herbert sprang auf und fingerte hektisch an seinem Hosenbund herum.

„Jetzt beruhig dich, Herbert", schritt Schuhmann ein. „Hättest du weniger gegessen und mehr geturnt, würdest du jetzt nicht hier so rumjapsen." Auch er grinste jetzt.

„Fall du mir noch in de Rücke! Verräter!" Herberts Stimme wirkte schwach. Er hatte es längst aufgegeben, den Schlagstock aus seiner

Halterung zu ziehen. Ihm fehlte einfach die Kraft. Er ließ sich wieder auf den Absatz fallen und schnaufte. Herbert erinnerte den Türmer unweigerlich an das Walross aus dem Zoologischen Garten.

„Hier, schauen Sie. Sie werden feststellen, dass ich nicht gelogen habe."

Der Türmer öffnete die Tür zum Dachboden und ließ die Polizisten eintreten.

„Tatsächlich!", stieß Schuhmann aus. „Hier, Herbert, schau dir das an."

Herbert, der sich jetzt wieder beruhigt hatte, hielt die Lampe ein Stück höher.

„Des kann alles Möchlische sei", blieb er skeptisch.

Die drei Männer gingen weiter in den Raum hinein, bis sie zum langen Steg kamen, der zum östlichen Treppenhaus führte.

„Und das Blut hier?"

„Wo?"

„Na hier." Schuhmann zeigt auf den Blutfleck, den Heinrich auch schon entdeckt hatte.

„Des ... is zweifellos Blut", musste Herbert zugeben.

„Also hatte der Türmer recht."

Schuhmann versprach Heinrich, eine Akte anzulegen. Jedoch weigerte er sich noch immer, von Mord auszugehen. Leider konnte Heinrich nicht allzu viele Angaben zum Aussehen der Frau machen, um sie eventuell zu identifizieren, da es ja dunkel war, als er sie gefunden hatte. Aber wenigstens wurde jetzt endlich etwas unternommen.

Heinrich versprach, die Decke, die sich im Hochzeitszimmer befand, am Nachmittag vorbeizubringen, damit sie eingehender untersucht werden konnte.

Heinrich fühlte sich gut. Als ihm Herbert zum Abschied eine kleinlaute Entschuldigung zumurmelte, war er vollends zufrieden.

Der Türmer kletterte zurück in seine Wohnung und war das erste Mal seit dem Fund der Leiche gut gelaunt.

Die Tage vergingen, Weihnachten wurde gefeiert und das Jahr 1901 begrüßt. Der Ausblick auf das Feuerwerk in der Stadt war für den

Türmer und seine Frau grandios. Zwar war es bitterkalt, aber der Blick entschädigte für alles. Heinrich Niemann hatte nichts mehr von Kommissar Schuhmann gehört, seit dieser ihm endlich Glauben geschenkt hatte. Das war jetzt schon über drei Wochen her. Auch in der hiesigen Presse war nichts zu lesen. Zunächst erklärte Niemann sich dies mit den vergangenen Weihnachtsfeiertagen und der allgemein bekannten Tatsache, dass die Mühlen der Behörden langsam mahlten. Als er aber auch nach über sechs Wochen noch nicht einmal als Zeuge ins Präsidium geladen worden war, bekam der Türmer ernsthafte Zweifel.

Anfang Februar war Niemann mal wieder in der Markthalle am Burggraben im Auftrag seiner Frau unterwegs, um allerlei Lebensmittel einzukaufen. Grübelnd schlenderte er zwischen den eng beieinander stehenden Ständen entlang. Er suchte gerade die richtige Kartoffelsorte, da entdeckte er am benachbarten Stand Gerhard Schuhmann.

„Kommissar Schuhmann“, rief er den Polizisten an.

Dieser hob den Kopf und suchte nach dem Besitzer der Stimme, die seinen Namen rief. Sobald er Niemann sah, fiel ihm die Kraft aus dem Gesicht. Irgendwie sah er aus, als wolle er die Flucht ergreifen. Niemann kam zu ihm hinüber.

„Ich grüße Sie“, sagte er fröhlich. „Wie weit sind Sie denn im Fall der verschwunden Leiche gekommen? Konnten Sie schon die Herkunft der Decke klären? Haben Sie bereits eine Vermutung, wer die Tote sein könnte?“

„Äh, ich ... wir ... na ja ...“, druckste der Gesetzeshüter herum. „Wie soll ich es sagen?“

Heinrich ahnte Schreckliches.

„Jetzt sagen Sie mir nicht, dass Sie gar keine Akte angelegt haben.“

„Nun, Herr Niemann, ich ... wie soll ich es erklären? Das ist kompliziert.“

„Jetzt verstehe ich, warum sich keiner bei mir gemeldet hat. Ich bin enttäuscht.“ Niemann klang, wie er sich fühlte: völlig frustriert.

Dem Polizisten war die Situation sichtlich unangenehm.

„Es ist nicht meine Schuld. *Ich* hätte ja eine Akte angelegt. Aber mein Vorgesetzter ... Sie verstehen das nicht ...“

„Nein, ich verstehe das nicht", bestätigte der Türmer. „Erklären Sie es mir."
„Dazu langt die Zeit nicht."
„Oh, doch!"
„Aber nicht hier in der Markthalle. Vor all den Leuten." Schuhmann schaute sich vielsagend um.
„Wo dann? Machen Sie einen Vorschlag. Sie sind es mir schuldig!"
„Lassen Sie uns ein paar Schritte gehen."
Gemeinsam verließen die beiden Männer die Markthalle. Wenig später hatten sie den Liebfrauenberg erreicht. Die frische Luft tat beiden gut. Auch wenn es noch recht kalt war. Der Schnee knirschte unter ihren Stiefeln. Schuhmann zog den Mantel enger.
„Ich hatte schon Ermittlungen eingeleitet, Herr Niemann, so wie ich es Ihnen versprochen hatte. Auch die Decke konnten wir schnell zuordnen. Es handelt sich um das Wappen der Familie zu Helmsbach-Lippe. Große Wohltäter. Bekannt mit allen Größen der Stadt. Die Familie hat auch für den Bau der Oper beträchtlich gespendet. Frau zu Helmsbach-Lippe ist die Gründerin einer nach ihr benannten Stiftung, die viel Gutes leistet."
„Erzählen Sie mir etwas, was ich noch nicht weiß", schritt Niemann ein.
„Mir wurde der Fall entzogen. Mir sind die Hände gebunden."
„Und nur deshalb haben Sie sich nicht weiter darum gekümmert?", warf der Türmer dem Schutzmann vor.
„Was hätte ich denn machen sollen?", echauffierte er sich plötzlich. „Ich riskiere doch nicht meine gut bezahlte Arbeitsstelle, nur weil Sie glauben, eine Leiche gesehen zu haben. Es wird niemand vermisst, der in das Profil passt."
„Und das Blut?"
„Ich ...", Schuhmanns Gesichtsausdruck wurde verbissen. „Verdammt, ich glaube Ihnen doch. Da ist was oberfaul. So schnell, wie die Sache abgesägt wurde. Adickes persönlich hat sich darum gekümmert."
„Der Bürgermeister?"
„Ich kann nichts für Sie tun", sagte Schuhmann und drehte sich zum Gehen.
Heinrich blieb am Brunnen auf dem Liebfrauenberg zurück und

schaute dem Polizisten hinterher. Plötzlich drehte sich Schuhmann um. Man sah ihm an, dass etwas in ihm arbeitete. Er schüttelte den Kopf und kam auf den Türmer zu.

„Lassen Sie die Finger davon, Niemann“, sagte er eindringlich. „Das rate ich Ihnen als Ihr Freund. Die Sache ist gefährlich.“

„Ich fürchte, das kann ich nicht.“

Das Frühlingsfest

Heinrich saß an diesem Abend bei Kerzenschein im schlecht geheizten Turmzimmer und trank etwas Brühe, die ihm Klara zubereitet hatte. Seine Frau saß ihm gegenüber und strickte an einer Socke.

Der Feuerwehrmann grübelte vor sich hin.

Jäh stand er auf und holte aus der Kommode, die hinter ihm stand, ein Blatt Papier und seinen Füllfederhalter. Klara beobachtete ihn verwundert dabei.

„Wem willst du denn jetzt schon wieder einen Brief schreiben?", fragte sie argwöhnisch. „Hatten wir nicht genug Ärger in den letzten Tagen?"

„Ich schreibe keinen Brief."

„Was dann? Gedichte? Oh, wie fein."

„Nein, auch keine Gedichte."

Klara überlegte. „Dann fällt mir nichts mehr ein."

„Macht nix."

„Es geht mich wohl nichts an." Klara war ein wenig beleidigt, dass ihr Mann sie nicht ins Vertrauen zog.

„Genau", kam auch prompt die Bestätigung.

Daraufhin strickte die Türmerfrau schmollend weiter. Kurz darauf fiel ihr ein, dass sie eine wärmende Socke für ihren Mann in den Händen hielt und legte das begonnene Strickwerk beiseite. Irgendwie hatte sie die Lust daran verloren.

Heinrich bekam von all dem nichts mit. Er saß vor dem leeren Blatt Papier und löste die Kappe seines Füllfederhalters. Dann zeichnete er ein Diagramm des Mordfalles. In der Mitte des Blattes schrieb er das Wort *Leiche*. Um das Wort herum schrieb er die bereits gewonnenen Erkenntnisse und die offenen Fragen. Vielleicht würde er so einen Zusammenhang herstellen können. Er starrte auf das vor ihm liegende Blatt.

Am meisten nagten die ungeklärten Fragen an ihm.

Wieso wurde die Leiche in den Glockenturm gebracht?

Wer war der Mann, der ihn niedergeschlagen hatte?

War er der Mörder oder nur ein Gehilfe?

Wo war die Leiche jetzt?

Niemann hatte seit dem schrecklichen Fund täglich die Zeitungen akribisch nach jeder Meldung über eine gefundene Leiche in der Stadt abgesucht. Wäre irgendwo in der Stadt eine Frauenleiche auftaucht, hätte es in der Zeitung gestanden. Doch nichts dergleichen war zu lesen.

Eine weitere Frage, war die nach dem Kirschkern.

Was hatte es damit auf sich?

Ein Kirschkern im November!

Wie kam er in den Glockenraum?

Der Feuerwehrmann schaute sich das Diagramm immer und immer wieder an. Doch wie er es drehte und wandte: Er kam zu keinem schlüssigen Ergebnis.

Der Februar verstrich und die immer stärker werdende Frühlingssonne taute die Stadt nach und nach auf. Mit ihr tauten auch die Bürger Frankfurts auf.

Die Tage wurden länger und die Luft roch angenehm nach den Blüten, die sich überall in der Stadt gierig nach der Sonne reckten.

Auch Heinrich bemerkte den Frühlingsanfang in seiner täglichen Arbeit. Die Besucher strömten auf den Dom und der Türmer war wieder in ihren Fängen.

An diesem Morgen kamen sage und schreibe fünf Schulklassen auf die Aussichtsplattform des Frankfurter Kaiserdoms. Heinrich zählte die Minuten, bis sie endlich wieder weg waren. Ständig musste er die Kinder ermahnen, nicht herumzutollen. Dies sei ein geweihter Ort, wurde er nicht müde zu erwähnen. Doch Würde war den Knirpsen fremd. So manches Mal jedoch lächelte Heinrich, wenn ihn einer der jungen Knaben an seine eigene Kindheit erinnerte. Er selbst war auch ein lebhafter Bursche gewesen. Er hatte immer schon seinen eigenen Kopf gehabt.

„Guten Nachhauseweg“, wünschte er der letzten Schulklasse des Vormittages am Fuße des Turmes am Domplatz. Es war Zeit für die wohlverdiente Mittagspause. Der Türmer ging um den Glockenturm herum zum Seiteneingang, der hinauf in seine Wohnung führte. Unten am südlichen Teil des Domes konnte man den Weckmarkt sehen. Es roch herrlich nach frischen Backwaren. Heinrich hatte Hunger!

Gerade als er den Turm erklimmen wollte, sah er Henriette zu Helmsbach-Lippe in Begleitung des seltsamen jungen Mannes die

Saalgasse von der Fahrgasse aus hinaufkommen. Wieder hatte der Mann seine linke Hand in der Jackentasche vergraben. Frau zu Helmsbach-Lippe grüßte jeden freundlich, der ihren Weg kreuzte. Sie schien wirklich sehr angesehen zu sein. Jeder begegnete ihr äußerst ehrfürchtig. Sie schien es zu genießen, das war deutlich zu erkennen. Der junge Mann an ihrer Seite jedoch blieb völlig unbeachtet. Ab und an kratzte er sich ungeniert und trug einen ziemlich dümmlichen Gesichtsausdruck zur Schau, wie Heinrich feststellte.

„Des isse!"

„Was?" Der Türmer erschrak. Neben ihm tauchte aus dem Nichts Meinhardt, der Pförtner, auf.

„Ei, die Wohltäterin. Die Schwester vom Parrer."

„Ach so, ... ja, weiß ich. Ich hatte bereits das Vergnügen sie kennenzulernen. Wer ist ihr Begleiter?"

„Des muss ahner aus ihrm Irrehaus sein."

„Irrenhaus?"

„Ei, Dribbdebach in de Rittergass. Da wo die ihr Stifdung habbe due. Die Helmsbach-Libbes."

„Das ist ein Irrenhaus?", wollte Heinrich bestätigt haben. „Ich dachte, es wäre eine Stiftung für hilfsbedürftige Männer."

„Ei ja, e Irrehaus, ... sach isch doch."

„Wohnen dann da nur solche ...", Heinrich suchte nach einem möglichst unverfänglichen Wort. Meinhardt sprang für ihn ein.

„Beklobbde!"

„So wollte ich es nicht sagen."

„Iss abber so."

„Was macht sie denn ständig hier?", gab sich der Türmer neugierig.

„Ei wahste des nett? Wesche dem Frihlingfest isse da."

„Frühlingsfest?"

„Bekommd dir die Höheluft nett, oder was? Was kriehste dann uff deim Torm alls nett mit? Isch glaab, du bist zu nah am Mond. Nächste Woch iss hier des große Frihlingsfest, vorne uffm Domplatz. Wie jeds Jahr."

„Und was hat Frau zu Helmsbach-Lippe damit zu tun?"

„Des is uff ihrm Mist gewachse. Des Geld was die da einnehme due, geht an dere ihre Beklobbde."

„Aha!"

Tatsächlich fand am nächsten Wochenende ein kleiner Markt auf dem Domplatz statt. Es wurde allerlei Selbstgebasteltes angeboten. Auch Gebäck und Getränke sowie Nützliches und Überflüssiges. Es ging einzig darum, Geld für die Stiftung von Frau zu Helmsbach-Lippe zu sammeln. Da in der oberen Klasse der Frankfurter Bürger solch karitativen Gesten sehr beliebt waren, fand sich auch schnell die gesammelte Prominenz der Stadt vor des Türmers Füßen. Er schaute von oben herab auf den Domplatz und erkannte hie und da eine wichtige Persönlichkeit. Dass sein Branddirektor da nicht fehlen durfte, war selbstverständlich. Schänker befand sich in bester Gesellschaft. Neben ihm standen Bürgermeister Adickes und der Dompfarrer sowie ein ihm unbekannter Mann. Heinrich hielt es für besser, in seinem sicheren Turm zu bleiben. Doch Klara machte ihm einen Strich durch die Rechnung.

„Von hier oben wirst du wohl schlecht deinen Anteil spenden können", hörte er sie hinter sich sagen.

„Wie bitte?"

„Los, geh mit mir runter und tu auch mal was Gutes zur Abwechslung."

„Ich pass Tag und Nacht auf die Stadt auf. Ist das nichts Gutes?"

„Jetzt spiel dich nicht als verkappter Sankt Florian auf und komm mit."

Dagegen half kein Argument. Klara konnte sehr überzeugend sein.

Kurz darauf hatte das Türmerehepaar den Domplatz erreicht und stürzte sich ins Getümmel. Schnell hatte Klara einen Stand gefunden, der ihr Interesse weckte und dasselbige an ihrem Mann einschlafen ließ. Heinrich stand verloren auf dem kleinen Markt und versuchte, gute Miene zum bösen Spiel zu machen.

„Ah, der Kollege Niemann. Auch für den guten Zweck unterwegs."

Heinrich drehte sich um und sah sich seinem Branddirektor gegenüber. Hatte er da eben *Kollege* gehört? Das sollte wohl ein Scherz sein. Kollegen waren sie wohl eher nicht. Heinrich beschloss, das zu ignorieren und versuchte sich in Konversation.

Er wolle auch mal schauen, was es hier so alles auf dem kleinen Markt zu entdecken gäbe. Schließlich helfe man ja gerne den Bedürftigen.

Wie es so geht?
Gut natürlich.
Was die Arbeit macht?
Keine Probleme, alles in allerbester Ordnung.
„Die Sache mit der Leiche ist ja wohl aus der Welt geschafft“, sagte der Branddirektor plötzlich.
„Wie meinen?“
„Na, Ihr Hirngespinst vom letzten Jahr.“
„Ich denke, darüber muss ich mit Ihnen nicht sprechen.“ Heinrich war jetzt auf der Hut.
„Nein, das müssen Sie nicht, Herr Niemann. Aber verbrennen Sie sich nicht die Finger an der Sache.“
„Keine Angst, ich bin ja schließlich Feuerwehrmann, da ist man vor Verbrennungen gefeit.“
„Löblich, löblich“, zeigte sich Schänker überheblich. Heinrich hätte ihn anspucken mögen, diesen ...
„Nun, ich werde dann mal weiterschauen. Ich glaube der Bürgermeister wünscht meine Anwesenheit.“
„Ja, schönen Tag noch“, sagte Heinrich, ohne es zu wollen und zu meinen. Der Branddirektor drückte sich an ihm vorbei.
Kurz darauf begegnete er dem Küster. Heinrich verfluchte sich, dem Drängen seiner Frau nachgegeben und diesen Markt besucht zu haben.
„Na, kannst du mich wieder hören, Türmer“, rief Doldinger Heinrich zu.
„Sehr witzig, Herr Doldinger.“
„Jetzt hör schon mit dem ewigen Herr Doldinger auf. Ich bin der Bernhard.“
„Wenn Sie meinen. Ich heiße Heinrich.“
„Na, prima. Jetzt wo das geklärt ist, gehen wir einen schmettern.“
„Was?“
„Na, wir picheln einen. Einen draufmachen, schlucken, bechern, saufen.“
Bei dem Wort „saufen“, klingelte es endlich bei Heinrich.
„Ach so“, sagte er. „Nein danke, ich trinke niemals vor Sonnenuntergang.“
„Auch nicht am Wochenende?“

„Auch dann nicht, Bernhard. Ein andermal gerne."

„Wie du meinst, Türmer. Aber beschwer dich hinterher nicht, wenn wir alle über Witze lachen, die du nicht verstehst."

„Keine Sorge, werde ich nicht."

„Ich wollt's nur gesagt haben." Der Küster machte sich zum Gehen bereit, gab Heinrich aber noch eine letzte Chance, seine Meinung zu revidieren. Als keine Reaktion kam, trollte er sich. Ein paar Meter weiter stieß er auf Meinhardt, der scheinbar kein Problem mit einem ausgedehnten Frühschoppen hatte. Gemeinsam machten sich die beiden auf den Weg zur nächsten Kneipe, um den Alltag wegzutrinken.

Klara war den ganzen Vormittag über damit beschäftigt, die Stände abzuklappern. Heinrich trottete gelangweilt hinterher. Unerwartet ertönte eine schrille Glocke. Die Gespräche verstummten. Heinrich suchte nach dem Grund der plötzlichen Ruhe und fand ihn in Bürgermeister Adickes, der eine Rede anstimmte. Er stand auf einer kleinen Bühne und intonierte. Voll des Lobes dozierte er über Henriette zu Helmsbach-Lippe. Er pries ihren unermüdlichen Einsatz für die hilfsbedürftigen Männer und das Wohl dieser Stadt. Viel Gutes in Frankfurt werde entscheidend durch ihr Tun geprägt.

Und so weiter und so weiter.

Nach der umfassenden Lobpreisung wurde die Dame ausgiebig beklatscht. Anschließend ergriff sie selbst das Wort. Sie bedankte sich für das zahlreiche Erscheinen auch im Namen der Bedürftigen, die selbstverständlich alle anwesend waren und tatkräftig zum Gelingen des Frühlingsfestes beitrugen.

Erst jetzt fiel es Heinrich auf. Überall an den Ständen waren Männer eingeteilt, die einen ähnlichen Gesichtsausdruck wie der ständige Begleiter von Frau zu Helmsbach-Lippe zur Schau trugen. Es schien sich tatsächlich um eine Einrichtung zur Betreuung geistig behinderter Männer zu handeln. Frau zu Helmsbach-Lippe stieg in Heinrichs Ansehen. Sehr löblich, befand er, sich einer solch schwierigen Aufgabe zu widmen.

Kurz darauf hatte die Dame ihre Rede beendet und wollte von der kleinen Bühne hinuntersteigen. Ihr ständiger Begleiter ließ es sich nicht nehmen, ihr die Hand zu reichen. Gerade als Frau zu Helmsbach-Lippe den entscheidenden Schritt tat, verfing sich ihr üppiges Kleid an einer nicht ordentlich verschraubten Diele. Hätte ihr Schützling nicht blitzartig reagiert, wäre sie wohl der Länge nach auf dem Domplatz aufgeschlagen. Um die Frau zu halten, musste der junge Mann jedoch seine linke Hand schnellstmöglich aus der Jackentasche ziehen. Dabei zerriss diese und der Inhalt ergoss sich über das Pflaster. Heinrich sah die Szene in etwa fünf Meter Entfernung. Deshalb konnte er sehr gut erkennen, was da aus der Jackentasche strömte.

Kirschkerne.

Verplappert

Herbert Böhmer, der etwas übergewichtige und unverheiratete Polizist hatte es sich zur Angewohnheit gemacht, mindestens einmal pro Woche in seinem Stammlokal in Sachsenhausens Klappergasse ordentlich einen über den Durst zu trinken. Bei diesen Gelegenheiten kam es des Öfteren vor, dass seine Zunge Dinge formulierte, die nicht für jedermanns Ohren bestimmt waren. Dies wussten auch die halbseidenen Individuen der Stadt Frankfurt und nutzten den, für sie angenehmen, Zustand leidlich aus, um Informationen aus dem Polizeipräsidium zu bekommen, die sie für ihre Geschäfte gut gebrauchen konnten.

Eines dieser Individuen war Ronald Schmidt.

Auf den ersten Blick als windig und gefährlich erkennbar. Sein Spitzname war in einschlägigen Kreisen *das Wiesel*. Und das hatte er nicht zuletzt seinem Aussehen zu verdanken. Er war ein schmalbrüstiger, unscheinbarer Kerl. Doch auf den ersten Blick sah man ihm seine Profession an. Niemand hatte ihn je ohne seine tief ins Gesicht gezogene Schiebermütze gesehen. Seine Augen waren Schlitze und seine knubbelige Nase beherrschte sein mit Sommersprossen übersätes Gesicht. Eine große Narbe zog sich quer über seine rechte Wange und ein Schneidezahn fehlte ihm. Er verstand es meisterhaft, solche unvorsichtigen Zeitgenossen wie unseren Herbert auszuhorchen, ohne dass sie es bemerkten.

„N'abend allerseits", warf Herbert munter in die Runde beim Betreten des Lokals.

Er setzte sich an seinen angestammten Platz an der Theke und bestellte mit einem lässigen „Wie immer, Schorsch!" einen großen Bembel Apfelwein. Er trank das Frankfurter Nationalgetränk immer pur. Dies gehörte sich so für einen Waschechten.

Kurze Zeit später wurde der erfrischende Cidre geliefert und kommentarlos vor dem Polizisten abgestellt. Daneben stand ein Geripptes, wie das zum Apfelwein gehörige Glas in Fachkreisen genannt wird, welches sofort mit köstlich vergorenem Apfelsaft gefüllt wurde.

Einem erfrischten „Aaah!", nach dem ersten Schluck, folgte ein zufrieden verklärtes Lächeln auf Herberts speckigem Gesicht.

In einer dunklen Ecke saß schon den ganzen Abend das Wiesel und freute sich, dass der Polizist heute wieder seinen freien Abend hatte. Schon vor Längerem hatte Schmidt sein Zielobjekt ausspioniert und sich in den letzten Monaten immer wieder geschickt lieb Kind bei ihm gemacht, sodass er manche wichtige Information für seinen Boss hatte herausfinden können. Er stand auf und setzte sich neben Böhmer an den Tresen.

„Der Bembel geht auf mich“, rief er dem Wirt zu und deutete auf den Tonkrug vor dem Polizisten.

Schorsch nickte gelangweilt und Herbert strahlte wie ein Honigkuchenpferd.

„Wie kimmt's?“

„Nur so, wir sind doch Freunde, da gibt man sich halt mal einen aus. Außerdem habe ich dich schon seit Ewigkeiten nicht mehr gesehen.“

„Stimmt. Iss e paar Woche her. Na dann: Noch en Geripptes für maan Freund, Schorsch.“

Schorsch gehorchte und man trank ein paar Gläser, ohne wirklich zu reden. Als Böhmers Zunge langsam lockerer wurde, sah das Wiesel seine Chance.

„Und, was gibt's Neues im Präsidium?“, fragte er betont beiläufig.

„Ach, nix Besonneres, Ronald. Des Beste in letzter Zeit war immer noch der Törmer vom Dom.“ Herbert lachte dümmlich.

„Wieso?“, hakte das Wiesel nach.

„Der hat werklisch geglabt e Leisch im Glocketorm gefunne zu habbe.“

„Und? Was ist daran so besonders.“

„Ei, da war überhapt kei Leisch im Dom.“

„Das verstehe ich nicht ganz ...“

„Iss schon länger her, da iss der uffgerescht ins Präsidium gerannt gekomme und hat erumgebrüllt, er hätt e dod Fraa im Glocketorm gefunne.“ Wieder lachte Herbert.

„Ja und?“, Schmidt musste sich beherrschen den Polizisten nicht zu schütteln.

„Mir sinn dann aach gleisch enuff gestörmt. Isch kann dir saache, die Trebbe da ennuff sinn vielleischt lang. Mein lieber Schieber! Isch war fix un fertisch, als isch da obbe war. Wenn isch nur da dran denk, krie isch schon wieder Schweißausbrüch." Herbert nahm daraufhin erst einmal einen tiefen Schluck Apfelwein und stellte das Glas krachend ab. „Mann, Mann, Mann. Wie kanmer nur so e Trebb baue ..."

„Was ist denn jetzt mit der Leiche?"

„Ach so, ja ... jetz halt disch fest, Ronald." Böhmer schaute sich verschwörerisch um, ob sie auch nicht belauscht würden und kam dann ganz nah an das Wiesel heran.

„Da war übberhaupt gar kei Leisch!"

„Was?"

„Wenn isch's dir saach!"

„Wann war das genau?"

„Iss schon länger her. War letzt Jahr im Herbst. Aber der lässt nett locker. Mein Chef hattem gesacht, er soll uns in Ruh lasse mit dem Zeusch. Aber er behaupt steif und fest e dod Fraa gefunne zu habbe, die dann ausgebüchst iss, der Spassvochel." Wieder lachte Herbert und schüttelte den Kopf. „So en Spinner."

„So, so. Letztes Jahr also ...", das Wiesel wurde nachdenklich.

„Ja, es muss so im November oder so gewese sei."

„Im November sagst du?"

„Ja, jetzt wo isch drübber nachdenk, bin isch mir sischer. November!"

„Eine Frau sagst du."

„Hab isch doch gesacht, biste schwer von Begriff, oder was?"

„Nein, nein", sagte das Wiesel hastig und ermahnte sich zur Vorsicht. „Ich will es halt nur verstehen. Wie kann denn eine Leiche verschwinden?"

„Des darfste misch nett frache. Aber wenn de misch doch frechst, sach isch dir, dass da überhaapt kei Leisch war. Der hat en Dubbe, sonst nix."

„Ja, ja ... bestimmt", antwortete das Wiesel verhalten. „Schorsch, zahlen!"

„Was'n los, Ronald? Musste schon haam?"

„Ja, meine Frau hat es nicht gerne, wenn ich so spät nach Hause komme."

„Isch wusst gar nett, dass du verheirad bist."

War das Wiesel auch nicht, aber das ging den Polizisten natürlich nichts an. Hastig warf Schmidt ein paar Münzen auf den Tresen und verschwand.

Das Wiesel hastete quer durch die Stadt. Er hielt eine Mietdroschke an und hieß den Fahrer, ihn sofort und ohne Umwege in die Kaiserstraße zu fahren. Der Kutscher gehorchte und jagte sein Pferd am Main entlang bis zur Untermainbrücke. Wenig später bog das Gefährt von der Mainzer Straße in die Kaiserstraße ein.

„Welche Nummer, der Herr?“, rief er seinem Fahrgast zu.

„Halten Sie irgendwo“, wies Schmidt den Mann an.

Die Kutsche hielt kurz darauf am Straßenrand und ließ seinen Gast aussteigen. Das Wiesel bezahlte den Mann für seine Dienste und wartete, bis er sich wieder entfernt hatte. Es war bereits dunkel. Die Gaslampen tauchten das Viertel in ein schummriges Licht. Verstohlen schaute sich das Wiesel um, ob ihm auch niemand gefolgt war. Dann lief er die Kaiserstraße fast bis ganz hinauf zum Hauptpersonenbahnhof. Vor einem großzügigen Stadthaus hielt er an und blickte erneut hinter sich. Dann betrat er den Eingangsbereich des Hauses und betätigte die Hausglocke. Es dauerte eine Weile, bis im Inneren Licht anging und ein verschlafen wirkender Mann die Tür öffnete.

„Was wird gewünscht um diese späte Stunde?“, fragte der Mann in arrogantem Tonfall. Gleichzeitig musterte er die Erscheinung vor sich abfällig.

„Ich muss mit dem Boss, … ich meine, mit Herrn Möhnring sprechen.“

„Ich glaube kaum, dass Herr Möhnring gewillt ist, zu dieser Uhrzeit Besuch zu empfangen“, näselte der Mann in der Tür und schickte sich an, diese wieder zu schließen.

„Es ist von ungeheurer Wichtigkeit“, setzte Schmidt nach. „Hier, für Ihre Mühen.“ Das Wiesel hielt dem Mann einen Geldschein hin.

„Was soll das?“, empörte sich dieser. „Sehe ich aus, als hätte ich Ihr schmutziges Geld nötig?“

Schmidt wedelte mit dem Schein und grinste. „Geld stinkt nicht, mein Gutster.“

Möhnrings Diener gab nach kurzem Überlegen den Weg ins Innere frei. „Wenn es denn so wichtig ist, will ich sehen, was ich für Sie machen kann.“

Schmidt betrat das feudal eingerichtete Herrenhaus. Als er den Diener passierte, legte ihm dieser eine Hand auf die Brust und stoppte ihn.

Das Wiesel schaute fragend.

Dann sah er die ausgestreckte Hand und legte den Geldschein hinein. Mit einer eleganten Bewegung verschwand das Geld in der Tasche des edlen Morgenrocks, den der Diener trug.

„Warten Sie in der Bibliothek, mein Herr. Ich werde derweil eruieren, ob Herr Möhnring zu sprechen ist. Wie war noch Ihr Name?"

„Sagen Sie ihm, das Wiesel ist da."

„Sehr wohl, Herr Wiesel. Die Bibliothek ist gleich hier links."

Schmidt betrat das Zimmer und fläzte sich alsbald in einen Ohrensessel.

„Warten Sie in der Bibliothek, Herr Wiesel", äffte er den Diener nach. „Ich brauche Ihr schmutziges Geld nicht. Pah!"

Das Wiesel schaute sich um und entdeckte die Hausbar. Schnell hatte er sich eines der Getränke geschnappt und die Flasche angesetzt.

„Bäh, was ist denn das für ein Dreck", rief er, nachdem er einen tiefen Schluck genommen hatte. „Da rollen sich ja einem die Fußnägel auf." Er schaute die Flasche an und verzog das Gesicht. „Was für ein ekelhaftes Zeug. Wer trinkt denn so was?"

„Ich!", hörte er eine Stimme hinter sich.

Das Wiesel fuhr herum und hätte beinahe die Flasche fallen lassen.

„Oh, ... Hallo Boss."

„Nenn mich nicht Boss!", schnappte der Hausherr und nahm Schmidt die Flasche aus der Hand. Er stellte sie vorsichtig wieder an ihren Platz. „Das Zeug, wie du es nennst, kostet mehr als eine Jahreskarte im Schauspielhaus, du Kretin."

„Schmeckt trotzdem wie schlechter Handkäs!"

„Hatte ich nicht gesagt, du sollst mich niemals in meinem Haus besuchen?", Möhnring klang sehr böse. Er hatte ebenfalls einen Morgenrock an und seine Frisur ließ darauf schließen, dass er sich schon zur Nachtruhe gebettet hatte. „Also, was willst du hier? Und wehe, es ist nicht wichtig."

„Ich glaube, Maria lebt noch!"

„Was?“ Möhnrings blasses Gesicht wurde noch fahler. „Wie kommst du darauf?“

„Ich habe einen Informanten aus dem Polizeirevier getroffen. Er hat gesagt, dass der Türmer eine Leiche im Glockenturm gefunden hat.“

„Moment!“, Möhnring schüttelte sich kurz. „Wenn er eine Leiche gefunden hat, wieso glaubst du dann, dass Maria noch lebt? Bist du irre?“

„Jetzt lass mich doch ausreden, Boss.“

„Wenn du jetzt noch einmal Boss sagst, erlebst du ein blaues Wunder!“

„Ja, ja, schon gut B… äh, Herr Möhnring, … Geert.“ Das Wiesel schnaufte. „Wie soll ich dich denn jetzt nennen?“

„Hier im Haus: Herr Möhnring. Und jetzt erzähle.“

Das Wiesel berichtete von seinem Gespräch mit Herbert. Dann zog er seine Schlüsse.

„Wenn die Leiche verschwunden ist, dann kann das nur heißen, dass die Leiche keine Leiche war.“

„Wiesel, du benutzt mir ein wenig zu oft das Wort Leiche. Jetzt rede mal Klartext. Ich denke, du hast das Problem mit Maria gelöst. Oder etwa nicht?“

Das Wiesel wand sich. „Na ja, ich dachte eigentlich schon.“

„Aber?“

„Nicht so ganz.“

„Was heißt hier: Nicht so ganz? Hatte ich mich nicht klar genug ausgedrückt?“

„Doch schon.“

„Du verschweigst mir was, Wiesel. Los, raus mit der Sprache.“

„Na ja, das war so: Ich hatte der Kleinen an dem Abend im November aufgelauert, wie du es befohlen hattest. Ich habe an der verabredeten Stelle gewartet, wo ich sie … na ja, du weißt schon.“ Er fuhr sich mit dem Zeigefinger am Hals entlang. „Diese Stelle war unten in der Saalgasse.“

„Und? Weiter?“

„Na ja … ich ging zu ihr und schnappte sie mir von hinten. Ich hielt ihr den Mund zu, damit sie nicht um Hilfe schreien konnte. Aber sie hat mir in die Hand gebissen.“

Möhnring rollte mit den Augen.

„Na ja, dann hat sie doch geschrien. Ich habe ihr dann das Messer in den Wanst gerammt. Da war sie still. Ich wollte ihr gerade den Rest geben, als ich Geräusche hörte. Ich hatte befürchtet, entdeckt zu werden und ... da habe ich sie nur ganz kurz losgelassen."

Möhnring rollte wieder mit den Augen. Diesmal gesellte sich noch ein äußerst unzufriedener Gesichtsausdruck hinzu.

„Sie hat sich losgerissen und ist in den Dom geflüchtet. Ich wollte hinterher und ihr den Garaus machen, aber dann kamen diese Kerle um die Ecke. Sie waren betrunken und haben so laut gegrölt, dass sie bestimmt jemand der Anwohner gehört hat. Einer hatte sogar schon zur Ruhe gerufen. Ich wollte nicht auf mich aufmerksam machen und hab mich verdrückt."

„Und du hast gedacht, dass ein Stich in den Bauch genügen würde und hast mir erzählt, dass du sie beseitigt hast?", schlussfolgerte Möhnring.

„Ja, genau so war's", freute sich das Wiesel.

„Du Vollidiot!", rief Möhnring.

„Wieso?"

„Jetzt denk mal nach, du Schwachkopf. Wenn sich eine angestochene Frau in den Dom flüchtet und dort stirbt, was meinst du, wo man das hätte lesen können?"

„Im Generalanzeiger?"

„Im Generalanzeiger! Und? Hast du es gelesen?"

„Nee, das ist zu kompliziert für mich."

„Aber für mich nicht, du Depp. Ich lese jeden Tag jeden Artikel dieser Zeitung."

„Jeden?"

„Jeden! Und ich habe nichts über eine tote oder wenigstens angestochene Frau im Dom gelesen. Und wenn es nicht in der Zeitung gewesen wäre, hätte man mich informiert. Ich habe genug Leute bei der Polizei, die mich auf dem Laufenden halten. Hatte ich dir nicht klipp und klar gesagt, dass sie verschwinden muss?"

„Ja doch! Aber sie war doch verschwunden und ist es noch."

„Sicher, aber wer weiß, wo sie jetzt ist? Das könnte zu einem ernsten Problem werden. Sie hat dich bestimmt erkannt. Und wenn sie dich schnappen, werden sie auch irgendwann mich erwischen, du Trottel!"

„Das tut mir leid, B ... Herr Möhnring!"

„Das nutzt mir jetzt auch nichts. Hau jetzt ab. Ich kümmere mich darum."

„Einfach so? Bekomme ich keinen Ärger?"

„Aber, aber, mein lieber Wiesel", sagte Möhnring väterlich. „Wir machen doch alle mal Fehler."

„Danke, Boss ... äh, Herr Möhnring. Wird auch nicht wieder vorkommen. Versprochen!" Kurz darauf verließ das Wiesel hastig Möhnrings Haus.

„Sehr richtig, Wiesel: Das wird bestimmt nicht wieder vorkommen", sagte Möhnring, als er aus dem Fenster sah und dem Wiesel hinterherschaute. „Alfred", rief er nach seinem Diener, der kurz darauf im Türrahmen erschien. „Schicken Sie nach Siegfried Winter. Er soll sich morgen früh als Erstes bei mir melden."

„Sehr wohl."

Am nächsten Tag kam Siegfried Winter wie ihm geheißen in das Arbeitszimmer des Geschäftsmannes Geert Möhnring. Nach wenigen Minuten hatte er zwei klare Aufträge. Der erste war die lautlose und spurlose Beseitigung des Wiesels. Der zweite Auftrag lautete, nach der vermeintlich verschwundenen Maria aus dem Dom zu suchen, sie zu finden und nötigenfalls vom lebenden in einen toten Zustand zu versetzen.

Heinrich Niemann war sicher, den Fall gelöst zu haben. Niemand geringeres als der ständige Begleiter der Wohltäterin Henriette zu Helmsbach-Lippe musste der gesuchte Übeltäter sein. Da der Türmer dank seiner heimlichen Verfolgung der beiden wusste, wo der Mann wohnte, würde es ein Leichtes sein, ihn zu finden und anhand der Kirschkerne zu überführen. Gleich am nächsten Morgen wollte Niemann zu Kommissar Schuhmann gehen und ihm seine neuesten Erkenntnisse mitteilen. Diesmal musste der Polizist ihm glauben und endlich etwas unternehmen.

Voller Tatendrang ging er deshalb an diesem Montagmorgen ins Polizeipräsidium.

„Guten Morgen, Herr Schuhmann", begrüßte er den Wachtmeister.

„Sie schon wieder", kam prompt die Antwort. „Hatte ich mich nicht klar genug ausgedrückt? Der Fall ist abgeschlossen."

„Ich habe neue Beweise!"

„So, so."

„Bitte hören Sie mich an, bevor sich mich hinauswerfen."

„Na gut", der Polizist hatte an diesem Morgen gute Laune und zeigte sich deshalb geduldig. Außerdem war ihm der Türmer irgendwie sympathisch. „Schießen Sie los."

Heinrich erzählte von seinem fast in Vergessenheit geratenen Fund des Kirschkerns im Glockenturm und von den Ereignissen des Wochenendes. Schuhmann hörte aufmerksam zu und legte die Stirn in Falten, als Niemann seinen Bericht beendet hatte.

„Sehr interessant", sagte er schließlich. „Aber wo ist die Leiche?"

„Die hat der Mann verschwinden lassen, ohne Zweifel."

„Herr Niemann", sagte der Polizist langsam. „Wie ich bereits erwähnt hatte, wurde die Akte von ganz oben geschlossen. Da sind mir die Hände gebunden."

Unerwartet sprang Heinrich auf und schlug mit beiden Händen krachend auf den Schreibtisch vor ihm.

„Verdammt, Schuhmann!", schrie er. „Es ist ein Mord geschehen. In meinem Zuständigkeitsbereich. Ich habe die Tote gesehen, wurde überfallen und es fanden sich Blutspuren auf dem Dachboden des Domschiffs. Was wollen Sie denn noch? Die Kirschkerne, die Decke und mein Bericht müssen doch genügen, um den Fall endlich zu bearbeiten." Des Türmers Gesicht war feuerrot vor Zorn. „Was soll ich denn noch machen, dass Sie sich endlich bewegen und Ihre Arbeit tun?"

„Jetzt beruhigen Sie sich erst mal, Herr Niemann", versuchte Schuhmann die Wogen zu glätten. „Ich glaube Ihnen ja."

„Und wieso unternehmen Sie dann nichts?"

„Weil ich den Befehl habe, den Fall nicht zu bearbeiten."

„Da ist doch was faul!", schloss der Feuerwehrmann und ließ sich resigniert in den Stuhl zurückfallen. Ratlos suchte er den Blick seines Gegenüber, der es kaum schaffte, dem Türmer in die Augen zu schauen.

„Sie wollen also den Mord ungesühnt lassen?"

„Von *wollen* ist hier nicht die Rede, Herr Niemann. Und jetzt lassen Sie mich damit in Ruhe."

Heinrich verließ verstört das Präsidium und schritt wütend die Porzellanhofstraße hinunter bis zur Neuen Zeil. Er bog in die Fahrgasse ein und wäre dabei beinahe von einem dieser Automobile angefahren worden, mit denen sich die Neureichen der Stadt kutschieren ließen. Diese Dinger nahmen langsam Überhand, wie der Türmer immer wieder feststellte. Wütend tat der Fahrer der knatternden Kutsche ohne Pferde seinen Unmut kund, indem er eine trötende Hupe betätigte und Heinrich unflätig beschimpfte. Doch dieser marschierte stoisch weiter in Richtung Dom.

Der Tag neigte sich dem Ende zu. Das Wiesel schaute sich hastig um. Irgendwie hatte er das Gefühl, verfolgt zu werden. Seine jahrelange Laufbahn als Schwerverbrecher hatte ihn vorsichtig gemacht. Wenn man wie er geraubt, betrogen und gemordet hat, musste man aufpassen, nicht selbst einmal zum Opfer zu werden. Er huschte durch die Straßen Frankfurts, wobei er seinem Spitznamen alle Ehre erwies. Geschickt nutzte er die dunklen Stellen zwischen der kargen Beleuchtung der Gaslaternen aus. An jeder Ecke schaute er sich um, ob er nicht doch einen Verfolger erkennen konnte.

Schmidt hatte dieses seltsame Gefühl, seit er am Morgen das Haus für ein paar schnelle Taschendiebstähle auf dem Römerberg verlassen hatte. Er bestahl dort ein paar unbedarfte Fremde, die sich die wunderschöne Altstadt einmal aus der Nähe betrachten wollten. Leichte Beute für das Wiesel. Er war sehr geschickt. Und wenn die Auswärtigen staunend vor dem Römer standen, waren sie besonders unaufmerksam.

Nachdem er den ganzen Tag über reichlich Beute gemacht hatte, beschloss er, einen nicht unbeträchtlichen Anteil der Tageseinnahmen unter den Kneipenwirten der Stadt zu verteilen. Doch sobald er nicht mehr auf seine Opfer konzentriert war, kam der Eindruck zurück, dass ihm irgendjemand auf die Finger sah.

Ob dies mit seinem schlechten Gewissen zusammenhing, weil er seinen Boss angelogen hatte? Wie hätte er denn ahnen sollen, dass ausgerechnet in dem Moment, wo er das Miststück hatte beseitigen wollen, die Zechbrüder auftauchen würden. Dabei war er so stolz gewesen, den Auftrag bekommen zu haben. Er wähnte sich schon im inneren Zirkel des großen Bosses. Warum er die Kleine hatte beseitigen sollen, war ihm völlig schnuppe. Hauptsache, der Auftrag wurde gut bezahlt und beförderte ihn quasi vom Strauch- und Taschendieb zu einem ernst zu nehmenden Verbrecher. Und da Mord nun mal ein Kapitalverbrechen ist, wurde es entsprechend gut entlohnt. Für die Bezahlung, die er für den Mord erhalten hatte, hätte er viele fremde Taschen auf dem Römerberg leeren müssen. Er hoffte nur, dass er das Geld jetzt nicht zurückzahlen musste, da er es längst unter die Leute, respektive Wirte und Spieler Frankfurts gebracht hatte. Mit Geld konnte er nicht umgehen.

Wenn nur diese elenden Zecher nicht gewesen wären. Nur ein kleiner Moment der Unachtsamkeit und das Weib war ihm entwischt und in den Dom gerannt. Hinterher zu gehen war dem Wiesel dann doch zu heikel und deshalb zog er es vor, sich aus dem Staub zu machen.

Mist!

Na ja, zum Glück hatte der Boss ihm das noch mal durchgehen lassen. Leider würde er jetzt so schnell keine gut bezahlten Mordaufträge mehr von Möhnring bekommen. Schade drum.

Das Wiesel war sich aber sicher, dass er einen guten Stich gelandet hatte, den das Miststück nie und nimmer hätte überleben können. Sie musste einfach tot sein.

Schmidt hatte gerade sein Tagewerk am Liebfrauenberg vollendet. Der Taschendieb überschlug kurz im Kopf die heutige Ausbeute. Er nickte zufrieden und trollte sich. Der Tag schlief langsam ein und die Dämmerung schlich hinüber in die Nacht. Zufrieden schlenderte das Wiesel nun die Töngesgasse hinab und bog ab in Richtung Main, wo er sich ein nettes Wirtshaus zum Tagesausklang suchen wollte.

Da war doch ein Schatten gewesen!

Schmidt schaute sich hastig um.

Das Wiesel erhöhte die Aufmerksamkeit.

Irgendetwas stimmte hier nicht, da war er sicher.

Er konnte sich auf sein Gefühl verlassen. Der Kriminelle tastete in seiner Jackentasche nach seinem Messer. Als sich seine Hand um den Griff des Mordwerkzeuges schloss, beruhigte er sich ein wenig. Dennoch war ihm mulmig zu Mute. Er fühlte sich angreifbar, in der menschenleeren Gasse. Hier war er ein leichtes Opfer, niemand würde es bemerken, wenn man ihm den Garaus machen wollte. Er befand sich jetzt in der Graubengasse, die von der Töngesgasse in die Schnurgasse führte. Wenn er die Schnurgasse erreichen könnte, wäre er in Sicherheit, denn bei der Schnurgasse handelte es sich um eine breite, gut beleuchtete Straße. Außerdem kannte er dort eine kleine Kneipe, in der er sicher erst einmal Unterschlupf finden würde.

Das Wiesel beschleunigte seinen Schritt. Jetzt hörte er deutlich das Klacken von Absätzen auf dem kopfsteingepflasterten Weg hinter sich. Schmidt drehte sich um. Er wurde von irgendetwas geblendet, dennoch konnte er einen Umriss erkennen. Es handelte sich um einen Mann.

Einen großen Mann!

Und der rannte genau auf ihn zu.

Das Wiesel ergriff instinktiv die Flucht.

Hinter ihm wurden die Schritte schneller.

Sein Herz raste.

Immer noch hielt er krampfhaft den Schaft des Messers in seiner Tasche umklammert, ohne daran zu denken, es seinem Angreifer entgegenzustrecken. Zu groß war seine Panik.

Nur noch einhundert Meter bis zur hell erleuchteten Schnurgasse und zur Rettung. Hastig drehte er sich nach seinem Verfolger um.

Er konnte ihn nicht sehen.

Wo war der Kerl?

Das Wiesel blieb stehen und schaute die Graubengasse in Richtung Töngesgasse hinauf, aus der er gekommen war.

Nichts zu sehen.

Ängstlich schlich das Wiesel weiter. Er lief rückwärts, um seinen Verfolger besser sehen zu können, falls er wieder auftauchte. Er wollte nur weg hier, aus der dunklen Gasse!

Der Taschendieb drehte sich wieder um und wollte losrennen, als er gegen etwas stieß, wodurch sein Fortkommen jäh gestoppt wurde.

„Uff!“, stieß er aus.

„Na, Wiesel“, sagte eine tiefe Stimme. „Wohin so schnell?“

„Siegfried“, stieß Schmidt erleichtert aus. Er kannte den vermeintlichen Verfolger. Sozusagen ein Kollege. „Was machst du denn hier? Mann, hast du mir einen Schrecken eingejagt.“

„Das war auch meine Absicht.“

„Was?“

„Das mache ich immer so mit meinen Opfern.“

„Ich versteh kein Wort?“ Jetzt war dem Wiesel wieder mulmig. „Was soll denn das Geschwätz? Wieso Opfer?“

„Denk mal scharf nach …“

Doch zum Nachdenken kam Ronald Schmidt nicht. Wenige Sekunden später lag er mit einer klaffenden Wunde in der Brust leblos in der Graubengasse und verblutete.

Kommissar Zufall

Der Türmer war gehörig frustriert. Niemann stand auf der Aussichtsplattform und schaute mürrisch über die Stadt. Warum wollte ihm keiner glauben? Es war zum Verzweifeln. Was wollte die Polizei denn noch? Je mehr er darüber nachdachte, desto seltsamer kam ihm die ganze Geschichte vor. Irgendjemand musste die Tote doch vermissen. Es war unmöglich, dass eine Frau einfach so verschwinden konnte. Und warum hatte Schuhmann den Befehl von ganz oben, den Fall niederzulegen? Warum wurden die Beweise, die er der Polizei präsentiert hatte, ignoriert? Die Decke, die Kirschkerne, das Blut auf dem Dachboden. Alles klare Beweise!

Oder doch nur Indizien?

Die Decke konnte weiß Gott woher stammen, die Kirschkerne mussten nicht vom ständigen Begleiter von Frau zu Helmsbach-Lippe sein und das Blut konnte auch von einem Steinmetz stammen, der sich in den Finger geschnitten hatte.

Alles Zufall?

Aber er hatte die Leiche doch gesehen!

Oder doch nicht?

So langsam zweifelte der Feuerwehrmann an seinem Verstand.

„Ich muss was unternehmen. Ich brauche Gewissheit", beschloss Heinrich deshalb und stieg vom Turm herab.

Unten angekommen traf er auf Meinhardt.

„Ah, da biste ja, Heini", rief der Pförtner ihm entgegen.

„Was gibt's? Ich bin in Eile", raunzte der Feuerwehrmann.

„Nanana, jetz mach e mal halblang, du Schnösel. Ich glaab dir brennt de Kittel. Isch mach hier de Brieftrecher für disch und du schnauzt misch aach noch ah."

„Entschuldige Meinhardt, aber ich bin ein wenig gereizt", warb Niemann um Verständnis. „Was hast du denn für mich?"

„Ey, en Brief." Der Pförtner kramte in seiner Jackentasche und brachte umständlich einen Umschlag zum Vorschein. Er hielt ihn dem Türmer entgegen.

„Da steht dein Name druff. Isch hab den Wisch vor meiner Tür gefunne. Bin beinahe druffgedrehte."

„Da ist ja gar kein Absender drauf“, erkannte Heinrich sofort.

„Hast wohl e heimlisch Geliebte, was Heini?“, sagte der Pförtner spitzbübisch und stupste den Türmer in die Seite.

„Ach Quatsch.“

„Machen doch emal uff!“

„Wenn ich alleine bin.“

Niemann ließ den neugierigen Pförtner stehen und ging ein paar Meter weiter auf den Domplatz. Doch bevor der Türmer den Brief öffnete, untersuchte er ihn genau.

„Nichts Außergewöhnliches zu sehen“, war seine Bilanz.
Er öffnete den Umschlag und zog einen Zettel heraus, auf dem stand:

Heute Abend um zehn Uhr am Eiseren Steg, Sachsenhäuser Seite.

„Merkwürdig“, murmelte Heinrich und steckte den Zettel zurück in den Umschlag. Einigermaßen verwirrt setzte er seinen Weg zum Polizeipräsidium fort. Diesmal wollte er aber in die Abteilung für vermisste Personen. Hier würde man ihm vielleicht sagen können, ob eine junge Frau seit November vermisst wurde. Im Präsidium angekommen, achtete er darauf, nicht von Schuhmann oder seinem Gehilfen Böhmer gesehen zu werden und fragte sich zum zuständigen Beamten durch. Als er endlich das entsprechende Zimmer erreicht hatte, klopfte er an und ein gedämpftes „Herein!“ gewährte ihm Zutritt.

„Guten Morgen“, grüßte Niemann höflich und lupfte die Dienstmütze.

„Morsche, was gibt's?“, kam die Antwort von einem untersetzten Polizisten, der statt einer Uniform einen Anzug und einen imposanten Schnurrbart trug, der an beiden Wangen entlang wuchs.

„Ich wollte fragen, ob eine junge Frau seit November letzten Jahres vermisst wird.“

„Wieso, haben Sie eine gefunden?

„Nein, ... doch, ... vielleicht.“

„Was jetzt?“

Der Türmer schalt sich einen Idioten, dass er sich nicht besser auf diese Situation vorbereitet hatte. Jetzt hieß es improvisieren.

Doch er musste nicht weiter grübeln, denn die Tür wurde aufgerissen und ein junger Mann stürmte in das Büro. Heinrich schätzte ihn auf etwa zwanzig Jahre. Er war gekleidet in einen abgetragenen Anzug und trug sein Haar modisch frisiert. In seinem bartlosen Gesicht konnte man Zorn erkennen.

„Haben Sie sie endlich gefunden?“, rief er ohne Gruß in den Raum hinein.

Der Polizist klatschte die Akten, die er in der Hand hielt, auf seinen Schreibtisch und lief puderrot an.

„Herr Grasshoff!“, schrie der Beamte. „Ich habe Ihnen schon tausendmal gesagt, dass Sie nicht ständig in mein Büro kommen und mich nach Ihrer Verlobten fragen sollen. Ich habe Ihnen doch gesagt, dass wir uns bei Ihnen melden, sobald wir etwas erfahren.“

„Aber das geht jetzt schon seit Monaten!“, entgegnete der junge Mann.

„Genau, das ist ja mein Problem“, rief der Beamte. „Wie soll ich denn meine Arbeit machen, wenn Sie mich ständig unterbrechen?“

„Und wie wollen Sie von Ihrem Bürostuhl aus meine Verlobte finden?“

„Auch das habe ich Ihnen schon mehrfach gesagt. Ich nehme die Anzeigen nur entgegen. Ich suche nicht nach den Vermissten. Außerdem ist Ihre Verlobte nicht die einzige vermisste Person in Frankfurt und Umgebung. Denken Sie, Sie sind alleine auf der Welt?“

„Ich halte das aber nicht mehr aus. Ich brauche Gewissheit.“ Der junge Mann brach unerwartet in sich zusammen. Plötzlich war er ein Häuflein Elend. Heinrich, der die ganze Zeit über neben dem Jungen gestanden hatte, stützte ihn nun. Er schien völlig verzweifelt, was den Polizisten jedoch nicht im Geringsten zu rühren schien.

„Wir suchen weiter nach Ihrer Verlobten und wenn wir sie gefunden haben, werden Sie es als Erster erfahren und jetzt verlassen Sie mein Büro.“

„In den diplomatischen Dienst wechseln Sie wohl auch nicht mehr“, schnappte Niemann, wartete aber nicht mehr auf die Antwort. Er führte den jungen Mann vor die Tür und ließ das weinende Bündel auf einer Holzbank Platz nehmen und seine Gefühle ordnen.

„Danke sehr, mein Herr“, sagte Grasshoff nach einer Weile verheult. „Ich bin völlig verzweifelt. Seit Monaten suche ich nach meiner

Verlobten. Und die Polizei tut nichts."

„Seit wann genau suchen Sie sie denn?", wollte Heinrich wissen.

„Seit November."

Siegfried Winter stand vor dem Polizeipräsidium und wartete geduldig. Niemals würde er freiwillig auch nur einen Fuß in das Gebäude setzen. Er hatte seine Leute, die ihm Bericht erstatteten. Es war in seiner Branche unabdingbar, Spitzel bei der Polizei zu haben. Wie er herausgefunden hatte, war da dieser Feuerwehrmann, der behauptete, eine Leiche im Glockenturm gefunden zu haben, die aber verschwunden ist. Es war *die* Lachnummer im Präsidium.

Winter konnte darüber nicht lachen. Wenn da keine Leiche im Dom lag, dann könnte das nicht nur für seinen Boss zu einem echten Problem werden. Möhnring hatte ihn zwar nicht ganz genau eingeweiht in die Geschichte, er konnte aber eins und eins zusammenzählen. Maria Wenger musste tot sein, sonst würde es demnächst eine Menge Ärger in Frankfurt geben.

Schon seit Tagen verfolgte er den Türmer nun auf Schritt und Tritt. Winter hatte wenig Aufschlussreiches in dieser Zeit gesehen oder gehört. Der Feuerwehrmann führte ein eher langweiliges Leben.

So langsam wurde der Killer ihm überdrüssig. Er überlegte, wie er dem Türmer auf den Zahn fühlen könnte. Er musste geschickt vorgehen. Töten durfte er ihn nicht. Das würde zu viel Aufmerksamkeit erregen. Nicht dass es ihm etwas ausmachen würde, dieses lächerliche Männlein in die Hölle zu schicken. Aber er war schlau genug, um zu wissen, dass dies nicht angebracht wäre. Ein paar gebrochene Knochen wirkten manchmal Wunder.

Der Türmer würde sicher bald wieder aus dem für ihn verbotenen Haus herauskommen. Mal sehen, wie und wo sich eine Gelegenheit bot, ihm aufzulauern.

Winter hing noch seinen Gedanken nach, als Niemann in Begleitung Grasshoffs das Präsidium verließ. Hastig faltete der Killer seine Zeitung zusammen, die er als Tarnung vorgegeben hatte zu lesen, und folgte den beiden Männern in sicherer Entfernung.

Der Killer fragte sich, wer wohl der andere Mann war. Doch hoffentlich nicht ein Polizist, der dem Feuerwehrmann in seinem Irrglauben unterstützte?

Das wäre fatal.

Winter musste unbedingt herausfinden, wer der Kerl war. Er folgte den beiden Männern bis hinunter zum Römerberg, wo sie sich in einem Wirtshaus niederließen. Winter schaffte es, in Hörweite einen Tisch zu bekommen und faltete wieder seine Zeitung auseinander.

„Nun erzählen Sie noch mal von Anfang an, Herr Grasshoff", hörte er den Türmer sagen.

„Es war im letzten Jahr, Anfang November", begann der junge Mann zu erzählen. „Maria war plötzlich so merkwürdig. Dabei waren wir doch glücklich. Erst wenige Tage zuvor hatte ich, auf ihr Drängen hin, bei ihrem Vater um ihre Hand angehalten. Ich war so froh darüber, denn ich hatte mich schon länger um Maria bemüht. Doch hatte sie meinem Werben bis dahin beharrlich widerstanden ..."

Beim Namen Maria zuckte Winter kaum merklich zusammen. Er erhöhte seine Aufmerksamkeit, als der junge Mann fortfuhr: „... um so glücklicher war ich, als sie die Verlobung von sich aus vorschlug."

Der Türmer hakte nach: „Hat Sie das nicht stutzig gemacht?"

„Ja, doch, ein wenig schon. Aber ich war ... bin ... sehr verliebt ihn sie. Zudem sind wir beide nicht mehr die Jüngsten. Und ich war mir sicher, dass Maria die Richtige ist. Wir hatten sogar das ein oder andere Stelldichein - wenn Sie verstehen, was ich meine. Diese Treffen gingen nicht von mir aus. Maria war die treibende Kraft."

Der Türmer nickte nachdenklich, während Grasshoff eine kurze Pause machte.

Er schien grüblerisch zu werden. „Jedoch änderte sich alles kurze Zeit später. Sie verhielt sich mir gegenüber zunehmend reserviert. Als ich sie zur Rede stellte, sagte sie, sie könne nicht mit mir darüber sprechen. Ich hegte den Verdacht, dass sie vielleicht einen anderen hätte. Dies sagte ich ihr auch und es kam zu einem fürchterlichen Streit. Ich war rasend vor Eifersucht. Ich muss gestehen, dass ich im Laufe des Streits zu weit gegangen bin. Ich ..."

Die Bedienung des Wirtshauses trat an den Tisch und nahm die Bestellung auf. Grasshoff schwieg derweil. Heinrich wurde sehr neugierig.

„Wie gesagt", fuhr Grasshoff fort, als die Bedienung außer Hörweite war. „Ich bin ein wenig zu weit gegangen."

„Haben Sie sie geschlagen?", fragte Niemann entsetzt.

„Nur ein kleiner Klapps, mehr nicht", gab der junge Mann beschämt zu. „Es tut mir furchtbar leid. Ehrlich, Herr Niemann, das müssen Sie mir glauben. Ich weiß auch nicht, was in mich gefahren ist. Ich erkannte mich selbst nicht wieder. Sie müssen wissen, dass wir bereits ein Hochzeitsdatum vereinbart hatten. Es war mir sehr ernst mit Maria. Leider kann ich ihr nicht viel bieten. Mein Gehalt als Schuster in Anstellung ist nicht gerade üppig. Ich war sehr froh, dass ich überhaupt die Erlaubnis ihres Vaters erhielt. Er ist ein angesehener Geschäftsmann, drüben in Offenbach. Dass er mir kleinem Schustergesellen seine Tochter an die Hand gibt ... "

Der junge Mann hielt inne. Er schien zu bemerken, dass er vom Thema abwich. Grasshoff holte tief Luft und erzählte dann weiter: „Einige Tage nach unserem Streit ging ich zu ihr, um mich mit ihr auszusöhnen. Ich hoffte, sie würde ihrem Vater von meinem Aussetzer nichts erzählen. Das hätte mich unmöglich gemacht. Dennoch war ich fest entschlossen herauszufinden, ob es einen anderen Mann gab. Ich wollte sie erneut darauf ansprechen. Als ich ihr Haus erreichte, sah ich gerade noch, wie sie in das Automobil der Familie stieg und davonfuhr. Zum Glück kam zufällig eine freie Droschke vorbei und ich sprang hinein. Eigentlich kann ich mir das gar nicht leisten, aber ich wollte unbedingt wissen, wohin sie fuhr. Tatsächlich schaffte ich es, mich an ihre Fersen zu heften."

Grasshoff unterbrach sich, als die Bedienung mit der Bestellung kam. Er nippte kurz an der Tasse und redete dann weiter.

„In Sachsenhausen ließ sie den Chauffeur direkt vor einem herrschaftlichen Anwesen anhalten und ging in das Haus hinein. Ich wurde natürlich neugierig und schlich mich an. Ich versuchte einen Blick in das Innere zu erhaschen, was mir auch gelang. Dort sah ich Maria, wie sie mit einem fremden Mann redete. Sie schienen sich zu streiten. Ich war wieder von Eifersucht geplagt, da ich dachte, es handele sich wohl um meinen Nebenbuhler. Ich kam so in Rage, dass ich Angst hatte, eine Dummheit zu begehen und verschwand. Ich war so wütend, dass ich mich nicht mehr traute, zu ihr zu gehen, aus Furcht vor einer unbedachten Handlung. Aber nach zwei Wochen hielt ich es nicht mehr aus. Ich wollte endlich Klarheit. Deshalb ging ich erneut zu ihr. Doch ich traf nur ihren völlig verzweifelten Vater vor. Er berichtete mir von Marias Verschwinden. Er war am Boden zerstört. Hatte er doch erst kurz zuvor seine Frau verloren. Sie starb an einer schrecklichen Krankheit. Alles was ich erfuhr, war, dass Maria wenige Tage, nachdem ich sie mit dem mir fremden Mann beobachtet hatte, wieder nach Frankfurt gefahren war. Von dieser Reise ist sie nie zurückgekehrt."

„Erlauben Sie mir einige Fragen, mein Freund", unterbrach der Türmer. „Wo genau war das Haus und wer wohnt dort? Haben Sie diese Nachforschungen schon angestellt?"

„Aber sicher doch. Dieses Haus war meine erste Anlaufstation, nachdem ich vom Verschwinden Marias erfahren habe. Ich ging dorthin und bat um Einlass, welcher mir aber verwehrt wurde."

„Wissen Sie wenigstens den Namen des Mannes, der mit Ihrer Verlobten gesprochen hatte?"

„Selbstverständlich. Der Name des Mannes ist Otto zu Helmsbach-Lippe."

Das geheime Treffen

Nach dem Treffen mit Grasshoff sah sich der Türmer bestärkt in seiner Meinung, dass hier einiges im Argen lag. Er war der festen Überzeugung, dass Maria die Frau war, die er im Glockenraum gefunden hatte. Aus Rücksicht auf die Gefühle Grasshoffs hatte er dem jungen Mann noch nichts über die tote Frau im Dom erzählt. Er wollte sich vergewissern, dass es sich auch wirklich um Maria Wenger handelte. Doch Niemann hatte darüber kaum Zweifel. Absolut sicher war er, dass der ständige Begleiter von Frau zu Helmsbach-Lippe der Mörder war. Dies bewiesen die Kirschkerne.

Aber warum?

Der Feuerwehrmann grübelte darüber nach, was den offensichtlich irrsinnigen Mann zu so einer Tat hätte bewegen können. Er sah keinerlei Verbindung zu Maria.

Aber es gab eine Verbindung zum Hause zu Helmsbach-Lippe.

Waren die Kirschkerne wirklich ein Beweis?

Der Kirschkernmann, wie Heinrich ihn nannte, ging im Dom ein und aus. Er hätte die Kerne jederzeit bei der Gloriosa fallen lassen können. Und erkannt hatte er den Mann nicht, der ihn damals niederschlug. Anderseits stellte sich die Frage, ob denn ein Schwachsinniger überhaupt einen Grund brauchte, um zu töten. Man wusste ja, dass dieser Schlag Mensch unberechenbar war. Doch würde man einen gemeingefährlichen Irren frei herumlaufen lassen? Wohl kaum!

So kam er nicht weiter!

Der Türmer kletterte gedankenverloren die dreihundertvierundfünfzig Stufen hinauf zu seiner Wohnung. Dabei ging er immer und immer wieder die Einzelheiten und seine Erkenntnisse über den vermeintlichen Mordfall durch. Doch wie er es auch drehte und auch wandte, er kam zu keinem Ergebnis. Es fehlten entscheidende Informationen.

Wer hatte ein Interesse an Marias Tod?

Was hatte das junge Ding getan, was einen Mord rechtfertigte?

Und warum wurde der Fall offensichtlich von oberster Stelle blockiert?

Rastlos kreisten des Türmers Gedanken. Es gab keinen anderen

Ausweg, als der Sache weiter und noch intensiver nachzugehen. Selbst wenn er dabei Gefahr lief, ernsthafte Schwierigkeiten zu bekommen. Er hatte sich in den Kopf gesetzt, den Mord aufzuklären. Und sei es nur, um seine Ehre wieder herzustellen.

Endlich hatte er die Stufen erklommen. Niemann schloss die Tür zu seiner Behausung auf und roch sofort das köstliche Abendmahl, das seine Frau zubereitet hatte. Für wenige Minuten vergaß er den Mordfall und labte sich an den Kochkünsten seines Weibes.

„Wieder einmal ausgesprochen köstlich, meine Liebe“, lobte er seine Frau, als er sich den Mund abgewischt hatte und den leeren Teller zum Spülen wegstellte.

„Danke, Heini“, freute sich Klara.

„Ich glaube, ich werde noch ein wenig lesen und dann zu Bett gehen.“

„Tu das, mein Schatz“, ermutigte ihn Klara und kümmerte sich um den Abwasch.

Der Türmer zog seine Dienstjacke aus und wollte sie gerade an ihren angestammten Platz hängen, als der Brief mit der anonymen Nachricht aus der Tasche fiel.

„Das hatte ich ja ganz vergessen“, murmelte der Türmer und hob den Zettel auf. Ein Blick auf die Uhr verriet ihm, dass noch viel Zeit blieb, bis die zehnte Stunde schlug. Genug Zeit zum Überlegen, ob er der Einladung folgen oder es besser lassen sollte. Doch wie er sich kannte, würde ihn die Neugierde schon zu diesem ominösen Treffen treiben.

Der Türmer schreckte hoch. Er war über seiner Lektüre eingeschlafen. Auch Klara war eingenickt und schnarchte leise im Sitzen vor sich hin. Sie hielt ihre halbfertige Strickarbeit noch in der Hand. Ein bizarrer Anblick. Heinrich rieb sich den Schlaf aus den Augen und versuchte, die Uhrzeit von der Wanduhr über der Tür abzulesen. Verschwommen sah er, dass es kurz vor zehn Uhr war.

„Verflixt!“, stieß er aus und sprang auf. „Ich komme zu spät.“

Er warf sich schnell eine Jacke über und setzte sich einen Hut auf. Immer darauf bedacht, seine Frau nicht zu wecken. So musste er ihr auch nicht erklären, warum er so spät noch nach draußen ging. Er schlich sich wie ein Tagdieb davon. Ein wenig plagte ihn das schlechte Gewissen.

Abgehetzt erreichte er wenig später den Eisernen Steg. Er erklomm die Stufen zur Brücke und lief hinüber zur Sachsenhäuser Seite. Dabei hielt er schon von Weitem Ausschau, ob ihn jemand beobachtete. Je näher der Türmer dem anderen Flussufer kam, desto mehr zweifelte er daran, das Richtige getan zu haben.

Er erreichte Sachsenhausen und verlangsamte seinen Schritt. Niemann schätzte, dass es nun wenige Minuten nach zehn sein musste. Die Uferstraße war menschenleer.

Da hatte sich wohl jemand einen Scherz mit ihm erlaubt.

Er stellte den Kragen auf, um die zugige Luft abzuwehren. Mit angezogenen Schultern und tief in den Taschen vergrabenen Händen stand er am Fuße des Eisernen Stegs und fragte sich, was er hier eigentlich machte.

Es war kalt, unangenehmer Nieselregen fiel vom Himmel und dunkel war es sowieso.

Alles in allem kein Ort, an dem man sich lange aufhalten mochte.

„Also, das ist mir jetzt zu blöd", stieß der Feuerwehrmann nach einigen ereignislosen Minuten aus und drehte sich zum Gehen.

Gerade als er die erste Stufe zur Brücke erreicht hatte, hörte er ein Zischen.

Erschrocken schaute er sich um.

Dann wieder dieser Zischlaut!

„Herr Niemann, hier drüben", hörte der Türmer eine krächzende Stimme.

Heinrich drehte sich um und suchte nach der Quelle der Stimme.

Dann trat ein Mann aus dem Schatten eines Baumes.

„Sind Sie das, Herr Schuhmann?", fragte Heinrich ungläubig.

„Nein, Kaiser Wilhelm", motzte Schuhmann. „Natürlich bin ich es."

„Haben Sie mir die Nachricht zukommen lassen?"

„Nein, ich geh hier nur spazieren", Schuhmann klang wütend. „Was stellen Sie denn für Fragen, Mann?"

„Tut mir leid, … ich", stammelte Heinrich, der sich reichlich dämlich vorkam.

„Ja ja, vergessen Sie's", wiegelte Schuhmann ab. „Kommen Sie her, wir müssen ja nicht direkt unter der Lampe stehen."

Heinrich gehorchte und trat näher an den Polizisten heran.

„Was wollen Sie von mir?“, wollte der Türmer wissen. „Und warum diese Geheimniskrämerei?“

„Ganz einfach: Weil ich überleben will.“

Niemann wurde schwindelig. Hatte er sich gerade verhört?

„Wie soll ich das verstehen?“, fragte er deshalb.

„So wie ich es gesagt habe. Sie haben in ein Wespennest gestochen, Niemann. Ich wollte Sie nur warnen. Hören Sie auf, nach der Leiche zu suchen. Es ist zu gefährlich.“

„Wie bitte?“

„Sind Sie schwerhörig?“ Der Polizist schien gereizt und schaute sich hektisch um. „Ich sagte, es besteht Gefahr für Ihr und das Leben Ihrer Frau, wenn Sie nicht augenblicklich damit aufhören, in anderer Leute Suppe zu spucken.“

„Jetzt mal halblang, Herr Schuhmann“, protestierte Heinrich. „Wollen Sie mir damit sagen, ich soll die Finger von einem Mordfall lassen, den es offiziell gar nicht gibt?“

„Genau das, Herr Niemann.“

„Sie glauben mir also doch!“

„Ja doch“, gab der Polizist zu.

„Und warum ermitteln Sie dann nicht?“ Jetzt wurde der Türmer wütend.

„Weil mir die Hände gebunden sind, das habe ich Ihnen doch schon mehrfach erklärt.“

„Und was soll ich jetzt Ihrer Meinung nach machen?“

„Lassen Sie die Sache ruhen, Niemann.“

„Das kann ich nicht.“

„Was?“

„Wer ist denn jetzt schwerhörig?“, gab Heinrich den Einwand zurück. „Ich kann nicht aufhören. So bin ich nicht gestrickt, Herr Schuhmann. Wenn ich etwas anfange, dann bringe ich es zu Ende.“

Schuhmann schien zu resignieren. „Es könnte aber Ihr Leben bedrohen.“

„Nun, dann ist es eben so. Mord ist doch kein Kavaliersdelikt, Mann!“

„Sie starrsinniger Feuerwehrmann“, rief Schuhmann. „Wieso wollen Sie nicht auf mich hören? Sie legen sich hier mit Leuten an, die keine Skrupel haben. Die schrecken vor nichts zurück.“

„Na, dann lassen Sie sie doch kommen“, gab sich Niemann trotzig. „Ich werde weiter ermitteln, denn es ist ein Unrecht geschehen und ich bin scheinbar der Einzige in ganz Frankfurt, den es kümmert.“

„Sind Sie nicht. Mich kümmert es auch.“

„Dann lassen Sie uns zusammenarbeiten.“

„Wir kommen in Teufels Küche, Niemann!“

„Ganz sicher nicht“, parierte der Türmer. „Das Recht ist auf unserer Seite!“

Schuhmann lachte bitter auf. „Sie sind ein Phantast, Niemann.“

„Mag sein, aber ich kann mich immer noch im Spiegel betrachten und sagen: Du hast alles getan, was in deiner Macht steht. Können Sie das auch von sich behaupten, Herr Kommissar?“

Der Türmer schien den Polizisten an einem wunden Punkt getroffen zu haben. Er schwieg eine Weile, in der er den Vorschlag des Feuerwehrmanns zu überdenken schien.

„In Ordnung, ich helfe Ihnen“, sagte er schließlich. „Aber nur inoffiziell. Wenn das herauskommt, bin ich meine Anstellung los.“

Gemeinsam weiter

Die beiden Ermittler verabredeten sich für den nächsten Tag im Frankfurter Zoologischen Garten, wo sie ihr weiteres Vorgehen besprechen wollten. Je mehr Menschen um sie herum waren, desto sicherer konnten sie sein.

Heinrich war seit Ewigkeiten nicht mehr im Tiergarten gewesen, deshalb ging er etwas früher als verabredet in den Zoo, um die hier beherbergten exotischen Tiere in Ruhe bestaunen zu können. Zur Mittagsstunde trafen sich die beiden Männer am Affengehege.

Schuhmann wirkte gehetzt und kam auch gleich zum Thema.

„Mein Vorschlag“, begann er ohne Umschweife. „Sie erzählen mir, was Sie wissen oder vermuten, und ich ergänze dann Ihre Kenntnisse mit meinen Informationen.“

„Gute Idee“, befand der Feuerwehrmann und legte los. Er erzählte noch einmal die ganze Geschichte, wie er sie erlebt hatte. Angefangen mit dem Fund der Leiche, über den Überfall im Glockenturm und den Spuren auf dem Dachboden bis hin zum Treffen mit Grasshoff. Er erwähnte den Fund der Kirschkerne und den Vorfall auf dem Wohltätigkeitsmarkt. Auch die Decke, die er im Glockenraum gefunden hatte, rief er dem Polizisten wieder ins Gedächtnis.

„Sind Sie sich mit dem Wappen sicher?“, hakte der Kommissar nach.

„Absolut!“

„Warten Sie“, bat der Kommissar. „Ich glaube, die zu Helmsbach-Lippes gehören zu den Gönnern des Zoos. Kommen Sie, drüben bei den Bären hängt eine Dankestafel mit dem Wappen der Familie. Dort wird sich zeigen, ob die Decke deren Wappen trägt.“

Eilig hasteten die beiden Ermittler zum Bärengehege. Dort fanden sie auch die genannte Tafel am Zaun. Die Familie zu Helmsbach-Lippe vertreten durch ihr Oberhaupt Otto zu Helmsbach-Lippe hatte durch eine großzügige Spende den Bau des Bärengeheges erst ermöglicht. Dies konnte man dort lesen. Auch das besagte Wappen war darauf vorzufinden.

„Das ist es“, erkannte Heinrich das Zeichen wieder.

„Wo ist die Decke jetzt?“

„Bei mir oben im Turm. Sie wollten sie ja nicht behalten. Sie könnte schon längst bei Ihnen in der Asservatenkammer sein.“ Den kleinen Seitenhieb konnte sich Heinrich nicht verkneifen.

„Dort, wo sie jetzt ist, ist sie vorerst sicher, belassen wir es dabei.“

Der Türmer war nun aufgeregt. Die Schlinge zog sich enger. Doch der Kommissar warnte ihn eindringlich.

„Die Familie zu Helmsbach-Lippe gehört zu den einflussreichsten der Stadt. Otto zu Helmsbach-Lippe besitzt eine florierende Textilfabrik. Die Familie ist in der Frankfurter Gesellschaft hoch angesehen. Gerade Henriette zu Helmsbach-Lippe tut sich in Wohltätigkeit hervor. Das macht die Sache besonders diffizil. Wer viel Geld hat in dieser Stadt, hat auch viel Einfluss. Das habe ich ja bereits zu spüren bekommen. Ich wette, hinter der Blockade steckt zu Helmsbach-Lippe. Warum auch immer!“

„Das gilt es herauszufinden!“

„Was wissen wir über die zu Helmsbach-Lippes?“, stellte Schuhmann eine rhetorische Frage und beantwortete sie gleich selbst. „Abgesehen von der Fabrik, wissen wir, dass sie nur in Kreisen verkehren, die uns normalen Bürgern für immer verschlossen bleiben. Henriette zu Helmsbach-Lippe zeigt sich gerne in der Öffentlichkeit. Sie steht sehr gerne im Mittelpunkt und spielt sich als große Wohltäterin auf. Dabei gibt sie nur das Geld ihres Mannes aus.“

„Ja, ja, Frauen ...“, war alles, was dem Türmer dazu einfiel.

„Sie ist die Schwester des Dompfarrers. Und sie führt ein Haus, in dem sie Schwachsinnige beherbergt. Das hilft uns aber alles nicht weiter. Was sollten denn die zu Helmsbach-Lippes mit dem Mord zu tun haben?“, fragte sich der Polizist und beeilte sich sofort zu sagen: „Wenn es denn überhaupt einen Mord gab.“

„Ich dachte, wir sind uns einig, dass die Leiche im Dom war!“, mokierte sich der Türmer.

„Beruhigen Sie sich. Ich meine doch nur, dass die Frau, die Sie gefunden haben, genauso gut am Leben sein kann. Was ist, wenn sie von alleine verschwunden ist?“

„Daran habe ich noch gar nicht gedacht“, gab Heinrich zu.

„Sehen Sie, ohne Leiche - kein Mord.“

„Und? Wie ist es gelaufen?“, fragte Möhnring den vor ihm sitzenden Riesen.

„Das Wiesel wird keine Probleme mehr machen“, sagte dieser emotionslos.

„Ich habe heute noch keine Zeitung gelesen. Wird man ihn finden?“

„Es wird ein wenig dauern, aber irgendwann werden sie ihn finden. Denn …“

„Ich will gar nicht wissen, wo er ist!“, unterbrach Möhnring den vierschrötigen Kerl, der auf seinem Sessel saß wie der Kaiser persönlich. Möhnring würde es zwar nie zugeben, aber er hatte Angst vor Winter. Seine ganze Aura schrie nach Verbrechen. Schon allein die Kleidung, alles war in dunklen Tönen gehalten. Die Kleidung der Gosse, die er mit Stolz trug. Er war eindeutig der Beste in seiner Branche. Skrupellos, loyal und verschwiegen. Perfekt für Möhnrings Geschäfte.

„Tja, Boss“, Möhnring wagte nicht, sein Gegenüber für diese Ansprache zu maßregeln. „Das kommt davon, wenn man billige Kräfte engagiert.“

„Diesen Vorwurf muss ich mir gefallen lassen. Ich werde künftig bei solch delikaten Dingen nicht mehr sparen.“

„Was den zweiten Teil angeht, gibt es ein Problem.“

„Probleme habe ich nicht so gerne, Winter.“

„Das wird sich aber nicht vermeiden lassen.“

Der Killer berichtete Möhnring von seinen Erkenntnissen, die er durch die Observation des Türmers erhalten hatte. Diese Neuigkeiten gefielen Möhnring gar nicht. Das würde die Sache unnötig verteuern. Da würde er wohl einen Nachschlag von seinem Auftraggeber verlangen müssen.

„Nun, Boss, was soll ich tun?“

„Ich muss das erst mal mit meinem Auftraggeber besprechen. Es war nur ein kleiner Mord an einem unbekannten Flittchen geplant. Die Sache artet aus. Ich werde neu verhandeln müssen. Ich weiß ja, wo ich dich finde.“

Winter verstand, dass er nun nicht mehr im feinen Stadthaus seines Bosses gewünscht wurde und verließ den Raum. Er wandte sich zur Haustür, die ihn auf die Kaiserstraße führte, als ihn Möhnring aufhielt.

„Winter, was soll das?"
„Was soll was?"
„Du wolltest doch nicht etwa durch die Vordertür gehen?"
„Ich geh da lang, wo's mir passt", sagte der Hüne düster und ließ sich von seinem Weg nicht abbringen.
Niemand, außer Winter, konnte so mit dem gefürchteten Geschäftsmann Möhnring umspringen.

Der Tag verlief routiniert wie immer. Heinrich führte einige Besuchergruppen durch den Dom und erledigte zwischendurch seine täglichen Aufgaben. Dabei kam er auch an der Unterkunft des Pförtners vorbei. Bei dieser Gelegenheit horchte Heinrich Meinhardt ein wenig aus.
„Sag mal, Meinhardt", begann er betont beiläufig. „Wer ist eigentlich der junge Mann, der Frau zu Helmsbach-Lippe immer begleitet?"
„Du manst de Franz?"
„Wenn er denn so heißt."
„Du kannst nur de Franz meine. En nette Kerl, wenn ach e bissi ..." Der Pförtner kreiste mit dem Zeigefinger an der Schläfe zum Zeichen des Schwachsinns, dem der arme Junge anheim gefallen war.
„Hat er auch einen Nachnamen?", wollte der Türmer wissen.
„Sischer doch, aber den waas isch nett ... für was brachsten des?"
„Ach, nur so ..." Der Türmer ermahnte sich zur Vorsicht. „Was macht der denn so hier im Dom?"
„Ei, der hilft de aal Helmsbach-Lippe bei ihrm Wohltädischkeitskram. Was genau der hier mäscht, waas isch aber aach nett. Isch bin nur e kla Lischtsche, wer will *mier* denn was sache? Ach, da kimmt er ja. Kannsten ja glei selbst frache, was er hier so mache dud."
Tatsächlich kam Franz den Weckmarkt entlang gelaufen. Er schlenderte an den kleinen Buden, die an der Dommauer entlang aufgereiht waren, vorbei. Langsam kam er näher.
„Eigentlich gar keine schlechte Idee", sagte Heinrich mehr zu sich selbst als zum Pförtner und ging dem jungen Mann entgegen.
„Hallo Franz!", sprach ihn der Türmer unverblümt an.
Der junge Mann erschrak und schaute Heinrich entsetzt an. Wie

immer hatte er die linke Hand in seiner Jackentasche vergraben.

„Gu... guten T... Tag“, stotterte er. „Www... was kann ich ff... für Sie tun?“

„Och nichts Besonderes“, gab sich der Türmer freundlich. „Ich wollte nur mal Guten Tag sagen. Ich habe Sie etliche Male hier im Dom gesehen. Ich bin der Türmer und habe gehört, Sie helfen Frau zu Helmsbach-Lippe bei ihrer Arbeit in der Stiftung.“

Franz nickte schüchtern.

„Was macht denn die Stiftung so genau?“

„Ww... wir helfen ... Mmmm... Männern.“, presste Franz hervor. Seine Hand arbeitete in der Tasche und Heinrich hörte die Kirschkerne rasseln.

„Ah so. Wenn Sie mal Lust haben, dann besuchen Sie mich doch mal oben an der Aussichtsplattform. Ich zeige Ihnen dann auch mal die Gloriosa. Haben Sie die denn schon mal gesehen?“

„Kkk... klar habe ich die schschsch... schon gesehen, haha... hab doch nen Schsch... Schlüssel“, sagte der junge Mann nicht ohne Stolz. Dann aber wurde er unruhig. Es schien Heinrich, als fühlte er sich bei irgendetwas ertappt. „Iii... ist a... aber schon lange her. Ich mmm... muss jetzt los.“

Ohne auf Antwort zu warten, eilte der junge Mann hastig davon. Dabei stieß er mit einigen Passanten zusammen, die ihm Verwünschungen hinterher riefen.

„Was'n mit dem los? Iss der vom wilde Affe gebisse worn, oder was?“

Meinhardt hatte sich unbemerkt genähert und stand nun neben Heinrich.

„Ich glaube eher vom schlechten Gewissen.“

„Hä?“, machte Meinhardt.

„Ach, nichts, Meinhardt. Vergiss es.“

Auf den Hund gekommen

Wieder vergingen ein paar Tage, an denen der Türmer grübelnd seinen Dienst versah. Er konnte sich kaum konzentrieren, zu viel war auf ihn in den letzten Tagen eingestürmt. Für heute Nachmittag hatte er sich mit Grasshoff und Schuhmann verabredet, um zu besprechen, wie sie weiterhin effektiv zusammenarbeiten konnten.

Als Treffpunkt diente diesmal der Hauptpersonenbahnhof. Als Letzter traf Grasshoff ein.

„Gehen wir!“, befahl Schuhmann.

Die beiden anderen Männer schauten sich nur an und gehorchten. Der Polizist führte die kleine Gruppe quer durch den gesamten Bahnhof. Nach einer Weile betraten sie die Bahnhofsmission. Schuhmann nickte der Dame am Empfang zu und sie ließ die Männer passieren.

Niemann war beeindruckt.

Suchte doch die Bahnhofsmission ihre eigentliche Aufgabe darin, rat- und hilflos ankommende Mädchen am Bahnsteig abzuholen und zu beschützen. Wenig später hatten sie einen kleinen Raum betreten, in dem sie sich ungestört unterhalten konnten.

„Meine Schwester arbeitet hier ab und zu“, beantwortete Schuhmann die ungestellte Frage.

Grasshoff und der Türmer nickten nur und nahmen an einem schäbigen Tisch, der den Raum fast ganz ausfüllte, Platz.

„So, meine Herren“, gab sich der Polizist geschäftlich. „Was haben Sie Neues für mich?“

Da Grasshoff scheinbar nichts zu berichten hatte, ergriff Heinrich das Wort.

„Ich glaube, Franz, der ständige Begleiter von Frau zu Helmsbach-Lippe, hat mit der ganzen Sache zu tun.“

„Was bringt Sie zu dem Schluss?“, wollte der Kommissar wissen.

Heinrich erzählte von dem Treffen am Weckmarkt und äußerte seinen Verdacht:

„Irgendetwas ist faul mit dem Jungen. Die Kirschkerne sind ein eindeutiger Beweis, dass Franz im Glockenturm war.“

„Genau!“, meldete sich Grasshoff zu Wort, aber eigentlich nur, um auch an dem Gespräch teilzunehmen.

„Das ist kein Beweis“, entgegnete der Polizist. „Wie ich schon sagte: Die Kirschkerne können von irgendwoher stammen. Außerdem kann er sie zu einem anderen Zeitpunkt dort oben gelassen haben. Er hat immerhin freien Zugang zum Glockenturm. Und warum sollte er einen Mord begehen? Haben wir das Motiv, dann haben wir auch unseren Mörder!“

„Ja, das Motiv ist der Schlüssel zu allem“, stimmte der Türmer nachdenklich zu.

Nachdem die drei Männer noch eine halbe Stunde ergebnislos ihre Gedanken austauschten, beschloss man, sich erst wieder zu kontaktieren, wenn neue gravierende Erkenntnisse zu Tage getreten waren.

Enttäuscht ging man auseinander.

Schuhmann saß in seinem Büro im Polizeipräsidium und erledigte langweiligen Papierkram. Lustlos durchwühlte er den beeindruckenden Papierstapel auf seinem Schreibtisch, als die Tür aufgerissen wurde und sein Assistent Herbert das Büro betrat.

„Chef, mir müsse nach Dribbdebach“, stieß er ohne Gruß aus.

„Warum?“

„Ei, weil da e dod Fraa gefunne worn is.“

„Wo?“

„Ei, drübbe in Sachsehause.“ Herbert hielt seinen Vorgesetzten für reichlich begriffsstutzig. Als dieser jedoch mit den Augen rollte, war er sich dann doch nicht mehr so sicher.

„Wo genau, Herbert“, schnaubte Schuhmann. „Die Adresse des Fundortes“, schob er zur Sicherheit nach. Bei der offensichtlichen Beschränktheit seines Gegenüber eine taktische Variante mit Sinn.

„In dem komische Haam für junge Kerle“, antwortete Wachtmeister Böhmer. „Des von de Helmsbach-Lippe.“

Schuhmann sprang auf.

„Wann wurde die Leiche gefunden?“, rief er und stieß seinen Stuhl mit so viel Schwung vom Schreibtisch weg, dass er krachend im Schrank hinter ihm einschlug.

„Heut Morsche, so um acht erum.“

„Und warum erfahre ich erst jetzt um ...“, er schaute auf die Uhr über der Eingangstür. „Um elf davon?“ Schuhmann musste sich beherrschen, den täppischen Polizisten nicht am Revers zu schnappen und ordentlich durchzuschütteln.

„Mir ham gedacht ....“, startete Herbert den Versuch einer Ausrede.

„Gedacht?“, schrie Schuhmann. „Du hast gedacht? Dass ich nicht lache. Eher fließt das Wasser den Main hinauf, bevor du anfängst zu denken.“

„Jetz wern Se aber ungerecht, Herr Schuhmann“, empörte sich der Abgefilzte.

„Ich werde gleich was ganz anderes, du Dollbohrer. Geh mir aus dem Weg.“

Schuhmann schnappte sich Gehrock und Hut und ließ seinen völlig empörten Gehilfen Herbert Böhmer im Raum zurück. Als der Kommissar schon an der Treppe war, hörte er hinter sich Herbert rufen: „Soll isch nett mitkomme?“

Schuhmann ignorierte diese Frage.

Wenig später erreichte Schuhmann den Fundort der Leiche. Er erkundigte sich nach dem verantwortlichen Kollegen und fand ihn kurz darauf im Garten. Es handelte sich um Winfried Niederborn, einen alten, aber sehr fähigen Polizisten. Froh über die Kompetenz am Tatort, entspannte sich der Kommissar ein wenig. Die beiden Männer begrüßten sich knapp.

„Wissen Sie schon, wer die Tote ist?“, wollte Schuhmann wissen.

„Wir sind schnell“, gängelte Niederborn seinen Kollegen. „Aber so schnell nun auch wieder nicht.“

„Entschuldigen Sie mein ungestümes Vorpreschen, aber ich habe da einen Verdacht.“

„So, welchen?“

„Sagen Sie mir zuerst, was Sie bisher herausgefunden haben und ich sage Ihnen dann, ob sich mein Verdacht bestätigt“, taktierte Schuhmann.

Der alte Polizist zog die Stirn argwöhnisch kraus, kam aber dem Wunsch seines Kollegen nach und begann mit seinem Bericht.

„Wir wissen, dass es sich um eine Frauenleiche handelt, die in etwa vor einem halben Jahr hier im Garten vergraben worden sein muss. Die Zersetzung ist ziemlich weit vorangeschritten. Man kann leider kein Gesicht mehr erkennen. Als einziger Hinweis könnte der Ring dienen, den man an ihrem Finger gefunden hat.“

„Ist der Ring wertvoll?“

„Kann man sagen, ... warum fragen Sie?“

„Weil man dann nicht von einem Raubmord ausgehen kann. Hätte es der Mörder auf Wertgegenstände abgesehen, so hätte er den Ring sicherlich mitgenommen.“

„Richtig, richtig“, sagte Niederborn, als hätte er den gleichen Schluss als allernächstes gezogen. In Wahrheit hatte er sich darüber noch keine Gedanken gemacht. Er war beeindruckt von der Zielstrebigkeit seines Kollegen. Nicht umsonst galt er als der kommende Mann im Präsidium. „Darf ich mit meinen Ausführungen jetzt fortfahren?“, fragte er, um zu zeigen, dass er hier der Hauptermittler war.

„Sicher doch, nur zu.“

„Wir haben, ... das heißt, eine Mitarbeiterin des Hauses hat die Leiche heute Morgen gefunden, als sie den Hund ins Haus holen wollte.“

„Den Hund?“

„Ja doch. Jetzt unterbrechen Sie mich doch nicht andauernd.“

„Entschuldigung.“

Niederborn schnaufte hörbar genervt und versuchte, den verlorenen Faden wieder aufzunehmen. „Zur Erklärung: Diese Anstalt hier hat letzte Woche einen ausgedienten Wachhund aufgenommen. Der Hund ist sozusagen in Pension gegangen. Er war alt und klapprig, und sein bisheriger Besitzer musste ihn abgeben. Da er einen jungen Hund zur Bewachung seines Hauses bekommen hat und die beiden sich nicht vertrugen, beschloss er, den alten Wachhund hier abzugeben. Ist zwar kein Tierheim ...“

„... aber das Heim hat ihn trotzdem aufgenommen“, fiel Schuhmann dem Kollegen erneut ins Wort. Ein böser Blick Niederborns ließ Schuhmann nach einem gemurmelten „Entschuldigung“ schweigen.

„Sie haben recht. Die Hausherrin ist mit dem ehemaligen Hundebesitzer gut bekannt“, endete Niederborn die Erklärung. „Wie gesagt“, fuhr er dann fort, „die Mitarbeiterin wollte den Hund zurück ins Haus holen, weil es anfing zu regnen. Der Hund gehorchte nicht. Wie auch, er ist ja schließlich taub.“

Schuhmann lachte leise auf. Ein tauber Wachhund ist für einige Komik vorstellbar. Niederborns missbilligender Blick ließ ihn wieder Haltung annehmen.

„Kann ich vielleicht jetzt endlich ernsthaft meine gewonnenen Informationen an Sie weitergeben? Es ist von äußerster Wichtigkeit, denn ich werde den Fall bestimmt nicht zu Ende bearbeiten. Wie Sie wissen, gehe ich nächste Woche in den Ruhestand, also hören Sie mir nun endlich zu."

„Alter Knorres", dachte Schuhmann, ließ sich aber nichts anmerken. Er bemühte sich, die verlorene Seriosität wieder zu gewinnen. Ein Räuspern, gefolgt von einem zackigen „Jawoll!" half dabei.

„Gut", gab sich der Rentner in spe zufrieden. „Die Mitarbeiterin ging also zu dem Hund, um ihn hineinzuholen. Als sie das Tier erreichte, bemerkte sie, dass er in dem Blumenbeet wühlte. Sie befürchtete Ärger mit der Heimleitung zu bekommen und wollte das Malheur des Hundes wieder beseitigen. Aus diesem Grund holte sie, nachdem sie den Hund ins Haus gebracht hatte, eine Harke aus dem Schuppen und glättete die Wühlarbeit des Hundes. Dabei stieß sie auf die Leiche."

Schuhmann wartete eine Weile, um sicher zu sein, dass Niederborn seine Rede beendet hatte.

„Darf ich ein paar Fragen stellen?", vergewisserte er sich vorsichtig.

„Sicher. Dafür sind Sie ja hier."

„Wo ist die Mitarbeiterin jetzt?"

„Im Haus und heult sich die Augen aus, das arme Ding."

„Also zunächst nicht ansprechbar", folgerte Schuhmann. „Wo ist der Hund?"

„Ebenfalls im Haus. Was wollen Sie denn mit dem? Verhören?" Niederborn lachte albern über seinen wenig gelungenen Scherz.

„Nein, nein, nur kurz untersuchen. Vielleicht hat er ja schon einen Teil der Leiche gefressen. Wer weiß, was sich da so findet in seinem Kot."

Niederborn rümpfte angewidert die Nase, war aber erneut über die Sorgfalt und den Einfallsreichtum Schuhmanns erstaunt.

„Ist die Heimleitung anwesend?"

„Ebenfalls im Haus und kümmert sich um die Formalitäten."

„Gut, sagen Sie ihnen, dass sie das Haus nicht verlassen sollen, ich möchte mit ihnen reden. Welche Kleidung trug die Leiche und wo ist diese?"

„Ähm, ... das wissen wir noch nicht."

„Wie bitte?"

„Ist das so wichtig?" Niederborn schien sich ertappt zu fühlen.

„Und ob!", stieß Schuhmann aus. „Die Kleidung kann uns helfen, die Leiche zu identifizieren."

„Das weiß ich auch", brummte Niederborn. Sowohl er als auch Schuhmann wussten, dass dies gelogen war.

„Wo ist die Leiche jetzt?"

„Auf dem Weg zum Mediziner für die weiteren Untersuchungen."

„Also ebenfalls weg", Schuhmann hatte heute kein Glück, wie es schien. „Wie tief war sie vergraben?"

„Nicht sehr tief. Sonst hätte sie der Hund ja auch nicht ausgraben können."

„Also hatte der Täter nicht viel Zeit sie zu verschachern."

„Genau! Diese Erkenntnisse hatte ich auch schon erlangt", log Niederborn, um nicht als kompletter Versager dazustehen.

„Sicher doch", sagte Schuhmann genau so, dass Niederborn erkennen musste, dass Schuhmann nicht viel von seiner bisherigen Leistung hielt. Er ließ den Fastpensionär stehen und ging zum Fundort, wo einige Polizisten lustlos das hinterbliebene Loch im Blumenbeet untersuchten. Schuhmann fragte die Kollegen, ob irgendetwas von Bedeutung gefunden wurde.

„Außer der Leiche nichts", war die Antwort.

Als Schuhmann erkannte, dass er hier nicht weiterkam, ging er ins Haus, um dort einige Fragen zu stellen. Er drehte sich gerade von der Fundstelle ab, als einer der Kollegen etwas aufhob, an zwei spitzen Fingern ins Licht hielt und begutachtete.

„Was haben Sie da?", wollte Schuhmann wissen.

„Ach, nur ein Kirschkern", sagte der Polizist und warf den Stein achtlos weg.

„Sie dämlicher Hund", rief Schuhmann und hechtete dem Kirschkern hinterher. Er suchte, begleitet von den kopfschüttelnden Blicken der Kollegen, nach dem Kirschkern. Nach kurzer Suche hatte er ihn gefunden und hob ihn auf.

„Wo genau haben Sie den Kern gefunden?", rief er den Polizisten an.

„Na hier", sagte der junge Mann verwirrt und zeigte in das Loch hinein.

„Wo *genau*, Mann!“

Der Polizist schien Schuhmann für reichlich bescheuert zu halten und zeigte ihm den genauen Fundort des Obststeines. Schuhmann zog daraus seine Schlüsse und verließ den Fundort.

Franz

Kommissar Schuhmann betrat das große herrschaftlich wirkende Haus der Stiftung für hilfsbedürftige junge Männer. Was genau der Sinn und Zweck der Stiftung war, wusste Schuhmann auch nicht. Aber das würde er schon herausfinden. Innerlich waren seine Nerven zum Zerreißen gespannt.

Hatte der Türmer am Ende doch recht gehabt?

Gab es doch eine Leiche im Dom und hatte er sie hier in Sachsenhausen endlich gefunden?

Aber wie sollte sie hierher gekommen sein?

Schuhmann dachte angestrengt nach.

Wohnte nicht dieser Franz, von dem Niemann erzählt hatte, auch hier im Haus?

War Franz nicht ständig im Dom unterwegs?

Aber warum sollte er die Leiche hier vergraben haben? Das wäre doch viel zu leichtsinnig gewesen.

Hatte er sie überhaupt getötet?

War er zu so etwas fähig?

Wie er aus den Erzählungen des Türmers wusste, lief Franz nicht gerade in der Spur, wie man so schön sagt.

Konnte ein Schwachsinniger überhaupt einen Mord begehen?

Wenn ja, warum hatte er es getan?

All diese Fragen beschäftigten den Kommissar. Doch zunächst galt es, einen kühlen Kopf zu bewahren. Die meisten Fehler bei einem Mordfall beging man am Anfang der Ermittlungen. In diesem Fall schon vor einem halben Jahr, als man dem Türmer keinen Glauben schenkte ...

Ein Polizist bewachte die Tür.

Wenigstens hatte Niederborn hier mitgedacht.

Schuhmann ging zu dem Kollegen und erfuhr, dass niemand seit dem Eintreffen der Polizei das Haus verlassen hatte.

Als Erstes wollte sich Schuhmann mit der Heimleitung unterhalten. Er erfuhr, dass Frau zu Helmsbach-Lippe in der Bibliothek wartete. Schuhmann suchte und fand das Zimmer und trat ohne anzuklopfen ein.

„Huch!“, schreckte die fein gekleidete Frau, die am Fenster stand, auf. „Können Sie nicht anklopfen, Sie ungehobelter Klotz?“
Der Polizist ging nicht darauf ein. Stattdessen übernahm er das Kommando: „Setzen Sie sich bitte. Ich muss Ihnen ein paar Fragen stellen.“

Schuhmann versuchte, das Heft in der Hand zu behalten. Ließ er sich den Schneid abkaufen, könnte das seine Ermittlungen behindern.

Frau zu Helmsbach-Lippe gehorchte, wenn auch zögerlich. Sie war es nicht gewohnt, Befehle zu empfangen. Sie war in der Regel diejenige, die Befehle gab.

„Sie sind hier die verantwortliche Person?“, fragte der Kommissar.

„Das ist richtig“, die Frau reckte stolz das Kinn.

„Gut, dann sagen Sie mir bitte, wie diese Leiche in Ihren Garten kommt.“

„Also, das ist doch ...“, echauffierte sich die Dame. „Ich werde mich über Sie beschweren, junger Mann. Ich habe einflussreiche Freunde.“

„Das glaube ich Ihnen sofort“, fuhr Schuhmann ihr in die Parade. „Jetzt regen Sie sich nicht so auf, werte Dame. Ich muss solche Fragen stellen.“

„Gut, stellen Sie Ihre Fragen“, gab sich die Herrin des Hauses zahm. Sie schien sich jedoch zu straffen. Schuhmann entging dies nicht.

„Welche Personen haben Zugang zum Garten?“

„Jeder Bewohner des Hauses und der Gärtner.“

„Da sind doch bestimmt noch mehr.“ Der Polizist war unzufrieden.

„Junger Mann“, schnappte die Frau. „Wissen Sie eigentlich, mit wem Sie hier verkehren? Ihr unverschämtes und respektloses Benehmen kann ich nicht dulden. Mäßigen Sie sich, Herr Kommissar.“

„Ja, ja, wie belieben“, murmelte Schuhmann leise. Etwas lauter fuhr er dann fort: „Frau zu Helmsbach-Lippe, ich mache hier nur meine Arbeit. Sie haben doch sicherlich nichts dagegen, wenn wir herausfinden, wie die tote Frau in Ihren Garten gekommen ist. Wenn Sie mit der Sache nichts zu tun haben, dann haben Sie auch nichts zu befürchten.“

Dies schien die Dame einzusehen und schwieg. Dennoch stand ihr die Zornesröte immer noch im Gesicht.

„Haben Sie denn irgendeine Vorstellung, wer die Tote sein könnte?"

„Nicht die geringste."

„Und können Sie sich vorstellen, wer die Leiche dort vergraben haben könnte?"

„Ganz und gar nicht."

„Sie werden sicherlich verstehen, dass wir das gesamte Personal und die Bewohner des Hauses befragen müssen. Bitte seien Sie so freundlich und geben Sie einem meiner Kollegen eine genaue Aufstellung des Personals und der Bewohner, die hier ein- und ausgehen. Außerdem noch die der Lieferanten, Besucher und deren Angehörige. Einfach alle."

„Sehr gerne."

Schuhmann ließ die Dame zurück und schickte einen Polizisten zu ihr, der sich der Zusammenstellung der Liste annahm. Anschließend ließ er alle Bewohner des Hauses in das Speisezimmer bringen.

Als die gesamte Entourage angetreten war, schaute sich Schuhmann das Sammelsurium der gefallenen Seelen an. Kaum einer hielt seinem Blick stand, als er die Reihe, in der die Männer angetreten waren, abschritt. Auch Franz war dabei. Er vergrub wie immer die linke Hand in seiner Jackentasche. Schuhmann hörte das Rascheln der Kirschkerne.

„Ich möchte mit ihm anfangen", sagte der Kommissar und zeigte auf Franz.

Der junge Mann schaute aufgeregt umher. Angst spiegelte sich in seinen Augen.

„I... ich ww... war's nicht", stammelte er.

„Das werden wir sehen", sagte ein uniformierter Kollege Schuhmanns und schnappte den Schwachsinnigen am Kragen. Schuhmann griff ein.

„Hey", rief er und fasste die Hand des Polizisten. „Kein Grund, unhöflich zu sein."

Eine Weile schauten sich die zwei Männer in die Augen. Schuhmann war zwar wesentlich jünger als der ungehobelte Kollege, aber eindeutig ranghöher, was den Polizisten schließlich zur Einsicht brachte. Er ließ Franz los und bat ihn höflich mitzukommen. Die drei Männer betraten den benachbarten Raum, der durch eine Schiebetür abgetrennt war. Schuhmann bat Franz, sich zu setzen. Der Uniformierte bezog derweil Stellung an der Tür.

„So, junger Mann", begann Schuhmann das Verhör, wobei er auf Freundlichkeit in der Stimme achtete, um Franz' Vertrauen zu gewinnen. „Wie alt bist du?"

„A... aa... achtzehn."

„Achtzehn Jahre erst", echote Schuhmann und nickte väterlich. Er lief um den verängstigt auf dem Stuhl sitzenden Jungen herum. Er hatte die Arme auf dem Rücken verschränkt und gab sich nachdenklich.

„Du weißt, was wir da draußen im Garten gefunden haben?"

Franz nickte kaum merklich und kramte in seiner linken Tasche.

„Weißt du, was ich noch da draußen gefunden habe?"

Franz schüttelte diesmal den Kopf.

„Das hier", sagte der Kommissar und knallte den Kirschkern auf den Tisch. Franz zuckte zusammen. Sein Gesicht schien nur aus Augen zu bestehen, so groß wurden sie vor Schreck.

„Das sind die Gleichen, die du immer in deiner Tasche hast", erhöhte Schuhmann weiter den Druck auf den jungen Mann.

„I... i... ich war's nicht!", rief er erneut.

„Wie kommt dann der Kern in das Grab?", wollte der Kommissar wissen, der jetzt die Gangart verschärfte.

„Das kann Zufall sein", hörte Schuhmann eine fremde Männerstimme. Er blickte zur Tür, wo ein in feinen Zwirn gekleideter Mann stand.

„Wer sind jetzt Sie?", fragte der Polizist, der die Tür bewachte.

„Ich bin der Anwalt von Herrn Tönnes. Mein Name ist Gunther Bornemann."

„Wer is'n Herr Tönnes?", wollte der Uniformierte wissen.

„Das wird wohl Franz sein", sprang Schuhmann seinem Kollegen bei und zeigte auf den Delinquenten am Tisch.

„Ach so, dann sagen Sie doch auch Franz", motzte der Polizist.

„Was wird meinem Mandanten vorgeworfen?" Der Advokat ignorierte die einfältige Bemerkung des Polizisten und schritt in den Raum hinein. Schwungvoll warf er eine Aktentasche auf den Tisch und positionierte sich gewichtig dahinter.

„Wie wäre es mit Mord?“, ging Schuhmann in die Vollen.

Der Anwalt lachte auf. „Das ist doch absurd, Herr ...?“

„Schuhmann. Kommissar Schuhmann.“

„Nun, Herr Schuhmann, Sie wissen ebenso gut wie ich, dass Herr Tönnes alles andere als, ... wie soll ich sagen? ... selbstständig ist. Aus diesem Grund werde ab sofort ich für ihn reden.“

„Prima! Dann sagen Sie mir, wieso er die Frau ermordet hat.“ Schuhmann provozierte den Anwalt bewusst.

„I... i... ich ha... hab ...“, versuchte Franz erneut den Mord abzustreiten.

„Sie sagen jetzt gar nichts mehr, Herr Tönnes“, fuhr ihm der Anwalt über den Mund. „Haben Sie das verstanden?“

Franz nickte gekränkt und fügte sich.

„Haben Sie Beweise für Ihre Behauptung, Herr Kommissar?“

„Wir fanden zum Beispiel einen Kirschkern neben der Leiche. Und wie Sie sicherlich wissen, trägt Herr Tönnes immer eine Menge davon mit sich herum. Der Kern, den wir im Grab gefunden haben, muss von ihm stammen.“

Der Anwalt lachte schäbig.

„Aber Herr Schuhmann, das kann doch nicht alles sein. Ein Kirschkern ist doch noch lange kein Beweis. Vielleicht ein Indiz, das gebe ich zu, aber ein Beweis ist es doch wohl nicht. Den Kern kann irgendwer irgendwann dort verloren haben. Oder sogar schlimmer noch: Er könnte vom wahren Mörder absichtlich dort platziert worden sein, um meinen Mandanten zu belasten. Das ist doch lächerlich und das wissen Sie.“

Schuhmann wusste das. Natürlich.

Er überlegte fieberhaft, ob er noch weitere Argumente hatte, doch ihm fiel einfach nichts Hieb- und Stichfestes ein. Wenn dieser verdammte Anwalt nicht so schnell da gewesen wäre, hätte der Lump bestimmt gestanden.

Schuhmann hätte dem schmierigen Anwalt am liebsten das blöde Grinsen aus dem Gesicht geschlagen. Aber er wusste, dass die Polizei ohne Beweise machtlos war. Der Polizist musste einsehen, dass er zu wenig in der Hand hatte. Der Kommissar rang dem Anwalt das

Versprechen ab, dass Franz sich in der nächsten Zeit zur Verfügung halten und Frankfurt nicht verlassen würde.

Schuhmann verhörte auch die restlichen Bewohner des Hauses, kam aber zu keinen neuen Erkenntnissen. Er vergewisserte sich, dass die weitere Beweisaufnahme ordentlich durchgeführt wurde. Als er der Meinung war, in der Villa nicht mehr gebraucht zu werden, ging er wieder zurück in die Innenstadt. Er lief gedankenverloren über den Eisernen Steg zum Römerberg. Vor dem Rathaus fiel sein Blick nach rechts, zum Domturm. Einer Eingebung folgend bog er kurzentschlossen ab und suchte sich seinen Weg zum Domizil der St. Bartholomäusgemeinde. Wenig später stand er auf der südlichen Seite des Domes am Eingang zum Turm. Bevor er den Turm erklimmen konnte, hielt ihn Meinhardt auf.

„Wo wolle mer denn hie, hä?“, fragte er provokant und baute sich vor Schuhmann auf.

„Ich möchte zu Heinrich Niemann, dem Türmer.“

„Des kost aber Eintritt.“

„Wie bitte?“ Schuhmann traute seinen Ohren nicht. „Wenn ich zu Herrn Niemann möchte, muss ich Eintritt bezahlen?“

„Na, na. Des habbe Se falsch verstanne.“

„Na, dann ...“, sagte Schuhmann und schickte sich ein zweites Mal an, den Turm zu besteigen.

„Moooment!“

„Was denn noch?“

„Isch hab nett gesacht, dass es nix kost, de Torm zu bedrede“, gab sich Meinhardt stur.

„Ich möchte zu Herrn Niemann und nicht auf den Turm.“

„Des eine geht ohne des annere net.“

Schuhmann griff sich mit Zeigefinger und Daumen an die Nasenwurzel, um sich zu beherrschen. Ein dämlicher Turmpförtner, der ihn aus falschem Eifer festhielt, war das Letzte, was er nun gebrauchen konnte.

„Jetzt noch mal von vorne“, sagte er deshalb. „Ich hatte mich noch nicht vorgestellt. Ich bin Kommissar Gerhard Schuhmann von der hiesigen Polizei. Ich muss aus dienstlichen Gründen mit Herrn Niemann sprechen.“

„Nix degesche.“

„Und warum lassen Sie mich dann nicht zu ihm?"

„Tu isch doch."

„Sie wollen doch die ganze Zeit Eintritt von mir."

„Rischtisch. Aber fier de Torm un nett für de Törmer."

„Das bringt so nichts ...", resignierte Schuhmann und wollte sich gerade trollen, als die Tür zum Turm aufging und Heinrich Niemann heraustrat.

„Hallo, Herr Kommissar", rief er, als er Schuhmann entdeckte.

„Geheert der zu dir, Heini?", wollte Meinhardt wissen.

„Sicher, sicher", bestätigte der Türmer.

„Na, dann will isch ma e Ausnahm mache. Sie könne dorsch", gab sich Meinhardt gönnerhaft.

„Das ist ja wohl die Höhe", schnappte Schuhmann und funkelte den Pförtner an.

Niemann war ein wenig verwirrt ob der merkwürdigen Konversation und ließ den Polizisten an sich vorbei in den Turm.

„Den sollte man wegsperren, diesen ...", schimpfte Schuhmann und stapfte die Stufen hinauf. Auf etwa halber Höhe hielt er inne und drehte sich zu Niemann um.

„Ich möchte noch einmal in den Glockenraum."

„Offiziell?", wunderte sich der Türmer.

„Halboffiziell."

„Was ist passiert?"

„Wir haben eine tote Frau gefunden, die eventuell die verschwundene Leiche sein könnte."

„Was?", rief der Türmer. „Wo?"

Schuhmann gab dem Türmer einen kurzen Überblick über die Situation, während sie weiter die Stufen des Doms emporstiegen. Kurz darauf hatten sie den Absatz, auf dem man in den Glockenraum gelangte, erreicht.

„Also glaubt man mir jetzt endlich?", schloss Heinrich aus den Erzählungen Schuhmanns.

„Nicht so ganz."

„Erklären Sie sich."

„Na ja, ... wir konnten noch keinen Zusammenhang zwischen Ihrer Leiche und der in Sachsenhausen herstellen. Ich möchte nur wissen, ob das gefundene Skelett vielleicht die von hier verschwundene Frau ist. Aus diesem Grund bin ich bei Ihnen. Ich möchte mir alles noch einmal anschauen. Zudem benötige ich die Decke, die Sie damals gefunden haben. Sie haben sie doch noch?"

„Sicher, sicher. Oben im Hochzeitszimmer."

„Gut. Ich nehme sie nachher mit. Jetzt lassen Sie uns mal im Glockenraum nach Spuren und Hinweisen suchen."

Die beiden Männer betraten den Glockenraum und schauten sich eingehend um. Jedoch hatte die Zeit gegen sie gearbeitet. Hier war nichts mehr zu entdecken, was die Ermittlungen vorangebracht hätte. Trotz aller Sorgfalt fanden die beiden Männer nichts, was auf den Mord hingewiesen hätte.

„Hat man die Blutspuren auf dem Dachboden entfernt?", wollte der Polizist wissen, obschon er eigentlich die Antwort kannte.

„Natürlich!", bestätigte Heinrich.

„Dann lassen Sie uns jetzt die Decke holen, es ist schon spät."

Beide Männer verließen den Glockenraum. Heinrich wuchtete die schwere Tür ins Schloss. Er drehte sich um und gesellte sich zu Schuhmann, der am Treppenabsatz auf ihn wartete. Plötzlich hielt er in seinem Schritt inne, starrte den Kommissar mit weit aufgerissenen Augen an und hastete zurück zum Glockenturm. Dort angekommen öffnete er hektisch die Tür.

„Was ist los?", wollte der Polizist wissen.

Heinrich hob nur die Hand und bedeutete damit, dass er gleich wieder zurück sei. Er betrat den Glockenraum, wo er nur wenige Schritte später stehen blieb.

„Herr Schuhmann", rief er dann. „Ich glaube, wir haben hier doch etwas übersehen."

Schuhmann eilte zurück in den Glockenraum.

„Was haben Sie entdeckt?"

„Hier!", sagte der Türmer und zeigte in Bodenhöhe auf einen Nagel in der Wand. An diesem Nagel hing ein kleiner Fetzen Stoff. Dieser hatte im letzten halben Jahr den Staub und Dreck des Glockenraumes aufgenommen und war somit kaum zu erkennen.

„Ich sah es, als ich die Tür vorhin verschloss."

„Vielleicht gehört es zur Kleidung des Opfers", mutmaßte der Polizist. „Ich werde es an mich nehmen. Sobald wir die Leiche untersucht haben, wissen wir mehr."

Schuhmann steckte das Stück Stoff in seine Tasche und die Männer gingen zum Hochzeitszimmer, wo Heinrich dem Kommissar die Decke aushändigte. Schuhmann nahm dem Türmer das Versprechen ab, dass er Franz im Auge behielt, wenn er das nächste Mal den Dom besuchte.

„Ich möchte, dass Sie mir helfen, Herr Niemann. Sie können den Mann unauffällig beschatten. Ich weiß, dass er eine Schlüsselfigur in diesem Fall, wenn nicht sogar der Mörder ist."

„Jederzeit", erklärte sich Heinrich bereit. „Sie können sich auf mich verlassen."

„Wir müssen nun zweifelsfrei feststellen, ob die gefundene Frau in Sachsenhausen dieselbe ist, die Sie damals entdeckt haben und ob es sich um die Verlobte von Herrn Grasshoff handelt. Aber wer auch immer die Gefundene ist, eines fehlt immer noch."

„Und das wäre?"

„Das Motiv!", klärte Schuhmann den Türmer auf. „Warum musste die Frau sterben?"

Möhnring lief auf und ab. Der stilvoll eingerichtete Raum, den er nun aufgeregt durchschritt, diente als Schaltzentrale seiner kriminellen Machenschaften. Er selbst würde es eher Geschäft nennen, wie er sich auch als Geschäftsmann sah. Möhnring hatte in ganz Frankfurt seine Spitzel. Er hatte Zugang zu allen wichtigen Stellen in Politik und Wirtschaft. Und wenn sich mal eine Lücke auftat, was nicht sehr oft vorkam, stopfte er diese umgehend.

Sein Geschäft war das Illegale. Er war der Boss. Es war seine Stadt. Selbst zum Bürgermeister hatte er allerbeste Beziehungen. Doch im Moment musste er sich um Wichtigeres kümmern.

„Bist du sicher, dass es Maria ist?", fragte er zum wiederholten Male den Mann, der behaglich in dem großen Sessel saß.

„Absolut, Boss", bestätigte der Killer.

„Was macht dich da so sicher?"

„Wie oft soll ich noch sagen, dass man sie anhand des Ringes und der Kleidung zweifelsfrei erkannt hat?" Langsam ging ihm der Kerl auf die Nerven. Seit zwanzig Minuten war er jetzt schon hier und erklärte seinem Auftraggeber, dass seine Informationen korrekt sind.

„Verdammt!", stieß Möhnring aus. „Kann man uns damit in Verbindung bringen?"

„Nein“, beruhigte Winter seinen Boss. „So weit ich weiß, verdächtigen sie den doofen Franz.“

„Welchen doofen Franz?“

„So einer von den Deppen, die drüben in der Helmsbach Villa wohnen.“

„Gut!“

„Ich weiß nicht so recht …“, sagte Winter und verfluchte sich sofort dafür.

„Was heißt: Ich weiß nicht so recht?“, rief Möhnring prompt.

Winter rollte mit den Augen. Hätte er doch nur sein Maul gehalten.

„Na ja, ich glaube, die Polizei wird schnell dahinterkommen, dass er es nicht war.“

„Dann sorge gefälligst dafür, dass sie es glauben“, rief Möhnring. „Was meinst du, für was ich dich bezahle?“

„Wie soll ich das denn machen?“

„Mir doch egal. Lass dir was einfallen. Zur Not, wirf ihn in den Main.“

Winter zog eine Augenbraue hoch.

„Gar keine schlechte Idee, Boss …“, sagte er nachdenklich. „Aber ein einfacher Mord ist nicht die Lösung.“

Schuhmann saß in seinem engen Büro im Polizeipräsidium und dachte angestrengt nach. Er hatte nun einige neue Erkenntnisse zur toten Frau erlangt. Es handelte sich tatsächlich um die Verlobte Grasshoffs, Maria Wenger.

Gerne hätte er sich mit Grasshoff über die Verstorbene unterhalten, doch dummerweise war der junge Offenbacher derzeit nicht vernehmungsfähig. Als man ihm die schlechte Kunde überbrachte, erlitt er einen Nervenzusammenbruch, zumal sich herausstellte, dass das Mädchen schwanger gewesen war. Zurzeit befand der junge Mann sich in der Obhut der Städtischen- und Universitätsklinik für Gemüts- und Nervenkranke, draußen am Rande der Stadt auf dem Affensteiner Feld. Der gemeine Frankfurter kannte die Klinik auch unter dem Namen Irrenschloss. Die Klinik entstand vor einigen Jahren aus der Anstalt für Irre und Epileptiker, die vom Erfinder des Struwwelpeters, Heinrich Hoffmann, gegründet worden war. Es war nicht absehbar, wie lange Grasshoff dort noch untergebracht wäre.

Wenigstens hatte Schuhmann jetzt endlich freie Hand in dem Fall.

Obwohl es ihm so vorkam, als ob sein Vorgesetzter nicht unbedingt ein verstärktes Interesse an der Aufklärung des Mordfalls hatte.

Seltsamerweise berichteten die Gazetten nur in geringem Umfang über den schrecklichen Fund. Hier hatte wohl Otto zu Helmsbach-Lippe seinen Einfluss geltend gemacht. Leider konnte Schuhmann die Informationen, die er von Heinrich Niemann und dem jungen Grasshoff erhalten hatte, nicht wirklich verwenden. Er selbst hatte den Streit zwischen Otto zu Helmsbach-Lippe und dem Mädchen nicht beobachtet. Grasshoff fiel als glaubwürdiger Zeuge derzeit aus und Niemann kam nicht infrage, da er diese Informationen nur vom Hörensagen hatte. Vor Gericht würde deshalb eine Aussage des Türmers kaum Gewicht haben.

Da der Kommissar nicht weiterkam, machte er sich kurzentschlossen auf den Weg zum Dom, um ein wenig mit Niemann über den Fall zu plaudern. Der Türmer war außer ihm derjenige, der die meisten Informationen zu diesem Fall hatte und als Einziger Interesse an einer Aufklärung zeigte. Außerdem war ihm die Gesellschaft des Feuerwehrmanns angenehm. Wenn er darüber nachdachte, so hatte sich in den letzten Tagen, als sie sich des Öfteren zum Gedankenaustausch getroffen hatten, so etwas wie eine Freundschaft entwickelt. Niemann war ein aufmerksamer Zuhörer und hatte dem Polizisten die eine oder andere Hilfestellung in der Spurensuche und Interpretation von Informationen gegeben. Der Türmer bewies dabei einen erstaunlichen kriminalistischen Spürsinn.

Kurze Zeit später hatte Schuhmann den Dom erreicht. Diesmal ließ Meinhardt den Polizisten passieren.

„Hallo Gerd", begrüßte der Türmer den Kommissar. „Komm herein in die gute Stube, Klara hat gerade einen frischen Tee aufgesetzt."

„Gerne doch", freute sich Schuhmann. „Bei euch hier oben zieht es ja mächtig."

„Stimmt, seit Tagen dieses Schmuddelwetter. Das nennt sich dann Juni, pah."

Beide Männer nahmen am Esstisch der Türmerwohnung Platz. Schuhmann bedankte sich für den Tee und meinte, dass er auch gerne eine solch fürsorgliche Frau wie der Feuerwehrmann hätte, woraufhin Klara errötete und den Raum verließ.

„Dann such dir doch eine“, schlug der Türmer vor.

„Wer will denn so einen alten Knochen wie mich noch haben. Seit meine Frau gestorben ist, hatte ich doch nur die Polizeiarbeit. Da wird man schnell uninteressant fürs andere Geschlecht.“

„Gib die Hoffnung nicht auf, Gerhard“, versuchte Heinrich dem Polizisten Mut zuzusprechen.

Die gesellschaftlichen Zwänge ihrer Zeit waren wie eine Geisel. Das wussten beide nur zu genau. Um sein Gegenüber nicht noch weiter zu entmutigen, wechselte der Feuerwehrmann das Thema.

„Was führt dich zu mir?“

„Ich stecke in der Mordsache fest. Grasshoff ist noch immer in der psychiatrischen Klinik und wird wer weiß wann wieder entlassen. Mein Vorgesetzter teilt mir keinen Mitarbeiter zur Unterstützung zu. Jede Information muss ich mir selbst erarbeiten. So geht das nun schon seit Tagen.“

„Das muss deprimierend sein.“

„Da sagst du was“, bestätigte der Polizist und nippte an der dampfenden Flüssigkeit.

„Schade“, bedauerte Heinrich. „Konntest du noch mal mit Franz reden?“

„Nein, man hat mich noch nicht zu ihm gelassen. Der Anwalt und die zu Helmsbach-Lippes bewachen ihn wie einen Schatz.“

„Aber du musst mit ihm reden!“, beharrte der Türmer. „Er ist der Hauptverdächtige.“

„Du hast recht“, zeigte sich Schuhmann entschlossen. „Gleich morgen werde ich hingehen und darauf bestehen, ihn zu verhören. Wer ist denn hier die Polizei? Ich muss mich durchsetzen. Das Recht ist auf meiner Seite.“

„Sehr gut. Brauchst du meine Unterstützung?“

„Das ist Polizeiarbeit, mein Freund“, erinnerte Schuhmann.

„Aber ich habe den Mann gesehen, der die Leiche aus dem Glockenraum entwendet hat. Was ist eigentlich aus dem Stofffetzen geworden, den ich gefunden habe?“

„Ach so, das hatte ich dir ja noch gar nicht gesagt.“ Schuhmann schien aufgeregt. „Ich habe die Kleidung der Leiche untersucht und den Stoff, den wir im Glockenraum gefunden haben mit dem, der bei der Leiche gefunden wurde, verglichen."

„Und?"

„Er scheint mir identisch."

„Das ist der Beweis!", jubelte der Türmer.

„Auf jeden Fall wissen wir nun, dass es sich um dieselbe Frau handelt. Jetzt müssen wir nur noch herausfinden, wie sie nach Sachsenhausen gekommen ist."

Franz hatte seit Tagen, oder vielmehr Nächten, nicht mehr richtig geschlafen. Die Anschuldigungen, die gegen ihn erhoben wurden, zerrten an seinen Nerven. Sein Stottern war kaum mehr erträglich. Seit gestern hatte er ganz aufgehört zu reden.

Angst beherrschte seine Gedanken.

Frau zu Helmsbach-Lippe hatte sich rührend um ihn gekümmert und ihm versprochen, dass man ihn nicht ins Gefängnis stecken würde. Sie würde ihr Versprechen halten, das wusste er. Seit er denken konnte, hatte sie sich um ihn gekümmert. Wie eine Mutter.

Er lief in seinem Zimmer im ersten Stockwerk der Villa auf und ab. Seine linke Hand wühlte ohne Unterlass in der Jackentasche, die mit Kirschkernen gefüllt war. Das Rascheln der Kerne beruhigte ihn nicht mehr. Der Anwalt hatte gesagt, er solle am besten im Haus bleiben. Aber wer half nun Frau zu Helmsbach-Lippe bei ihren Besorgungen?

Wer half ihr bei den Dingen, die sie im Dom zu tun hatte?

Wer nahm seinen Platz ein?

Würde er ihr wieder zur Hand gehen dürfen, wenn die Sache ausgestanden war?

Da klopfte es an seiner Tür.

„H... He... rein", schaffte er mühevoll zu sagen.

Die Tür öffnete sich und ein sehr großer Mann betrat den Raum. Er trug in der rechten Hand eine Tasche. Seine Kleidung schien teuer zu sein. Auf seinem Kopf thronte ein Zylinder, wie ihn nur feine Herren trugen.

„Guten Tag, Franz", grüßte der Fremde freundlich.

Franz starrte ihn an. In seinem Gesicht konnte man erkennen, dass er verwirrt war.

„Du fragst dich sicher, wer ich bin“, las der Fremde in diesem Blick.

Franz nickte eifrig.

„Ich bin Doktor Metternich. Ich werde dir helfen.“

Franz schien erleichtert zu sein.

„Es wird nicht lange dauern. Man berichtete mir, du seist ein wenig aufgeregt.“

Franz nickte erneut.

„Setz dich, mein Junge“, befahl der Arzt.

Franz suchte sich einen Platz und wartete darauf, dass der Arzt weitere Anweisungen gab.

„Frau zu Helmsbach-Lippe bat mich, einmal nach dir zu sehen.“

Der Arzt lächelte freundlich und Franz fasste Vertrauen zu ihm. Wenn ihm seine fürsorgliche Ziehmutter einen Arzt schickte, dann schien das für ihn sinnvoll zu sein. Er ließ den Arzt gewähren. Der große Doktor holte eine Spritze und ein kleines Fläschchen hervor.

„Das wird dir helfen, Franz“, sagte er ruhig und bereitete alles für die Injektion vor.

Wenig später hatte der Arzt seine Arbeit erledigt und trat vor die Tür. Vorsichtig schloss er sie hinter sich und durchschritt den Gang bis zur Treppe, die nach unten führte. Als er sie hinabsteigen wollte, kam Frau zu Helmsbach-Lippe die Stufen empor. Der Arzt lüftete freundlich den Hut zum Gruß und zwängte sich mit einem Lächeln auf den Lippen an der Hausherrin vorbei. Ein wenig irritiert schaute sie dem riesigen Mann nach, dachte sich aber nichts Schlimmes dabei. In diesem Haus war es nicht ungewöhnlich, dass Leute zu Besuch kamen, die sie nicht kannte. Die Hausherrin stieg die Treppe hinauf und erreichte das Obergeschoss wenig später. Dort begegnete ihr ein Hausmädchen.

„Sag, Kind“, hielt sie das Mädchen auf, „wer war der Mann, der mir gerade begegnet ist?“

„Welchen Mann meinen Sie, Frau zu Helmsbach-Lippe?“

„Der große Mann, der mir eben auf der Treppe entgegenkam.“ Die Hausherrin reckte den Hals. „Da, schau aus dem Flurfenster, dann siehst du ihn vielleicht noch.“

Das Mädchen gehorchte und schaute hinunter auf die Straße, wo der Mann gerade in einer Kutsche verschwand.

„Ach das", sagte sie erleichtert. „Das ist doch der Herr Doktor Metternich. Aber weshalb fragen Sie, gnädige Frau? Sie haben doch selbst nach ihm geschickt."

„Was habe ich?"

„Aber ja doch", beharrte das Hausmädchen. „Er sagte, Sie haben nach ihm geschickt, um nach Franz zu sehen, weil es ihm doch so schlecht geht. Er war gerade noch bei ihm."

Frau zu Helmsbach-Lippe riss die Augen auf.

„Um Himmels Willen!", stieß sie aus und machte auf dem Absatz kehrt. Sie rannte den langen Flur entlang und riss die Tür zu Franz' Zimmer auf. Ein Schrei entfuhr ihren Lippen. Inmitten des Zimmers hing Franz an einem Balken.

Als Schuhmann und der Türmer an der Villa in der Großen Rittergasse eintrafen, schien helle Aufregung im Hause zu herrschen.

„Hier stimmt was nicht", erkannte Schuhmann und beschleunigte seinen Schritt.

Wenig später hatte man die Ursache der Tumulte entdeckt. Im Obergeschoss der Villa schien es hoch her zu gehen. Am Treppenabsatz standen ein paar besorgte Hausangestellte und schauten gespannt nach oben.

„Was ist denn hier los?", fragte Schuhmann eines der Mädchen.

„Franz hat sich aufgehängt."

„Was?", riefen Heinrich und Gerhard im Chor.

„Ja doch", beharrte das Mädchen. „Er wollte wohl dem Gefängnis entgehen."

Schuhmann und Niemann stürmten die Treppe hinauf. Oben angekommen liefen sie direkt Frau zu Helmsbach-Lippe in die Arme. Sie schien geweint zu haben.

„Sie!", fauchte sie beim Anblick Schuhmanns. „Sie haben ihn so weit getrieben!" Die Hausherrin zeigte mit ausgestrecktem Finger auf den Kommissar. Der wusste nicht, wie ihm geschah. Die sonst so vornehme Dame stürzte sich auf ihn und fing an, ihn wild zu schlagen. Zum Glück war sie eher ein zartes Wesen, sodass die Schläge ohne physikalische Wirkung blieben. Schuhmann war zu überrascht, um zu reagieren. Heinrich ergriff die zur Furie gewordene Frau und hielt sie in Schach.

„Aber, aber, meine Dame!“, versuchte er sie zu beschwichtigen, was ihm jedoch nur geringfügig gelang. Sie wehrte sich nach Kräften, von denen sie zum Glück des Feuerwehrmannes nur wenig besaß. Endlich hatte sie sich wieder beruhigt.

„Könnten wir nun endlich erfahren, was hier los ist?“, startete Schuhmann einen zweiten Versuch vernünftiger Konversation.

„Er ... er“, sie schluchzte auf und sackte in sich zusammen. Mit ihr war nicht zu rechnen.

„Franz wollte sich das Leben nehmen“, hörten die beiden Freunde plötzlich eine tiefe Männerstimme hinter sich.

Sie drehten sich um und entdeckten einen elegant gekleideten Mann im Türrahmen des Zimmers. Der Mann stellte sich als Otto zu Helmsbach-Lippe vor, was die Aufmerksamkeit der beiden Ermittler erhöhte. Helmsbach-Lippe schloss die Tür hinter sich und trat in den Gang hinein. Er bat die beiden Männer ihm zu folgen. Vorher jedoch wies er eine Hausangestellte an, sich um seine Frau zu kümmern. Als er Frau zu Helmsbach-Lippe gut betreut wusste, führte er den Kommissar und den Türmer in die Bibliothek im Erdgeschoss.

„Meine Herren, was kann ich für Sie tun?“, wollte er dann wissen.

„Mein Name ist Kommissar Schuhmann und dies ist Herr Niemann. Er ... geht mir bei den Ermittlungen zur Hand.“

„Um welche Ermittlungen handelt es sich?“, fragte Herr zu Helmsbach-Lippe.

Schuhmann schien ein wenig verwirrt.

„Sie haben doch von dem Fund in Ihrem Garten gehört, oder etwa nicht?“

„Ach, das meinen Sie.“ Er machte eine kurze Pause, in der er an das Fenster trat und in den Garten schaute. „Ich habe davon gehört. Dumme Sache, das.“

Heinrich und Gerhard tauschten vielsagende Blicke aus.

„Es scheint Sie ja nicht besonders zu interessieren, was in Ihrem Hause vor sich geht.“

„Wie bitte?“ Zu Helmsbach-Lippe schien den Polizisten nicht gehört zu haben. Überhaupt schien er sich in einer anderen Dimension aufzuhalten.

„Was ist heute hier geschehen?“, schaltete sich Heinrich ein, um ein wenig Schwung in die Sache zu bringen.

„Schreckliche Dinge, meine Herren, schreckliche Dinge."

„Welche genau?", hakte Schuhmann nach.

„Franz wollte sich das Leben nehmen."

„Auf welche Art?"

„Er hat versucht, sich am Querbalken in seinem Zimmer zu erhängen." Der Hausherr schien seine Gedanken nun geordnet zu haben. Er erwachte aus seiner Starre und hatte wieder einen klaren Blick.

„Versuchte? Das heißt also, er lebt noch?"

„Ja, meine Frau hat ihn rechtzeitig gefunden und helfend eingreifen können."

„Warum wollte er das tun?"

„Ich habe keinerlei Erklärung dafür, aber er hat einen Abschiedsbrief hinterlassen. Da steht vielleicht etwas darüber drin. Ich hatte noch nicht die Gelegenheit, ihn zu lesen. Es war zu viel los. Zu viel, um das ich mich kümmern musste, Sie verstehen ..."

„Wo ist der Brief jetzt?", wollte der Kommissar wissen.

Herr zu Helmsbach-Lippe rief nach einem Bediensteten, den er anwies, den Abschiedsbrief zu holen. Wenig später überreichte der Diener Schuhmann das Schreiben.

Der Kommissar nahm den Brief entgegen und las ihn durch. Dann reichte er den Brief an Niemann weiter. Der Feuerwehrmann las:

Es tut mir leid, ich wollte sie nicht töten,
aber es ging nicht anders. Möge Gott mir verzeihen!

Franz

„Das ist ein Geständnis!", entfuhr es Heinrich.

Verwirrungen und Erkenntnisse

Franz wurde schleunigst ins Hospital zum heiligen Geist am nördlichen Mainufer gebracht, wo man ihm gerade noch das Leben retten konnte. Derweil nahm Schuhmann in Sachsenhausen die Ermittlungen auf. Da sich niemand an Heinrich Niemanns Anwesenheit störte, blieb er einfach dabei und hörte zu. Zuerst wollte der Kommissar mit Henriette zu Helmsbach-Lippe sprechen. Aus diesem Grund bat er sie in die Bibliothek. Schuhmann befürchtete, dass der umtriebige Anwalt wieder auftauchen würde, doch Henriette zu Helmsbach-Lippe trat dem Kommissar zu dessen großer Überraschung alleine gegenüber.

„Erzählen Sie doch mal, wie Sie Franz gefunden haben, Frau zu Helmsbach-Lippe“, begann Schuhmann das Verhör. Der Türmer stand in einer Ecke des Raumes und bemühte sich, nicht aufzufallen.

„Es war schrecklich!“, jammerte sie. „Ich kam gerade von einer Besorgung zurück und wollte Franz abholen, damit wir gemeinsam zum Dom gehen konnten, zur Morgenandacht. Ich wunderte mich, dass er noch nicht fertig war, denn sonst war er immer sehr pünktlich. Es war ihm immer eine Freude, mich zu begleiten. Wissen Sie, er mochte die ruhige, besonnene Atmosphäre im Dom. Sie gab ihm ein wenig das Gefühl …“

„Ja, ja, Frau zu Helmsbach-Lippe“, unterbrach sie Schuhmann. „Das ist ja alles sehr interessant, aber kommen Sie doch bitte wieder darauf zurück, wie Sie ihn gefunden haben.“

„Selbstverständlich“, stimmte die Dame des Hauses zu. „Wie gesagt: Ich fand Franz nicht wie gewohnt in der Eingangshalle vor und suchte deshalb nach ihm. Mein erster Gang führte mich natürlich zu seinem Zimmer im Obergeschoss. Dort begegnete ich noch Martha im Flur.“

„Martha ist das Hausmädchen?“

„Ja doch! Jetzt lassen Sie mich gefälligst ausreden“, fuhr die Frau den Polizisten an. Ihr Gesicht wurde für eine Sekunde zu einer Fratze. Der plötzliche Ausbruch verwirrte die beiden Männer gleichermaßen. Als würde eine andere Person die Kontrolle über sie haben. Niemann bekam eine Gänsehaut.

„Sicher, sicher, gnädige Frau, fahren Sie fort." Schuhmann versuchte, das Gespräch wieder unter Kontrolle zu bekommen. Dennoch war auch er ob der plötzlichen Gefühlseruption eingeschüchtert. „Verstehen Sie bitte, dass ich diese Details wissen muss."

„Entschuldigen Sie meinen Ausbruch", zeigte sich die Dame des Hauses einsichtig. „Es ist alles ein wenig viel in letzter Zeit. Erst diese unangenehme Sache mit dem Skelett im Garten und dann auch noch ..."

Sie brach in Tränen aus und vergrub beschämt ihr Gesicht in ihren behandschuhten Händen. Die beiden Männer standen peinlich berührt daneben und wussten nicht so recht, wie sie mit der Situation umzugehen hatten. Doch schon bald hatte sich Frau zu Helmsbach-Lippe wieder beruhigt. Ohne Aufforderung fuhr sie fort.

„Nun, da hing er am Deckenbalken und röchelte. Seine Augen waren weit aufgerissen und er schien nach mir zu greifen. Ich rief nach Martha und gemeinsam gelang es uns, ihn zu retten."

„Hat er noch etwas zu Ihnen gesagt, bevor er bewusstlos wurde?", wollte Schuhmann wissen.

„Nein."

Der Kommissar stellte noch ein paar Fragen über den genauen Tagesablauf, den Frau zu Helmsbach-Lippe geplant hatte, und entließ sie. Als er mit Heinrich alleine war, fragte er nach des Türmers Eindruck von der Hausherrin.

„Ich weiß nicht so recht, was ich von ihr halten soll", gab der Feuerwehrmann zu.

„Inwiefern?"

„Nun, sie wirkte auf mich, ... wie soll ich sagen ..., unecht trifft es wohl am ehesten."

„Unecht?"

„Ja, sie scheint etwas zu verbergen. Und dann dieser Wutausbruch. Mir schien es fast, als wäre sie plötzlich besessen."

„Jetzt wo du es sagst, fällt es mir auch auf", stimmte Schuhmann den Überlegungen des Türmers zu. „Wer weiß, was dahinter steckt."

„Wann willst du sie zur Leiche im Garten befragen?"

„Das ist wohl im Moment ein wenig schwierig. Ich brauche auch noch mehr Einzelheiten über den Fund. Ich muss nochmals mit dem Arzt sprechen, der für uns die Leiche untersucht hat. Ich brauche Fakten, Heini."

„Wir werden schon welche finden“, sprach der Türmer seinem Freund Mut zu. „Franz geht im Dom ein und aus; er hat sogar einen Schlüssel. Dann die Kirschkerne. Sowohl im Dom als auch im Grab. Der Abschiedsbrief ist nicht zu vergessen! Und dann natürlich der dazugehörige Selbstmordversuch des Jungen. Wenn du mich fragst, braucht es nicht noch mehr Beweise.“

„Aber mit fehlt eine entscheidende Antwort“, gab der Polizist zu bedenken.

„Welche?“

„Die Antwort auf das *Warum*!“

„Muss er einen Grund gehabt haben?“, fragte der Türmer aufgeregt. „Franz ist ein Schwachsinniger! So jemand braucht keinen Grund, um eine schreckliche Tat zu begehen.“

„Dieses Argument ist mir doch ein wenig zu dürftig, mein Freund“, lehnte Schuhmann die einfältige Theorie des Türmers ab. „Es muss einen Grund für die Tat geben. Davon bin ich fest überzeugt.“

„Du bist der Polizist!“, gab Niemann auf.

„Richtig! Und deshalb machen wir jetzt hier erst mal weiter. Lass uns mit Martha reden.“

„Ich wusste, dass er es war“, sagte Martha schnippisch. Die ausgesprochen hübsche und noch sehr junge Frau sah in ihrer Hausuniform entzückend aus. Wie es sich meist mit Hauspersonal verhielt, so war auch Martha sehr geschwätzig.

„Was macht dich da so sicher, mein Kind?“, setzte Schuhmann nach.

Martha lachte verächtlich. „Schauen Sie sich doch diesen Schwachkopf an“, schnappte sie. „Wie all die anderen Kerle hier im Haus. Alle nicht ganz bei Trost. Ein Wunder, dass nicht schon viel früher etwas passiert ist.“

„Das ist ein wenig zu pauschal, junge Dame“, wiegelte der Polizist ab. „Gibt es denn einen konkreten Hinweis für deinen Verdacht?“

„Wissen Sie“, wurde sie nun verschwörerisch, „er hat mich immer so angeguckt.“

„Wie denn?“

„Na ja, so … gierig.“

„Gierig?“

„Ja, gierig! Wie ein Tier war der.“

„So kommen wir nicht weiter“, gab Schuhmann auf. „Erzähl mir doch noch mal von heute Morgen, als Frau zu Helmsbach-Lippe Franz fand.“

„Es war schrecklich!“, Martha rang nach Fassung, brach aber nicht in Tränen aus. Ihr ganzes Verhalten wirkte sehr dramatisch und recht aufgesetzt. „Und das, so kurz nachdem der Doktor noch nach ihm geschaut hatte.“

„Welcher Doktor?“, riefen Kommissar und Türmer im Chor.

„Na, der Herr Doktor Metternich. Ein feiner Herr!“

„Was hat er denn hier gewollt?“

„Na, die Herrin hat nach ihm schicken lassen, weil der Franz immer komischer wurde.“

„Wann genau war denn dieser Doktor Metternich hier?“

„Kurz bevor Franz sich aufgehängt hat. Er war kaum aus der Tür und da hat der Franz sich den Strick genommen. Frau zu Helmsbach-Lippe ist ihm noch auf der Treppe begegnet. Dabei sollte der Doktor ihn doch beruhigen ...“

„... was ihm ja wohl nicht besonders gut gelungen ist“, warf der Feuerwehrmann überflüssigerweise ein. Prompt fing er sich einen bösen Blick des Kommissars ein.

„Du sagst also, dass der Doktor das Haus gerade verlassen hatte und sich Franz kurz darauf erhängt hat?“, hakte Schuhmann nach.

„Ja, genau so war's“, Martha nickte trotzig. „Die Herrin hat mich doch noch nach dem Doktor gefragt. Aber jetzt, wo ich so darüber nachdenke ..., schon komisch. Als ich ihr gesagt habe, dass der Doktor schon bei Franz war, ist sie sofort in sein Zimmer gerannt. Da hat sie den armen Tropf dann gefunden und gemeinsam haben wir ihn abgehängt. Wie geht es ihm denn jetzt?“

„Wem?“

„Na, Franz!“

„Ach so, ... er wird es packen!“

„Gott sei Dank!“

Die weitere Befragung des Hausmädchens brachte außer einem ausgiebigen Einblick in den Haustratsch wenig neue Erkenntnisse.

„Also ich werde aus der Sache nicht schlau“, sinnierte Schuhmann, nachdem das Mädchen den Raum verlassen hatte. „Warum hat uns Frau zu Helmsbach-Lippe nichts von dem Arzt gesagt?“

„Ist das wichtig?“

„Natürlich, wer sagt uns denn, dass der Arzt da nicht mit drinsteckt?“

„Warum sollte er?“

Darauf fiel Schuhmann auch keine Antwort ein, aber sein kriminalistisches Gespür sagte ihm, dass es wichtig sein könnte.

„Hier läuft irgendetwas völlig verkehrt“, murmelte der Polizist deshalb.

„Wieso?“

„Ich weiß es nicht. Es ist nur ein Gefühl.“

„Aber die Sache ist doch glasklar! Franz hat das Mädchen im Dom umgebracht, warum auch immer, und anschließend hat er die Leiche hier im Garten vergraben.“

„Dann müsste er sie ja ungesehen irgendwie hierher transportiert haben.“

„Ja klar!“, rief der Türmer und schlug sich an die Stirn. „Das hätte ich doch sofort wissen müssen.“

„Was denn?“

„Der Karren!“

„Was für ein Karren, drehst du jetzt auch schon durch?“

„Nein, nein, lass es dir erklären“, beruhigte der Türmer seinen Freund.

„Ich bitte darum.“

„Als ich meinen Fund dem Dompfarrer damals melden wollte, warf er mich aus seinem Zimmer, weil er sich mit wichtigeren Dingen zu beschäftigen hatte. Zum Beispiel mit dem Diebstahl eines Karrens der Bartholomäusgemeinde. Der Wagen war wenige Tage später wieder an seinem Platz. Als hätte ihn sich jemand ausgeliehen. Ich wette, das war Franz.“

„Damit hat er die Leiche ungesehen hierher geschafft.“

„Genau!“

„Das werden wir überprüfen, sobald der Junge wieder ansprechbar ist.“

Einige Tage vergingen, ohne dass sich Entscheidendes in dem Fall ereignete. Der Türmer war an seinen Arbeitsplatz hoch oben über der Stadt voll eingebunden und konnte deshalb wenig für die Ermittlungen tun. Da Grasshoff sich noch immer in psychiatrischer Behandlung befand, konnte mit seiner Mitarbeit nicht gerechnet werden und Schuhmann hatte auch noch andere Fälle zu bearbeiten.

Heinrich schritt gerade gemütlich die Aussichtsplattform des Domes ab, als ihm Meinhardt entgegenkam.

„Jedes Mal die Kletterei hier enuff“, fluchte er atemlos. „Und des nur, weil de zu deim Chef sollst.“

„Zu Branddirektor Schänker?“

„Nee, zum Pabst!“, schnappte Meinhardt und rollte mit den Augen. „Nadierlich zum Schänker, du Dilldaab. Zu wem dann sonst?“

„Was will der denn von mir?“

„Mahnste des hat der mir gesacht, oder was? Des ist mir ach worscht. Du sollst zu em komme und fertisch. Es langt mer schon, wenn isch aaler Knallkopp jedsmal hier enuff dabbe muss, weil der Herr Törmer e Nachrischt kriehe dud. Du gehst mir uff de Senkel! Isch bin doch nett dein Lakai! Jetz seh zu, dass de enuner kimmst, sonst werf isch disch über die Brüstung, du Bembelschwenker! Isch glaab, du hast en nasse Hut uff, mir so Frache zu stelle!“

Meinhardt verließ, laut vor sich hin fluchend, den Turm.

„Was ist denn mit dem los?“, fragte sich Heinrich und folgte dem Ruf seines Vorgesetzten.

Wenig später hatte der Türmer die Hauptfeuerwache in der Münzgasse erreicht und ging in das Büro des Branddirektors.

„Ach, unser Türmer“, begrüßte ihn der Branddirektor. „Nehmen Sie doch Platz.“

Heinrich setzte sich und wartete darauf, dass sein Chef ihm den Grund seines Besuches offenbarte.

„Sie fragen sich sicherlich, warum Sie hier sind, Kollege Niemann.“

„In der Tat.“

„Dann will ich Sie mal nicht länger auf die Folter spannen.“

„Wie gnädig“, dachte Heinrich bitter, sagte aber nichts.

„Lassen Sie mich Ihnen eine Frage stellen“, der Branddirektor schien sich sehr clever vorzukommen. „Bei welcher Behörde arbeiten Sie?“

„Wie bitte?“, der Türmer schien sich verhört zu haben.

„Ich fragte, bei welcher Behörde Sie arbeiten“, wiederholte Schänker. „Das ist doch wohl eine einfache Frage.“

„Ja, das ist es wohl."
„Dann beantworten Sie sie mir bitte."
„Bei der Branddirektion Frankfurt am Main."
„Richtig!"
„Herr Schänker", sagte Niemann genervt. „Kommen Sie bitte auf den Punkt."
„Vorsicht, Niemann", drohte Schänker. „Sie vergessen wohl, wen Sie vor sich haben."
„Ganz und gar nicht", widersprach Heinrich. „Ich mag nur nicht für dumm verkauft werden. Würden Sie mir nun bitte den Grund meines Besuches eröffnen?"
„Mir wurde zugetragen, dass Sie nun auch noch für die Polizei tätig sind, Niemann."
„So, wurde Ihnen das also zugetragen?", gab sich der Türmer gelassen. „Von wem denn?"
„Das spielt keine Rolle", wiegelte der Branddirektor ab. „Tatsache ist wohl, dass Sie während Ihrer Arbeitszeit an Mordfällen ermitteln und Polizisten beim Verhör unterstützen. Das ist nicht Ihre Aufgabe. Sie werden dafür bezahlt, den Domturm in Schuss und nach Bränden Ausschau zu halten und nicht für Polizeiarbeit. Sie sind Feuerwehrmann und kein Polizist, Niemann. Vergessen Sie das nicht."
„Ich weiß sehr gut, dass ich Feuerwehrmann bin."
„Dann machen Sie Ihre Arbeit als Feuerwehrmann gefälligst und halten Sie sich aus der Polizeiarbeit heraus."
„Zunächst stelle ich klar, dass ich diese Ermittlungen ausschließlich außerhalb meiner Dienstzeiten anstelle. Und was ich in meiner Freizeit mache, Herr Schänker, geht Sie einen feuchten Kehricht an!", schnappte Niemann und nahm seinem Gegenüber den Atem.
„Das ist doch …" Der Branddirektor lief puderrot an und sprang auf. „Ich verbiete Ihnen weiter an diesem Mordfall zu arbeiten. Wenn ich noch einmal erfahre, dass Sie Frau zu Helmsbach-Lippe oder jemanden aus ihrem Umfeld belästigen, werde ich ein Disziplinarverfahren gegen Sie einleiten."
„Aha, daher weht der Wind!", erkannte der Türmer und stand von seinem Platz auf. „Ich sage Ihnen was, Herr Direktor. Sie können mir vielleicht als Brandmeister Niemann etwas verbieten, aber nicht als

Privatmann Heinrich Niemann. Aber bitte! Tun Sie, was Sie nicht lassen können. Jedoch würde ich mir an Ihrer Stelle meine Freunde künftig sorgfältiger aussuchen."

Schänker schnappte nach Luft und Heinrich verließ das Büro. Als er schon auf der Treppe nach unten war, hörte er immer noch, wie Schänker in seinem Büro tobte.

Der Türmer stürmte seinerseits wutschnaubend aus der Feuerwache hinaus.

„Was fällt diesem Lackaffen eigentlich ein?", schimpfte er vor sich hin. „Ich kann in meiner Freizeit tun und lassen, was ich will. Einen Scheißdreck werde ich lassen. Jetzt erst recht!"

Trotzig, wie es seiner Natur entsprach, machte er sich umgehend auf den Weg zum Polizeipräsidium. Dort trat er in das Büro seines Freundes Schuhmann und klagte ihm sein Leid.

„Jetzt beruhige dich erst einmal, Heini", holte Schuhmann den Türmer wieder auf den Erdboden zurück. „Wenn du hier herumtobst, ist keinem geholfen."

„Ist doch wahr! Wer sagt mir denn, dass die alte Schachtel da nicht mit drin hängt. Warum, zum Beispiel, hat sie uns den Doktor Metternich verschwiegen?"

„Das werden wir noch erfahren, mach dir mal keine Sorgen. Gleich morgen Früh habe ich sie zum Verhör geladen."

„Da bin ich aber mal gespannt, wie sie das erklärt."

„Lass das meine Sorge sein. Ich werde ihr schon auf den Zahn fühlen. Es ist spät. Lass uns für heute Feierabend machen. Morgen sieht die Welt schon wieder anders aus."

Unverhoffte Hilfe

„Bin ich denn nur von Stümpern umgeben?“ Möhnring schlug beide Fäuste auf den schweren Holztisch. Der Grund für seine Aufregung saß vor ihm. Gelassen reinigte sich Winter mit einem großen Messer die Fingernägel.

„Wie soll ich das verstehen?“, fragte der Killer ruhig.

„Du hattest doch klare Anweisungen, oder täusche ich mich?“

„Und ich habe diese befolgt. Eine Sekunde später und ich wäre geschnappt worden. Vergessen Sie das nicht! Und wenn ich geschnappt werde, Boss, sind Sie mit im Boot.“

„Soll das heißen, dass du mich verpfeifen willst?“

„Das soll gar nichts heißen, Boss. Es war nur ein Hinweis.“

„Vorsicht, Winter. Geh nicht zu weit. Ich habe genug gute Mitarbeiter, die dich zum Schweigen bringen können.“

Der Killer lachte verächtlich.

„So gute Mitarbeiter wie das Wiesel? Dass ich nicht lache! Es hat keine zwei Sekunden gebraucht, um sein nutzloses Leben zu beenden.“

Möhnring wurde blass.

Der Mann machte ihm Angst, doch das durfte er ihm nicht zeigen.

„Sorge dafür, dass der Junge nicht mehr reden kann!“

„Geht klar, Boss.“

„Und dann kümmerst du dich um den Feuerwehrmann. Der wird mir zu gefährlich. Finde heraus, was er weiß.“

„Kostet aber extra.“

„Du wirst schon ausreichend bezahlt werden.“

Heinrich war immer noch wütend auf den Branddirektor. Die Feuerwehr war auch nicht mehr das, was sie noch vor ein paar Jahren gewesen war. Niemann wollte gerade den Turm erklimmen, als ihn der Pfarrer aufhielt.

„Herr Niemann, auf ein Wort.“

Heinrich schaute sich um, er hatte den Pfarrer in seiner Wut nicht bemerkt.

„Jetzt nervt der mich auch noch“, dachte der Türmer und ging gegen seinen eigentlichen Willen zu dem Prediger.

„Was kann ich für Sie tun, Hochwürden?“

„Ich würde mich gerne einmal ungestört mit Ihnen unterhalten.“

„Es ist spät, Herr Pfarrer, ich ….“

„Es dauert nicht lange“, unterbrach Pfarrer Lindemann. „Nur ein paar Minuten.“

„Wenn Sie darauf bestehen.“

Der Türmer folgte dem Pfarrer in sein Büro. Bis dahin schwiegen die beiden Männer.

„Eigentlich wollte ich Sie nur kurz auf die Sache im Haus meiner Schwester ansprechen.“

„Ich habe es vorhin schon dem Branddirektor gesagt: Mein Privatleben wird von mir und sonst von niemandem gestaltet. Ich werde nicht ruhen, bis die Sache aufgeklärt ist. Ich …“

„Ich wollte Ihnen eigentlich meine Hilfe anbieten.“

„ … gehe jetzt nach ... – Was?“ Der Türmer riss die Augen auf und traute dem Gehörten nicht.

„Ich möchte Ihnen helfen“, wiederholte der Pfarrer.

„Das überrascht mich“, war alles, was Heinrich dazu einfiel.

„Können Sie ein Geheimnis für sich behalten?“

„Sicher doch.“

Pfarrer Lindemann holte tief Luft. Er schien sich überwinden zu müssen, bevor er weitersprach.

„Ich ...“, setzte der Pfarrer gerade an, als Doldinger die Tür aufriss.

„Ah, da ist ja der taube Türmer“, rief er. „Tach, Pfarrer“, grüßte er knapp den Kirchenoberen. „Entschuldigen Sie die Störung, aber ich muss dringend mit dem Türmer reden. Die Handwerker haben mal wieder ihre Arbeit am Domdach schlampig gemacht.“

„Herr Doldinger, wie oft soll ich Ihnen eigentlich noch sagen, dass Sie nicht so einfach hier hineinplatzen können. Ich führe vertrauliche Gespräche, da ….“

„Vertraulich?“, rief Doldinger ungläubig. „Mit dem Türmer?“

„Selbstverständlich!“

„Langweilig wird es hier nicht“, sagte Doldinger und fügte an: „Dann warte ich draußen; aber mach schnell, Heini. Die Handwerker haben gleich Feierabend.“

Der Küster knallte die Tür hinter sich zu und ließ die beiden Männer verdutzt zurück.

Es entstand eine peinliche Pause, in der keiner der beiden etwas sagte. Der Pfarrer brach das Schweigen: „Wir reden ein andermal, Herr Niemann."

„Wie Sie meinen, Herr Pfarrer."

Der Türmer verließ das Büro des Pfarrers und widmete sich dem Problem des Küsters, das sich schnell geklärt hatte.

In dieser Nacht träumte der Türmer von Franz, der mit einem Messer auf ihn losging und vom Pfarrer in Gestalt eines Esels, der ihn vor dem blutrünstigen Irren rettete. Schweißgebadet wachte der Feuerwehrmann auf. Da es schon dämmerte, verließ er sein warmes Bett und wusch sich mit kaltem Wasser aus einer Schüssel den Schreck aus dem Leib. Scheinbar wurde die ganze Sache langsam zu viel für ihn.

Der Tag verlief ohne weitere Zwischenfälle. Mal abgesehen davon, dass der Türmer immer wieder an den Albtraum denken musste.

Nach der Arbeit traf sich Niemann mit Kommissar Schuhmann im Tiergarten.

„Und gibt's was Neues?", begrüßte der Feuerwehrmann den Polizisten.

„Ich habe mir eine Jahreskarte für den Zoo gekauft. Macht die Sache billiger. Solltest du dir auch anschaffen."

„Diese Art von Neuigkeiten meinte ich nicht."

„Ich weiß. Ich dachte nur, ein Scherz würde dir gut tun. Aber wie ich sehe, hast du den Humor eines wild gewordenen Ebers."

„Danke!", sagte der Türmer und grinste breit. „Besser als der eines frisch gebadeten Dackels."

„Willst du damit sagen, ich ..."

„Eine gewisse Ähnlichkeit besteht schon."

„Ich werde dich gleich verhaften."

So frotzelten sie noch eine Weile, bis sie sich schließlich wieder ernsten Dingen widmeten. Der kurze Ausflug in Kindereien hatte dem Türmer sehr geholfen, sein Gemüt zu beruhigen.

Gefahren

Endlich war Feierabend.

Der Türmer schlang das liebevoll von seiner Frau Klara zubereitete Mahl hinunter und stürmte hinab in die Stadt. Gehetzt durchschritt er nun die Fahrgasse gen Norden zum Polizeipräsidium. Er musste sich sputen, wollte er seinen Freund noch erwischen, bevor auch er in den Feierabend ging. Niemann bog gerade in die Neue Zeil ein, als ihn ein groß gewachsener Mann ansprach. Er schien abgehetzt und schwitzte stark. Sein Gesicht zeigte Anzeichen von Stress.

„Entschuldigen Sie, werter Herr", sagte der Mann aufgeregt. „Aber ich brauche dringend Hilfe. Meiner Frau geht es sehr schlecht."

„Was hat sie denn?", wollte der Türmer wissen.

„Ich weiß nicht, ich bin kein Arzt", klagte der Fremde. „Ich weiß nur, dass sie sehr krank ist. Bitte helfen Sie mir, ich kann sie nicht alleine ins Hospital bringen."

„Gibt es denn hier keinen Arzt in der Nähe?", wollte der Türmer wissen und zögerte.

„Doch, aber der ist in Urlaub und das Hospital zum heiligen Geist ist doch gleich um die Ecke, da gibt es genug Ärzte, die meiner Frau helfen können. Bitte, ... schnell!"

Der Türmer überlegte nicht lange und folgte dem Mann. Sie gingen ein Stück die Fahrgasse zurück und bogen wenig später in die Klostergasse ein. Die Klostergasse war eng und machte einen Rechtsknick.

„Wo ist denn jetzt Ihre Frau?", wollte Heinrich nach einer Weile wissen.

„Gleich hier vorne", antwortete der Fremde und zeigte auf einen Hauseingang, in den die beiden kurz darauf einbogen.

Der Fremde riss die Tür auf und ließ Heinrich den Vortritt.

„Wo ist denn nun Ihre Frau?", wiederholte sich Heinrich.

„Ich habe gar keine, du Trottel!", hörte der Türmer den fremden Mann hinter sich sagen. Plötzlich war seine Stimme düster und unheimlich. Im Gegensatz zu vorher, als er um das Leben seiner Frau zu bangen schien.

Heinrich begriff zu spät, dass er in eine Falle getappt war. Ein Schlag auf den Hinterkopf streckte ihn nieder.

Kommissar Schuhmann machte heute etwas früher Feierabend. Er wollte am Nachmittag noch einmal im Hospital zum heiligen Geist nach Franz schauen. Vielleicht hatte sich sein Zustand ja so weit gebessert, dass man ihm ein paar Fragen stellen konnte. Zur Sicherheit hatte Schuhmann einen Kollegen abgestellt, der den Verdächtigen während seiner Genesung bewachte. Als Schuhmann das Krankenhaus betrat, traf er zufällig den Arzt, der sich um Franz' Genesung kümmerte.

„Guten Tag, Herr Kommissar", grüßte der Arzt schon von Weitem. „Gute Neuigkeiten."

„So, welche?"

„Ihr Gefangener ist vor ein paar Minuten aufgewacht und kann sogar schon wieder reden."

„Das ist doch mal erfreulich."

„Nein, ärztliche Kunst", erwiderte der Arzt ohne einen Anflug von Humor. „Warten Sie, ich komme mit Ihnen. Ich wollte ohnehin nach ihm sehen."

Gemeinsam lief man zur Station, auf der man Franz untergebracht hatte.

„Kann ich dem Patienten ein paar Fragen stellen?", vergewisserte sich Schuhmann.

„Sicher", bestätigte der Doktor. „Aber übertreiben Sie es nicht. Er ist noch nicht übern Berg."

„Gewiss", versprach Schuhmann, hatte aber nicht vor, sich daran zu halten.

Kurz darauf betraten die beiden Männer den Raum, in dem Franz lag. Schuhmann grüßte den, ihm nur flüchtig bekannten, Kollegen, der neben der Tür auf einem unbequemen Holzstuhl saß und Franz bewachen sollte. Beim Betreten des Krankenzimmers offenbarte sich ihm ein großer Raum, in dem viele Betten beidseitig nebeneinander aufgereiht waren. So etwas wie Privatsphäre versuchte man durch fahrbare Vorhangwände zwischen den Betten zu simulieren. Franz teilte sich das Krankenlager mit etwa fünfzehn anderen. Nur wenige Meter von der Tür entfernt lag der junge Mann in seinem Bett. Als er Schuhmann sah, suchte er mit fragendem Blick nach einer Erklärung beim Doktor. Die Aufregung war ihm anzusehen.

„Keine Angst", beruhigte ihn dieser sofort, „das ist Herr Schuhmann. Er ist von der Polizei und will dir nur ein paar Fragen stellen."

„I... ich weiß, w... wer das ist. Ich bin u... unschuldig!", rief Franz sofort.

„Das klärt das Gericht, nicht die Polizei." Schuhmanns Versuch, harmlos zu klingen, ging gründlich daneben.

Franz erregte sich sichtbar. Der Arzt wurde skeptisch, was dem Kommissar nicht verborgen blieb. Schuhmann mahnte sich zur Eile.

„Wenn du wirklich unschuldig bist, wie erklärst du dir dann deinen Abschiedsbrief?"

„H... hab ich n... nicht geschrieben!"

„Wer denn? Der heilige Geist?"

„D... das m... muss der A... Arzt gewesen sein", stammelte Franz.

„Was habe ich denn jetzt damit zu tun?", schaltete sich der Doktor ein.

„D... doch n... nicht Sie!", sagte Franz und verlor sich in einem Hustenanfall.

Offensichtlich drohte Franz vor Aufregung zu kollabieren. Der Arzt erklärte das Gespräch für beendet und ignorierte hartnäckig Schuhmanns Einwand, dass er damit polizeiliche Ermittlungen behindere. Am Ende gab Schuhmann auf, als der Arzt ihm hoch und heilig versprach, sofort nach ihm zu schicken, wenn er länger mit Franz reden konnte. Schlecht gelaunt zog der Kommissar ab, nicht ohne dem Kollegen am Eingang noch einmal genauestens zu instruieren, niemanden zu Franz zu lassen, der nicht zum Personal des Krankenhauses gehörte. Der Polizist nickte demütig und Schuhmann stapfte wütend davon.

Möhnring lobte sich zum wiederholten Male selbst für seinen Weitblick. Es zahlte sich aus, wenn man großzügig mit Bestechungsgeldern um sich warf. Über die Jahre hatte er sich so ein Netzwerk aufgebaut, welches es ihm ermöglichte, auf die kleinste Regung der Behörden zu reagieren und wichtige Informationen schnell zu erhalten.

Dies war in seinem Geschäft von großem Vorteil.

Zudem hatte er ein weiteres Netzwerk aufgebaut. Nämlich das seiner Erfüllungsgehilfen. Für jede erdenkliche Drecksarbeit hatte er seine Leute. Er verließ so gut wie nie sein herrschaftliches Haus in der

Kaiserstraße. Zumindest nicht, um Geschäfte zu erledigen.

Alle kamen zu ihm.

So auch der junge Polizist, der zurzeit schichtweise den kranken Franz bewachte. Dieser hatte von einem Kollegen den Tipp bekommen, dass man an Möhnring für ein paar Reichsmark Informationen verkaufen konnte.

Kurz nachdem der Polizist das Haus verlassen hatte, schickte Möhnring nach Winter, der schon wenig später bei seinem Auftraggeber eintraf.

„Noch ist nicht alles verloren, der Junge hat noch nicht gequatscht."

„Die Bullen glauben also immer noch, dass er es war?"

„So ist es", bestätigte Möhnring. „Also bring die Sache schnellstmöglich zu Ende! Wir haben einen Informanten im Krankenhaus. Es ist ein Neuer, er wird dir helfen."

Möhnring gab Winter noch ein paar detaillierte Informationen und mahnte ihn erneut zur Eile. Sollte Franz reden, bevor sie ihn erledigt hatten, drohte Ungemach. Der Killer sprang tatendurstig auf, um sein Werk zu vollenden, als ihn sein Boss zurückhielt.

„Was ist mit dem Türmer?", wollte der Boss wissen.

„Läuft alles wie geplant!"

„Dann hoffe ich für dich, dass es so bleibt."

„Keine Sorge, Boss."

Möhnring entließ seinen Mitarbeiter, damit er seine Aufträge ausführen konnte und nahm sich vor, bei seinem Auftraggeber einen erheblichen Nachschlag zu verlangen. Er war schließlich nur für einen Mord gebucht worden. So langsam lief die Sache aus dem Ruder.

Hubertus Hellner fühlte sich großartig. So viel Geld hatte er nicht erwartet, als er seine Informationen über den Schwachkopf an den Ganoven verkauft hatte. Der junge Polizist hielt das Geld in den Händen und überlegte sich, was er davon alles kaufen sollte. Nach kurzer Überlegung investierte er einen Teil davon in einen großen Strauß Blumen, den er seiner Angebeteten schenken wollte. Neben dem Blumenladen befand sich ein Juwelier. Dort kaufte Hellner noch einen schönen Ring für sein Mädchen. Damit würde er ihr heute Abend einen Heiratsantrag machen.

Winter hatte bis spät in die Nacht darüber nachgedacht, wie er den Sachsenhäuser Schwachkopf zur Strecke bringen konnte, ohne dabei erwischt zu werden. Endlich hatte er einen Plan, der funktionieren würde. Zufrieden schlief er in seiner einsamen Dachkammer ein.

Tags darauf war er wieder voller Tatendrang. Sein Geschäft war der Tod. Er war der Tod höchstpersönlich. Dieser Gedanke gefiel ihm. Er hatte die Macht über Sein und Nichtsein. Kaum einer wusste so viel über das Töten wie er.

Alle in seiner Branche fürchteten ihn. Er war selbst für hartgesottene Verbrecher hartgesotten. Niemand wollte es mit ihm zu tun bekommen. Er war die große Nummer in Frankfurter Verbrecherkreisen.

Kurz gesagt: Er war schon zu Lebzeiten eine Legende.

Und niemals wurde er bisher von der Polizei erwischt und das sollte, wenn es nach Winter ginge, auch so bleiben.

Der Killer überprüfte sehr früh am Morgen noch einmal seinen Plan und machte sich dann auf den Weg zum Hospital, um dem verdammten Schwachkopf endlich das Licht auszupusten. Wenn der Junge mit der Polizei sprechen konnte, bevor er starb, würde es eng werden für seinen Boss und damit natürlich auch für ihn.

Wenig später hatte er das Krankenhaus am Mainufer hinter der Stadtbibliothek erreicht. Er hatte genug Informationen vom Boss erhalten, um sich zielstrebig zu bewegen. Zuerst ging er in die Wäscherei des Hospitals, um sich einen weißen Kittel *auszuleihen.* Dabei verhielt er sich so unauffällig wie möglich. Wenn ihm einer der Mitarbeiter des Hauses begegnete, grüßte er höflich. Durch seine jahrelange Erfahrung kam er zu dem Schluss, dass gerade diejenigen entdeckt werden, die versuchen sich zu verbergen.

Er hielt sich nach der Devise: Das Offensichtliche war für die meisten Menschen unsichtbar. Als er seinen Kittel hatte, streifte er ihn sofort über und machte sich auf den Weg zu Franz. Unterwegs hatte er sogar das Glück, sich eine Krankenakte stibitzen zu können, die er nun geschäftig in der Hand hielt. Er betrat das Krankenzimmer und schaute sich um. Sofort reagierte Hellner, der seit dem Morgen wieder seinen langweiligen Bewachungsposten bezogen hatte. Doch heute machte ihm dieser blöde Auftrag nichts aus, denn am Abend zuvor hatte ihm seine Angebetete das Eheversprechen gegeben. Er schwebte auf Wolke sieben. Ihn konnte nichts mehr erschüttern – dachte er.

„Kann ich Ihnen helfen, Herr Doktor ...?", sprach er den Fremden an.

„Ja, kannst du: Verschwinde für eine Weile."

„Hä?" Hellner glaubte sich verhört zu haben.

„Ich sagte, du sollst verschwinden, Junge, oder soll ich deinem Vorgesetzten von deinem Besuch bei einem stadtbekannten Verbrecherkönig berichten?"

Hellner wurde blass.

„Was haben Sie gesagt?"

„Junge, du musst dir mal dir Ohren untersuchen lassen. Zieh Leine!"

„Ich werde nichts dergleichen tun, was glauben Sie ...?"

Hellner kam nicht weiter. Blitzartig hatte ihn der Fremde am Hals gepackt und an die Wand gedrückt, wo er aus dem Nichts ein Messer unter seiner Nase sah.

„Du hast gestern deine Seele an den Teufel verkauft, Jungchen. Und ich bin sein Knecht. Also tu, was man dir sagt und du bekommst keinen Ärger."

Winter starrte dem jungen Polizisten in die Augen. Kurz darauf roch es nach Ammoniak. Beide Männer schauten nach unten und entdeckten den dunklen Fleck in Hellners Schritt.

„Geh dich sauber machen, Bürschchen", sagte Winter und ließ Hellner los. Die gute Laune des Jungpolizisten war dahin. Er verließ fluchtartig das Zimmer.

Winter grinste fies und suchte nach Franz. Schnell hatte er ihn ausgemacht. Er lag nur wenige Meter von Winter entfernt in seinem Krankenbett und schlief tief und fest.

Der Killer schaute sich um.

Kein Personal war anwesend. Nur die Kranken lagen in ihren Betten und zerflossen allesamt in Selbstmitleid oder schliefen tief und fest. Keiner achtete auf ihn. Winter schaute auf die große Uhr, die am anderen Ende des Zimmers an der Wand hing.

Sieben Uhr.

Kein Krankenhauspersonal zu sehen.

Schichtwechsel!

Perfekt!

Franz bemerkte nicht einmal, wer ihm das Kissen auf das Gesicht gedrückt hielt. Er wehrte sich nach Kräften, verlor aber den ungleichen Kampf schnell. Da er ohnehin geschwächt war, hatte der Killer leichtes Spiel. Als Winter sicher war, dass Franz das Zeitliche gesegnet hatte, entfernte er die Spuren, die der kurze Überlebenskampf hinterlassen hatte und verließ unentdeckt das Hospital. Man merkte erst zwei Stunden später, dass Franz tot war. Das Krankenhauspersonal glaubte, er schliefe. Auch der junge Polizist, der ihn bewachen sollte, hatte nichts bemerkt. Er schwor hoch und heilig, seinen Posten nicht verlassen und niemanden gesehen zu haben.

Entführt

Heinrich wachte auf und wollte sich den schmerzenden Kopf halten. Doch da bemerkte er, dass er seine Arme nicht bewegen konnte.

Er war gefesselt.

Langsam kam die Erinnerung an den Fremden, der ihn um Hilfe gebeten hatte, zurück. Nach und nach dämmerte dem Türmer, was vorgefallen war. Er war entführt worden.

Zuerst ergriff ihn Panik, doch dann zwang er sich zur Ruhe. Nicht umsonst ist ein Leitspruch der Feuerwehr, wenn es einmal eng wird: „Stehe still und sammle dich!“

Also sammelte er sich und dachte nach.

Wenn er gefesselt war, war also eine Flucht ohne die Fesseln möglich, sonst wären sie überflüssig. Gleiches galt für den Knebel in seinem Mund. Folglich konnte er auch davon ausgehen, dass Menschen in seiner Nähe waren, die ihm helfen könnten, sofern sie nur auf ihn aufmerksam wurden. Demnach war seine Situation nicht aussichtslos; nichtsdestotrotz war sie prekär. So langsam wurde es unangenehm.

Er schaute sich um und kam zu dem Schluss, dass er sich in irgendeinem Keller befand. Mühsam schaffte er es, sich aufzurichten. Es kostete ihn einige Mühe, aber bald saß er an eine kalte, feuchte und unverputzte Steinwand gelehnt und schaute sich in seinem Gefängnis um.

Definitiv ein Keller, war sein Ergebnis.

Durch ein kleines Fenster knapp unter der Zimmerdecke fiel ein wenig Licht in den Raum. In einer Ecke stand ein klappriger Schrank, dessen Türen geschlossen waren, so dass Heinrich nicht sehen konnte, ob darin ein Werkzeug für seine Befreiung zu finden sein würde.

Wie lange er schon hier war, vermochte er nicht zu sagen. Jegliches Zeitgefühl war ihm abhanden gekommen.

Der Türmer stellte fest, dass er auf den Abort musste. Doch in gefesseltem Zustand schien dies ein ausweglóses Unterfangen. Eine Weile würde er es noch einhalten können. „Aber wer weiß, wie lange noch?“, dachte er resignierend.

Kurz darauf hörte er Schritte. Er wurde hellhörig und versuchte zu rufen, brachte aber nur ein gedämpftes: „Mmmmmh, mmmmmh!“ heraus.

Heinrich hörte, wie sich im eisernen Schloss der Tür ein Schlüssel drehte. Kurz darauf wurde die Tür, begleitet vom Geräusch quietschender Scharniere, geöffnet.

Heinrichs Aufregung wuchs.

Hatte jetzt sein letztes Stündlein geschlagen?

Ein Mann trat auf ihn zu. Heinrich dachte noch: „Er ist nicht einmal maskiert!“

Dann traf ihn ein harter Schlag am Kopf und er entschwand in die nächste Bewusstlosigkeit.

Klara wartete jetzt schon die halbe Nacht auf ihren Gatten. Sie war wieder am Tisch über ihrer Strickarbeit eingeschlafen. Als sie aufwachte, war Heinrich trotz der weit fortgeschrittenen Uhrzeit noch immer nicht zurück. Für ihren Geschmack war ihr Mann in letzter Zeit ein wenig zu oft bis spät in die Nacht unterwegs. Klara hatte ihn noch einige Male gebeten, sich aus der Mordgeschichte herauszuhalten; aber es war zwecklos. Ihr Heini hatte einen Dickkopf und den würde er durchsetzen.

Doch jetzt übertrieb er. „Wehe ihm, wenn er nach Hause kommt!“, dachte die Frau des Türmers und legte sich schlafen.

Doch am nächsten Morgen wachte sie alleine auf. Sie schaute in Heinrichs Bett, das aus Platzgründen über ihrem montiert war, und bemerkte, dass es unberührt war.

Jetzt wurde sie doch nervös.

Sie stieg die Stufen des Domturmes hinunter. Mit jedem Schritt wuchs die Angst, ihrem Heini könnte etwas zugestoßen sein. Unten angekommen traf sie auf Meinhardt.

„Guten Morgen, Meinhardt“, grüßte sie den Pförtner.

„Morsche Klärsche“, warf er ihr fröhlich zurück. „Un? Wie isses?“

„Heini ist nicht heimgekommen“, sagte sie geradeheraus.

„Hä?“

„Er war die ganze Nacht nicht da!“, erklärte die Türmerin.

„Des gibt’s doch nett“, zweifelte Meinhardt.

„Wenn ich’s dir sage, Meinhardt. So langsam mache ich mir Sorgen. Ihm ist bestimmt etwas zugestoßen.“

„Ach, babbel nett!“, versuchte der Pförtner sie zu beruhigen. „Der kimmt bestimmt bald frehlich um die Eck. Hat bestimmt nur aaner genomme, mit seim neue Freund, dem Polizist."

„Das glaube ich nicht", bezweifelte Klara die Theorie des Pförtners. „So etwas hat er noch nie gemacht."

„Am beste, du gehst zum Polizeipräsidium un fraachst nach, ob sein Freund da is. Isser nett da, sinn se zusamme unnerwächs und alles wert gut!"

„Und wenn er da ist?"

Der Pförtner zuckte daraufhin nur mit dem Schultern und zog sich in seine Pförtnerbude zurück.

Kommissar Schuhmann mobilisierte alle Kräfte, die er in der kurzen Zeit hatte auftreiben können. Klara saß immer noch mit verheulten Augen in seiner Amtsstube auf dem schmucklosen Holzstuhl.

„Geh nach Hause, Klara", riet ihr der Kommissar. „Du kannst jetzt nicht mehr viel tun. Vielleicht taucht Heinrich ja von alleine wieder auf, da solltest du zu Hause sein."

Der Polizist glaubte selbst nicht an seine Worte.

„Vielleicht hatte er nur einen Unfall und liegt in einem der Hospitäler", beruhigte der Polizist sich und die Ehefrau seines Freundes. „Wir werden alles absuchen und ihn finden."

„Versprochen?"

„Versprochen!"

Die Kollegen schwärmten aus, um den Türmer zu suchen. Gleichzeitig wurden alle Krankenhäuser angewiesen, sofort eine Meldung zu machen, wenn ein Patient männlichen Geschlechts in ihren Häusern aufgenommen wurde, der sich nicht ausweisen konnte. Klara ging mit flauem Gefühl zurück in die Türmerwohnung, wo sie ängstlich ausharrte.

Schuhmann hielt es nicht mehr aus, in seinem beengten Arbeitszimmer, weshalb er sich seinen Gehrock schnappte und sich höchstpersönlich auf die Suche nach seinem Freund begab. Der Kommissar hatte vor, ein wenig umherzustreifen und ein paar seiner Informanten aus der kleinkriminellen Halbwelt Frankfurts unter Druck zu setzen. Sicher würde er ein paar Hinweise bekommen, wo sich sein Freund aufhalten könnte.

An der Tür traf er seinen Vorgesetzten.

„Wohin so eilig?“, wollte dieser wissen.

„Ein Mann wird vermisst“, sagte er nur knapp und wollte sich an seinem Chef vorbeischieben.

„Das kann einen Moment warten!“

„Kann es nicht!“, wollte Schuhmann den Mann anschreien, überlegte es sich dann aber besser und bat um Aufklärung, was dringender sein könne.

„Franz Tönnes ist tot!“, sagte sein Chef.

„Ach!“

„Ja. Er erlag heute Morgen seinen schweren Verletzungen. Damit ist der Mordfall ja wohl offiziell abgeschlossen.“

„Aber ich habe doch gestern noch mit ihm gesprochen“, wand Schuhmann ein. „Da war er auf dem Wege der Genesung.“

„Er hat es sich wohl anders überlegt“, sagte sein Vorgesetzter.

„Ich bin der Meinung, dass der Fall noch nicht abgeschlossen ist.“

„Haben Sie seinen Abschiedsbrief mit dem Geständnis vergessen?“, fragte der Dezernatsleiter. „Alles spricht für ihn als Mörder.“

„Und das Motiv?“

„Mord aus Leidenschaft, das älteste Motiv der Welt“, stellte der Vorgesetzte fest und ließ Schuhmann wissen, dass der Fall damit ein für alle mal erledigt war. Und schon im Gehen fügte er hinzu: „Ach, wenn Sie diesen Feuerwehrmann vom Dom sehen, dann bedanken Sie sich doch bei ihm in unserem Namen. Wäre er nicht so hartnäckig gewesen, hätten wir den Mörder nicht geschnappt!“

„Das ist ja der Mann, der verschwunden ist.“

„Na, dann suchen Sie ihn schleunigst! Schönen Tag noch!“, flötete Schuhmanns Chef, ohne sich umzusehen.

„Blödes Arschloch!“, murmelte Schuhmann und ging.

Wachtmeister Hubertus Hellner schämte sich derart, dass er sich kaum nach Hause traute. Er bewohnte ein kleines Zimmer bei seinen Eltern in Bockenheim. Spät am Abend kam er nach Hause. Ziellos war er umhergeirrt. Wie konnte er nur so naiv gewesen sein, fragte er sich ein ums andere Mal. Wieso hatte er nur auf den dämlichen Kollegen gehört und diese verdammte Information verkauft?

Kein Wunder, dass er so viel Geld dafür bekommen hatte. Franz wusste wohl zu viel. Und er, Hubertus Hellner, hatte ihn auf dem Gewissen. Er hatte Beihilfe zum Mord geleistet, als Polizist!

Immer und immer wieder kreisten seine Gedanken um diese Ungeheuerlichkeit.

Was, wenn die Sache herauskäme?

Er würde im Gefängnis landen. Ein gefundenes Fressen für jeden Kriminellen. Ein Polizist im Kittchen.

Er wäre Freiwild.

Man würde ihn jagen.

Seine Verlobte würde nichts mehr mit ihm zu tun haben wollen.

Seine Eltern, die so stolz auf ihn waren, dass er die Stelle als Polizist erhalten hatte, würden sich für ihn schämen.

Seine Zukunft, sein Leben, alles wäre dahin.

Mit einem Schlag war er sich bewusst, dass er durch seine Geldgier alles zerstört hatte, was ihm jemals etwas bedeutet hatte. Er musste mit jemanden darüber sprechen.

Aber mit wem?

Egal, was er auch tat, es würde zu nichts anderem als seinem Ruin führen. Das Einzige, was ihm half, war zu schweigen.

Heinrich hatte es nicht mehr ausgehalten und *Es* einfach laufen lassen. Er ekelte sich vor sich selbst, aber was hätte er denn tun sollen? Jetzt hatte er auch noch Durst. Sein Mund war völlig ausgetrocknet. Der Knebel tat sein Übriges. Seine Mundwinkel waren eingerissen und bluteten. Dasselbe galt für seine gefesselten Handgelenke und Knöchel. Alles an seinem Körper schien taub. Er spürte seine Beine kaum noch, sein Schädel brummte wie ein Bär. Doch irgendwie hatte es der Türmer geschafft, nachdem er aus seiner zweiten Ohnmacht erwacht war, bei Bewusstsein zu bleiben. Er hatte sich alles genau angesehen, so lange das Tageslicht den Raum ein wenig erhellte, doch an Flucht war, zumindest im Moment, nicht zu denken.

Was hatte man mit ihm vor?

Warum war er hier?

Der Türmer konnte sich keinen Reim darauf machen. Wer würde denn ein Interesse an einem nutzlosen Feuerwehrmann wie ihm haben können? Niemand würde ein Lösegeld für ihn bezahlen können.

Oder hatte er am Ende im Mordfall Maria Wenger doch einen Treffer gelandet und die Hintermänner wollten ihn aus dem Weg schaffen?

Aber warum entführte man ihn dann und tötete ihn nicht gleich?

Mitten in seinen Überlegungen wurde die Tür zu seinem Gefängnis geöffnet. Der Türmer rappelte sich auf. Kurz darauf blendete ihn der Lichtschein einer Petroleumlampe.

„So, mein Freund", hörte Heinrich eine ihm bekannte Stimme. „Jetzt habe ich ein wenig Zeit für dich."

Sein Knebel wurde unsanft entfernt. Heinrich musste husten.

„Wasser!", keuchte er.

„Brauchst du nicht mehr", kam die Antwort. Vor ihm kniete Winter und grinste böse.

„Sie sind der Kerl, dessen Frau krank sein sollte", erkannte der Türmer den Mann.

„Richtig", höhnte Winter. „Kluges Kerlchen, unser Feuerwehrmann."

„Was wollen Sie von mir? Man wird Ihnen kein Lösegeld bezahlen!"

„Lösegeld?" Winter lachte schäbig. „Jetzt überschätzt sich hier aber einer gewaltig. Du bist keinen Groschen wert, Türmerlein."

„Aber warum haben Sie mich dann entführt?"

„Ich muss wissen, was du weißt."

„Und wenn Sie wissen, was ich weiß - kann ich dann gehen?"

„Natürlich nicht!"

„Dann behalte ich mein Wissen für mich!"

Schuhmann suchte nach und nach die Plätze auf, an denen er seine halbseidenen Informanten vermutete. Es dauerte nicht lange, bis er einen dieser Tunichtgute gefunden hatte. Es war Eddi Brehme, ein Taschendieb und Zechpreller. Er war zwar nur ein Kleinkrimineller, aber immer bestens informiert. Und für ein paar Groschen verkaufte er auch seine eigene Mutter.

Da Eddi mit dem Polizisten nicht gesehen werden wollte, begab man sich in eine dunkle Seitenstraße, wo man die Verhandlungen begann.

„Was willsten diesmal wisse?"

„Ich suche einen Freund", offenbarte Schuhmann.

„Geb's uff, da kann isch dir aach nett helfe; den wirste nett finne", kicherte Eddi dreckig und fand sich unheimlich witzig.

„Die Sache ist ernst, Eddi", verlieh Schuhmann seiner Frage Nachdruck. „Hast du was gehört?"

„Naa, isch glaab mei Ohrn wern immer schläschter von Jahr zu Jahr."

Schuhmann verstand und kramte in seinen Taschen nach Geld. Er gab es dem kleinen Mann und schaute ihn erwartungsvoll an. Eddi wog das Geld in seinen Händen und sagte:

„Isch waas nett, ... irschendwie iss mei link Ohr immer noch e bisse daab."

Schuhmann legte noch ein paar Groschen drauf.

„Des gibt's nett", jubilierte Eddi. „Isch bin geheilt."

„Dann sprich!"

„Dud mir leid, isch waas nix!"

„Was?"

„Isch kann der nett helfe!"

„Gib mir mein Geld zurück!", befahl der Polizist, der sich reichlich blöd vorkam.

„Was füre Geld?", tat Eddi unwissend.

„Eddi, pass bloß auf!", drohte Schuhmann.

„In Ordnung. Isch mach dir e Aagebot."

„Lass hören!"

„Isch horsch misch e bisse in de Geschend um und sach der Bescheid, wenn isch was heer."

„Die Zeit rennt, Eddi. Ich bin morgen wieder da. Wenn du dann nichts für mich hast, buchte ich dich ein."

„Wesche was dann?"

„Da finden wir schon was."

Die Schmerzen waren schlimm.

Der Türmer litt wie ein getretener Hund. Immer und immer wieder hatte er schwere Schläge einstecken müssen. Winter genoss es, sein Opfer zu quälen. Er trieb den Türmer immer wieder bis an den Rand einer erneuten Bewusstlosigkeit. Aber kurz bevor der Feuerwehrmann drohte, in Ohnmacht zu fallen, legte der Foltermeister eine Pause ein. Winter war ein Könner auf seinem Gebiet; das stellte er wieder einmal eindrucksvoll unter Beweis. Er war stolz auf sich.

„Du brauchst nur zu reden, Türmer, und es hört auf", bot er seinem Opfer an.

„Du kannst mich mal …“, presste Heinrich hervor und spuckte Blut auf den Boden. Entsetzt sah er, dass er dabei einen Zahn ausspuckte.

„Das ist aber sehr dumm von dir“, sagte der Killer und holte erneut zum Schlag aus. Er traf den Feuerwehrmann auf dem linken Auge.

„Tut's weh?“, fragte Winter höhnisch.

„Mach nur weiter. Von mir erfährst du nichts, du Verbrecher! Wenn ich sowieso sterbe, dann mit Anstand.“

Heinrich wartete auf den nächsten Schlag, der jedoch zu seiner Überraschung und Erleichterung ausblieb.

„Du langweilst mich, Feuerwehrmann“, hörte er stattdessen von seinem Peiniger. „Ich gebe dir noch eine Nacht zum Nachdenken. Solltest du es dir anders überlegen, lass es mich wissen. Ich bin jetzt müde und lege mich ein wenig schlafen. Gute Nacht, der Herr!“

„Wäre es vermessen, nach einem Glas Wasser zu fragen?“, versuchte der Türmer sein Glück.

„Fragen kostet nichts“, sagte Winter, ließ Heinrich alleine zurück und schloss die Tür. Er machte sich nicht einmal die Mühe, die brennende Lampe zu löschen.

Schuhmann war der Verzweiflung nah. Er saß nun zusammen mit der Frau seines Freundes in der Türmerwohnung und versuchte, das verheulte Bündel namens Klara Niemann zu trösten. Die Krankenhäuser hatten keinen unbekannten Neuzugang gemeldet, die Nachforschungen in der gesamten Stadt waren erfolglos geblieben. Den ganzen Tag wurde nach Heinrich gefahndet. Selbst den Main hatte man nach Leichen abgesucht. Schuhmann wusste nicht mehr, wo er noch hätte nachschauen können. Er sah das Leben seines Freundes in Gefahr und hasste es, tatenlos daneben stehen zu müssen.

„Wo könnte er nur sein?“, fragte sich Schuhmann selbst.

„Vielleicht ist er entführt worden“, spekulierte Klara.

„Warum sollte jemand Heinrich entführen?“

„Keine Ahnung, war nur so eine Idee.“

Der Polizist versuchte noch eine Weile Klara zu trösten und schickte sie dann zu Bett. Er erneuerte sein Versprechen, Heinrich zu finden und stieg die Stufen des Turmes hinunter.

Unten angekommen fiel ihm ein, dass er noch ein paar Zeitschriften im Polizeipräsidium vergessen hatte, die er unbedingt mit nach Hause nehmen wollte, um sich ein wenig abzulenken. Kurzentschlossen schlug er deshalb trotz fortgeschrittener Stunde den Weg nach Norden ein. Einer Eingebung folgend bog der Polizist entgegen seiner Gewohnheit an der Fahrgasse in die Battonstraße ein, von wo aus er über die Klingerstraße das Polizeipräsidium erreichen wollte. Er wählte manchmal solche unsinnigen Wege in der Hoffnung, doch ein wenig Zeit zu sparen. Meist funktionierte dies nicht, doch heute sollte diese Angewohnheit hilfreich sein.

Er kreuzte gerade die Klostergasse, als ihm ein Lichtschein auffiel. Der Schein kam aus der Anna-Schule, die in der Klostergasse angesiedelt war. Zunächst dachte sich Schuhmann nichts dabei und ging weiter. Doch dann fiel ihm ein, dass es vielleicht nicht gut wäre, wenn das Licht die ganze Nacht brennen würde. Zumal es sich dem Flackern nach um eine Petroleumlampe handeln musste. Das könnte ein Feuer auslösen.

Der Kommissar drehte deshalb um, bog in die Klostergasse ein und betrat wenig später das Gelände der Schule, wo er nach dem Hausmeister suchte. Es dauerte eine Weile, bis er die Wohnung des Schulaufsehers fand. Schuhmann klopfte an und musste einen Moment warten, bis die Tür geöffnet wurde.

„Guten Abend, der Herr", sagte Schuhmann freundlich zu dem gespenstisch aussehenden Mann, der im Türrahmen stand. Dem Anschein nach hatte er sich schon längst zur Ruhe begeben.

„Ich kam zufällig des Weges und glaubte, einen Lichtschein in einem Keller entdeckt zu haben. Das könnte gefährlich werden."

„Da müsse Se sisch täusche", wiegelte der Mann ab.

„Aber ich habe es genau gesehen", beharrte Schuhmann.

„Wer solln des agemacht habbe? Isch war's uff alle Fälle nett gewese."

„Aber dennoch ist es an."

„Isch bin doch nett dormelisch, Mann! Wenn isch des agemacht hätt, wüsst isch's doch! Un jetz gut Nacht!"

Der Hausmeister wollte die Tür schließen, doch Schuhmann hinderte ihn daran.

„Ich bin Polizist und muss eine Meldung über den Vorfall machen, wenn etwas passiert."

„Was soll'n bassiern?"

„Vielleicht brennt ja heute Nacht die Schule ab. Und dann muss ich den Behörden leider melden, dass der Brand hätte verhindert werden können, wenn der Hausmeister seinen Pflichten nachgekommen wäre."

Der Angesprochene strafte Schuhmann mit einem bösen Blick, dem der Polizist jedoch mühelos standhielt. Im Oberstübchen des buckligen Mannes schien es zu arbeiten. Nach einem kurzen Augenblick gab er nach.

„Wadde Se hier en Moment. Isch zieh mer nur was übber", sagte der Hausmeister schließlich und schlurfte davon. Kurz darauf erschien er wieder. Er hatte eine Strickjacke übergezogen und hielt einen großen Schlüsselbund in der Hand.

„Wehe, des stimmt nett, dann kann Ihne kaan Herrgott helfe, Meister!"

„Keine Sorge, ich belüge Sie nicht."

„Abber isch sach Ihne, dass des nett sei kann. Isch war nett im Keller und die Schul is seit erer Woch wesche de Ferie geschlosse. Wo genau soll'n des jetz sei?"

„Hier hinten, in diesem Gebäude", sagte Schuhmann und zeigte auf das Nebengebäude, in dem er den Lichtschein entdeckt hatte.

„Völlisch unmöschlich. Da war schon seit Jahrn kaaner mehr im Keller. Die Bruchbud sollt schon längst abgerisse werrn."

„Überzeugen Sie sich selbst", bat Schuhmann.

Kurz darauf erreichten die beiden Männer das alte Gebäude.

„Isch werd verrickt, der hat rescht."

Triumphierend schaute Schuhmann den alten Mann an, denn tatsächlich leuchtete aus einem der Kellerfenster ein schwaches, flackerndes Licht.

„Na, dann, schönen Abend noch", verabschiedete sich der Kommissar. „Nichts zu danken."

„Moment", hielt ihn der Hausmeister zurück. „Mahne Se, isch würd da alaans eneigehe?"

„Wieso nicht?"

„Habbe Se schon vergesse, dass die Hütt einsturzgefährdet is?"

„Dann macht es ja wenig Sinn, wenn wir beide hineingehen. Wenn es einstürzt, sind wir beide hinüber."

Wieder arbeitete es hinter des Hausmeisters Stirn.

„Dann wardde Se wenischtens hier obbe uff misch, bis isch widder drause bin."

Schuhmann hielt dies nur für recht und billig, schließlich hatte er ja den Lichtschein entdeckt und willigte ein.

Der Hausmeister brauchte eine Weile, bis er den richtigen Schlüssel an seinem Bund finden konnte und steckte den Schlüssel ins Schloss. Plötzlich hielt er inne.

„Verfluchte Bälger!", stieß er aus.

„Was ist denn?"

„Die Saubrut hat die Dier uffgebroche."

Schuhmann trat an die Tür und begutachtete den Schaden.

„Tatsächlich."

„Die kriehste nett in de Griff, die Rasselbande", schimpfte der Hausmeister und stieß die Tür auf. „Jetzt wisse mer aach, wer die Lamb hat brenne lasse. Wern widder heimlisch geraacht habbe, die Saubelch, die gottverdammte."

Fluchend stieg der Hausmeister die Stufen zum Keller hinunter. Schuhmann blieb wie verabredet oben stehen und wartete auf des Hausmeisters Rückkehr. Kurze Zeit später stand dieser im Keller am Fuß der Treppe und rief zu Schuhmann hinauf.

„Isch glaab, jetzt müsse Se doch erunnerkomme, Herr Wachtmaster!"

Zum Glück war es nicht weit bis zum Hospital zum heiligen Geist. Der Türmer hatte nach Winters Folter etliche Blessuren und war kurz vorm Verdursten. Aber nach zwei Tagen Pflege war Heinrich wieder bei Kräften und schikanierte das Personal mit seinen Extrawünschen.

Schuhmann hatte ihn gerade zum ersten Mal nach seiner Rettung wieder gesehen. Nun saß der Polizist an der Bettkante seines Freundes auf einem Holzstuhl und sinnierte: „Weißt du eigentlich, dass du an derselben Stelle wie Franz liegst?"

„Mal den Teufel nicht an die Wand. Ich hoffe, dass dein Kollege an der Tür zuverlässig ist. Ich weiß auch gar nicht, warum er überhaupt auf mich aufpasst. Ich bin doch kein kleines Kind."

„Du weißt doch gar nicht, mit wem du dich da anlegst. Dein Entführer hat sicherlich nicht geplant, dass du entkommst, sonst hätte er sein Gesicht nicht gezeigt. Meinst du, du würdest ihn wiedererkennen, wenn wir ihn dir gegenüberstellen?"

„Auf jeden Fall, aber dazu müsst ihr ihn erst einmal schnappen", erkannte Niemann.

„Keine Sorge, das werden wir."

Die Tür zum Krankenzimmer öffnete sich und Klara betrat den Raum. Der an der Tür postierte Polizist hielt die Frau zurück. Schuhmann klärte den Kollegen auf, der sich gleichgültig zeigte und Klara passieren ließ. Er setzte sich wieder auf seinen klapprigen Holzstuhl und sehnte sich weiter nach seiner Ablösung. Ein Blick auf die Uhr verriet ihm, dass er in einer halben Stunde seinen langweiligen Posten an Hubertus Hellner abgeben würde.

Klara trat an das Krankenbett ihres Gatten und fing sofort an, ihn zu bemuttern, was den Türmer reichlich verdrießlich stimmte. Schuhmann nutzte die Gelegenheit und verabschiedete sich mit einem Grinsen im Gesicht.

Beim Verlassen des Hospitals fiel dem Kommissar ein, dass er beinahe eine Verabredung versäumt hatte. Er machte sich auf den Weg in die dunklen Gegenden der Stadt am Main, wo er schnell den Mann fand, mit dem er sich treffen wollte.

„Un? Hasten gefunne?", begrüßte Eddi den Polizisten.

„Zu deinem Glück ja", antwortete Schuhmann.

„Wieso? Was hab en isch dademit zu due?"

„Ich hoffe nichts, sonst siehst du das Sonnenlicht nie wieder."

„Des wär nix Neues. Isch bin eh en Nachtmensch."

„Hast du irgendwelche Informationen für mich, Eddi, was diesen Fall betrifft?"

„Komisch, isch her schon widder so schwer. Woran des wohl lie dud?"

Schuhmann verstand und bezahlte den Kleinkriminellen.

„Also, wenn de misch frache dusd, was du ja nett machst, sonst krie isch tierisch Ärjer, steckt da de Winter dehinner."

„Winter?", rief Schuhmann erschrocken. „Siegfried Winter?"

„Kennst du en annern Winter in dem Geschäft?"

„Nein, natürlich nicht."

Schuhmann kannte den Namen Winter. Die Frankfurter Polizei war schon lange hinter dem Verbrecher her, doch bisher hatte er sich nicht erwischen lassen. Der Mann war ebenso gefährlich wie gewitzt. Jeder Polizist in dieser Stadt wusste, dass Winter der Gefährlichste von allen war. Aber er glich einem Geist; man konnte ihn einfach nicht fassen.

„Ich muss wohl nicht fragen, ob du den Aufenthaltsort von Winter kennst“, versuchte Schuhmann sein Glück.

„Selbst wenn ischs wüsst. So viel kannst du mir nett bezahle, dass isch so bekloppt wär, des zu verrade. Eher zieh isch nach Offebach.“

In Hubertus Hellner sträubte sich alles dagegen, schon wieder auf den Bewachungsposten zu gehen. Wenn er aber den Dienst verweigern wollte, musste er einen sehr guten Grund dafür angeben. Er konnte ja schlecht sagen, dass er ein Informant des stadtbekannten Geschäftsmannes Möhnring war und für alles andere als für die Sicherheit des Probanden garantieren konnte.

Seit dem Vorfall mit dem unglückseligen Franz war der junge Polizist wie ausgewechselt. Er bereute, der Gier anheim gefallen zu sein. Er hatte seine Seele verkauft, dessen war er sicher.

Sein gesamtes Wesen war verändert. Selbst seine Verlobte hatte schon diesbezügliche Äußerungen gemacht. Bei ihr konnte er sich noch mit berufsbedingtem Stress herausreden. Doch lange würde er die Fassade nicht mehr aufrechterhalten können.

Er betrat das Krankenzimmer und löste mürrisch seinen dort wartenden Kollegen ab, der es vorzog, schnellstmöglich aus dem muffigen Raum herauszukommen. Hellner platzierte sich auf den unbequemen Stuhl an der Tür und faltete linkisch den Frankfurter Anzeiger vor sich aus. Er hielt es noch nicht einmal für nötig, nach seinem Schützling zu schauen.

Heinrich hatte von dem Schichtwechsel nicht viel mitbekommen. Er hielt die ganze Überwachungsaktion ohnehin für Verschwendung von Steuergeldern. Er konnte sehr gut auf sich selbst aufpassen. Er brauchte kein Kindermädchen.

Der Abend verlief recht ereignislos. Später schaute der diensthabende Arzt noch einmal nach seinen Patienten, dann wurde das Licht gelöscht und die Nachtruhe musste eingehalten werden. Schnell schlief Heinrich ein. Auch der junge Polizist konnte sich gegen die

Müdigkeit nicht wehren und nickte auf seinem Posten ein.

Gegen Mitternacht schreckte Hellner auf. Er rieb sich den Schlaf aus den Augen und schaute sich schuldbewusst um. Ein kurzer Kontrollblick auf Heinrichs Bett beruhigte ihn. Alles schien in bester Ordnung. Hellner stand auf und streckte seine müden Glieder. Plötzlich bemerkte er, dass sich die Tür langsam öffnete.

„Nicht schon wieder“, murmelte er leise und wurde starr vor Angst.

Die Tür wurde einen Spalt geöffnet und eine Gestalt schob sich hindurch. Hellner erkannte den Mann sofort, nie würde er dieses Gesicht vergessen können.

Der junge Polizist nahm seinen ganzen Mut zusammen und stellte sich vor den Mörder.

„Halt!“, zischte er leise, um die Patienten nicht zu wecken.

„Geh mir aus dem Weg, Jungchen“, sagte Winter und schob den Polizisten beiseite.

„Ein Mord ist genug!“, sagte Hellner und hielt Winter an dessen linken Arm fest.

Winter blieb stehen und schaute zuerst auf die Hand des Schutzmannes und dann direkt in dessen Augen.

Hellner schien fest entschlossen.

Winter seufzte.

„Ich habe dir doch bereits erklärt, wie der Hase läuft. Wenn dir dein junges Leben lieb ist, lässt du mich meine Arbeit erledigen und niemand wird zu Schaden kommen. Abgesehen von dem Feuerwehrmann.“ Winter grinste schief und schüttelte die Hand des Polizisten ab. Hellner gab auf und ließ den Mörder ziehen.

Bedrohlich ging er auf das Krankenbett des Türmers zu. Hinter dem Vorhang lag der Feuerwehrmann und schlief den Schlaf des Gerechten. Hellner blieb an der Tür stehen und schaute dem Treiben tatenlos zu. In seinen Gehirnwindungen arbeitete es hektisch.

Was sollte er gegen diesen Riesen denn schon ausrichten?

Er würde sich doch selbst in Lebensgefahr bringen.

Aber er hatte schon bei einem Mord mitgeholfen.

Würde sein Gewissen einen zweiten verkraften?

War er als Polizist nicht Recht und Ordnung unterworfen?

Während Hellner weiter mit seinem Schicksal haderte, kam Winter dem Türmer immer näher. Leise zog er den Vorhang beiseite und trat an das Bett des Verletzten. Unvorsichtigerweise trat der Mörder dabei an den Nachttopf des Kranken. Durch das Scheppern erwachte Heinrich.

„Wer sind Sie?“, stieß er sofort aus.

„Doktor Tod!“, erwiderte Winter und zeigte sein diabolisches Grinsen. Ein Lichtstrahl fiel auf sein Gesicht und Heinrich erkannte seinen Peiniger.

„Nein!“, schrie Heinrich und versuchte zu flüchten.

Winter hatte mit einer solchen Reaktion gerechnet und griff mit eiserner Hand nach seinem Opfer. Er bekam den Türmer zu packen und warf ihn zurück ins Bett. Dann schnappte sich der Mörder das Kopfkissen und drückte es Heinrich aufs Gesicht, so wie er es schon bei Franz getan hatte. Niemann wehrte sich nach Kräften, hatte aber gegen den Hünen nicht den Hauch einer Chance. Winter schien nicht die geringste Mühe zu haben, den Türmer im Todeskampf zu beherrschen.

Plötzlich ein Knall.

Winter riss die Augen auf.

Die Kraft wich aus des Mörders Händen, sodass der Türmer sich befreien konnte.

Gierig sog der Feuerwehrmann die Luft ein und hustete, als hätte er einen Asthmaanfall. Erst jetzt bemerkte er, dass sein Peiniger seltsam taumelte. Er sah ihn erschrocken an und bemerkte, dass die Augen des Mörders einen eigenartigen Ausdruck hatten. Winter schien tatsächlich ins Nichts zu starren; er schwankte und fiel vornüber, direkt auf den Türmer, auf dem er kraftlos liegen blieb. Angewidert strampelte sich Heinrich frei. Der leblose Körper plumpste wie ein nasser Sack auf den Klinikboden. Die Gliedmaßen des Mörders waren seltsam verdreht.

Heinrich schaute dem Toten nach, dann fing sein Blick den jungen Polizisten Hellner ein, der mit noch rauchender Pistole im Anschlag an seinem Bett stand.

„Danke“, krächzte Heinrich. „Sie haben mir das Leben gerettet.“

Helle Aufregung herrschte im Polizeipräsidium. In Windeseile hatte sich die Nachricht herumgesprochen, dass der Jungpolizist Hellner den meistgesuchten Mann Frankfurts auf frischer Tat erwischt und getötet hatte. Hellner wurde zum Helden stilisiert. Stolz präsentierte man tags darauf den endlich gefassten Mörder und den dazugehörigen Polizisten, der ihn geschnappt hatte. Hellner erhielt eine Auszeichnung, überreicht vom Bürgermeister Adickes höchstpersönlich. Überall waren Schulterklopfer und schmückten sich mit dem Helden des Tages. Dank ihm war Frankfurt nun wieder eine sichere Stadt. Hellner wurde herumgereicht wie ein Wanderpokal.

Zwei Wochen nach der Heldentat fand man die Leiche des jungen Polizisten in einer Gartenlaube. Die Umstände seines Todes blieben schleierhaft. Nachdem man den tragischen Tod des Helden in den Gazetten der Stadt ausgeschlachtet hatte, verlor man schnell das Interesse an dem mysteriösen Todesfall. Auch die Frankfurter Polizei legte sich nicht besonders ins Zeug für den toten Kollegen. Man hatte genug mit den Lebenden zu tun.

Fortschritte

Heinrich wurde einige Tage später aus der Klinik entlassen. Schnell hatte ihn der Alltag wieder eingefangen, doch der Mordfall Maria Wenger spukte noch immer in seinem Kopf herum.

Ulrich Grasshoff nutzte unterdessen in der Anstalt für Irre und Epileptische eine Unachtsamkeit des Pflegepersonals, um sich einen kleinen Ausflug in die Stadt zu gönnen. Sofort eilte er ins Polizeipräsidium, um Kommissar Schuhmann aufzusuchen. Er musste unbedingt den Stand der Ermittlungen wissen. Leider traf er Schuhmann nicht an seinem Arbeitsplatz an. Nach kurzer Überlegung beschloss Ulrich, zu Heinrich Niemann zu gehen. Er erhoffte sich, vielleicht beim Türmer einige Informationen über den Fall zu erhalten. Grasshoff ging hinunter zum Dom, wo ihn Meinhardt Wolf schon am Domeingang abfing.

„Da sin Se ja endlisch. Kerle, Kerle. Ihr habt aber ach immer die Ruh weg. Jedsmal desselbe mit eusch."

„Bitte?"

„Ei, jetzt dun Se mal nett so unschuldisch", entgegnete Meinhardt. „Acht Uhr hat's gehiese und nett zehn. Mane Se, isch hab die Zeit mit Löffel gefresse?"

„Ich ..."

„Ja, ja, schon gut. Jetzt sin Se ja da. Komme Se mit."

Grasshoff war zwar gehörig verwirrt, folgte aber dem Pförtner, der ihn in den Dom führte. Dennoch fragte er sich, wie dieser über seinen Besuch informiert sein konnte.

„Mer müsse hinne die Trepp enuff", erklärte Meinhardt. „Wo isn eischentlisch Ihr Werkzeusch?"

„Was für ein Werkzeug?"

„Wenn Se mane", zeigte sich der Pförtner gleichgültig. „Se wern schon wisse, was Se due."

„Ich ...", setzte Grasshoff erneut an, wurde aber von Meinhardt abermals unterbrochen.

„So, da simmer. Nur noch die Trepp enuff und da stehtse."

„Wer?"

„Wolle Se misch veräbbeln, oder was?"

„Nicht im Geringsten.“
„Se sin doch de Orgelstimmer?“
„Nein, ich wollte zu Herrn Niemann.“
„Warum sache Se des denn nett gleisch?“, tadelte der Pförtner. „Jetz bin isch hier umsonst hergedappt. Des kann doch nett wahr sei. Was sin Se dann für aner? So was Unverschämdes.“
„Sie haben mich doch gar nicht gefragt, wohin ich will, sondern gleich hierher geschleppt.“
„Des gibt's ja wohl nett“, schnappte Wolf. „Jetzt bin isch ach noch schuld dran. Des schlescht dem Fass de Bode aus. Also so was ...“
„Jetzt hören Sie mir mal zu, Sie ....“
„Uffpasse!“, warnte Meinhardt und hob den Zeigefinger.
Gerade als Grasshoff abwog, ob er wahlweise den Pförtner einfach ignorieren oder ihm weiter mit Höflichkeit begegnen sollte, kam der Türmer durch das Kirchenschiff gelaufen.
„Herr Grasshoff“, rief er schon von Weitem. „Wie schön Sie zu sehen!“
„Kennst du des Bürschje?“, wollte der Pförtner wissen.
„Natürlich, das ist ein Freund von mir.“
„Dann sach em gefälligst, er soll misch nett verarsche. Beim nächste Mal gibt's e paar hinner die Löffel.“ Wütend zog Meinhardt von dannen.
Heinrich schaute Grasshoff fragend an.
„Er hielt mich für den Orgelstimmer.“
„Aha“, machte Niemann nur und grinste breit.
Gemeinsam erklommen die beiden Männer den Turm.
Nach einer gefühlten Ewigkeit hatten sie des Türmers kleines Zuhause erreicht. Klara freute sich über den unverhofften Besuch, richtete hastig ihre Garderobe und überprüfte den Sitz ihrer Frisur, wobei sie gleichzeitig ihrem Mann vorwarf, dass sie nicht den Besuch des jungen Mannes avisiert bekommen habe. Heinrich überhörte die Vorwürfe seiner Frau galant und kümmerte sich stattdessen um den jungen Grasshoff.
„Ich hoffe, Sie haben sich gut erholt“, erkundigte er sich nach dem Befinden seines Gastes.
„Ich bin zwar noch nicht darüber hinweg, aber ich komme zurecht. Außerdem muss ich gestehen, dass ich mich unerlaubt aus der

Klinik entfernt habe. Meine Behandlung wird sich noch eine Weile hinziehen. Aber ich habe es einfach nicht mehr ausgehalten. Ich muss wissen, wie weit die Ermittlungen gediehen sind."

„Ich glaube kaum, dass Sie da bei mir richtig sind."

„Ich gebe zu, dass ich ursprünglich Kommissar Schuhmann treffen wollte. Jedoch konnte ich ihn im Polizeipräsidium nicht finden. Da dachte ich mir, dass Sie eventuell mehr wissen, da Sie doch ...", Grasshoff sprach den Satz nicht zu Ende.

„Kein Problem", erklärte der Türmer sich bereit, Auskunft zu geben. Insgeheim fühlte er sich geehrt. Er informierte Grasshoff darüber, was während seines Aufenthaltes in den psychiatrischen Kliniken passiert war. Ulrich hörte aufmerksam zu und zeigte sich entsetzt über die Gefahren, die der Türmer hatte meistern müssen.

„Ist ja alles gut gegangen", spielte der Feuerwehrmann die Vorfälle herunter.

„Sie haben wirklich Fortschritte gemacht", bemerkte Grasshoff.

„Leider konnten wir bisher kein befriedigendes Ergebnis erzielen", ergänzte der Türmer. „Aber ich denke, wir werden weiterkommen, wenn wir nur ausdauernd genug sind."

„Was ist mit Otto zu Helmsbach-Lippe?", wollte Grasshoff wissen. „Hat die Polizei schon mit ihm gesprochen?"

„Warum sollte sie?"

„Haben Sie es denn vergessen?", zeigte sich Grasshoff enttäuscht.

„Was denn?"

„Den Streit zwischen Maria und Otto zu Helmsbach-Lippe."

„Um Himmels Willen, das hatte ich tatsächlich ganz vergessen. Und Gerhard bestimmt auch. Wie konnte das passieren?"

„Wir müssen dem Kommissar diesen Vorfall in Erinnerung rufen. Er könnte der Schlüssel zur Lösung des Falles sein. Wenn wir wissen, worüber Maria und Otto zu Helmsbach-Lippe gestritten haben, könnte uns das ein ganzes Stück weiterbringen."

„Sie haben recht", stimmte der Türmer zu. „Er könnte uns das fehlende Motiv liefern."

„Wir sollten schnellstmöglich zum Kommissar."

„Das müssen Sie wohl alleine erledigen, ich denke, dass man mein Fehlen schon lange bemerkt hat und sich auf der Suche nach mir befindet. Ich werde wohl wieder zurückkehren, um vollends gesund zu werden."

Heinrich versprach dem jungen Mann alles in seiner Macht stehende zu tun, um den Fall zu lösen. Grasshoff verabschiedete sich und kehrte in die Klinik zurück, wo er seine Behandlung fortsetzen wollte. Durch seinen kleinen Ausflug, für den die Stationsleitung wenig Verständnis hatte, wurde seine Bewegungsfreiheit drastisch eingeschränkt. Um eine erneute Flucht zu verhindern, wurde er pharmazeutisch niedergeknüppelt und versank für viele Jahre in einer Scheinwelt.

Möhnring tobte. Der Verlust seines besten Mannes traf ihn hart.

„Verdammt", schrie er. „Hätte ich diesen verfluchten Auftrag doch nie entgegengenommen."

Er schleuderte das Glas, das er in der Hand gehalten hatte, gegen die Wand, wo es in tausend Teile zerbarst.

Möhnring schwor sich, dass sein Auftraggeber dafür tief in die Tasche würde greifen müssen. Die ganze Sache wurde ihm zu heiß. Am Ende würde ihn diese vermaledeite Geschichte noch aufs Schafott bringen.

„Jetzt kann ich sehen, wo ich Ersatz für Winter *und* das Wiesel herbekomme", schimpfte er weiter in den leeren Raum hinein. „Als wenn gute Mitarbeiter an jeder Straßenecke stehen würden." Je mehr Möhnring sich aufregte, desto mehr kam er in Rage. Kurz darauf fasste er einen folgenschweren Entschluss.

Heinrich traf noch am selben Abend bei Kommissar Schuhmann zu Hause ein, denn er wollte nicht bis zum nächsten Tag warten, es war zu viel passiert in den letzten Tagen. Aufschub war jetzt nicht mehr die gefragte Taktik. Unverzüglich musste gehandelt werden. Der Kommissar wohnte in der Berger Straße.

„Heinrich", rief der Polizist überrascht, als er seinen Freund vor seiner Wohnungstür sah. „Was führt dich zu mir?"

„Drei Mal darfst du raten", gab der Türmer zurück. „Ich habe Informationen, die für den Mordfall von ungeheurer Wichtigkeit sind."

„Hat das nicht bis morgen Zeit?", begehrte der Polizist um Aufschub.

„Jetzt, wo ich schon mal hier bin, kannst du es dir auch anhören."

„Gut, dann komm herein“, gab Schuhmann auf und machte den Eingang frei.

Niemann betrat die Wohnung, die zwar klein war, aber für eine Person völlig ausreichend und allemal geräumiger als die enge Türmerwohnung. Heinrich stellte fest, dass in der Wohnung eine erstaunliche Ordnung herrschte.

Wenig später hatte Heinrich dem Kommissar von Grasshoffs Besuch berichtet.

„Das hatte ich ja beinahe vergessen. Das wirft aber kein gutes Bild auf mich“, sinnierte Schuhmann.

„Du hattest ja auch wirklich genug andere Sachen um die Ohren, mein Freund. Da kann mal etwas in Vergessenheit geraten“, versuchte Heinrich den Kommissar ein wenig vom schlechten Gewissen zu erleichtern.

„Und Grasshoff ist sicher, dass es sich bei dem Mann um Otto zu Helmsbach-Lippe gehandelt hat?“

„Absolut sicher!“

Schuhmann legte die Stirn in Falten und schien angestrengt nachzudenken.

„Welche Verbindung könnte Maria zu Otto zu Helmsbach-Lippe haben?“

„Das ist es, was wir klären müssen.“

Machtspielchen

Schon am nächsten Tag machte sich der Kommissar auf den Weg hinüber nach Sachsenhausen in die Villa der Familie zu Helmsbach-Lippe. Er wurde begleitet von seinem Kollegen Herbert Böhmer. Der fettleibige Polizist war nicht gerade begeistert von der Idee, das angesehene Ehepaar zu Helmsbach-Lippe mit der unangenehmen Sache erneut zu belästigen. Zumal der Fall offiziell abgeschlossen war. Doch Schuhmann hatte nicht nachgegeben und ihm einfach befohlen mitzukommen, um einen Zeugen zu haben.

„Warum haste denn nett de Törmer mitgeschleift, Chef?“, motzte er deshalb, als sie gerade die Alte Brücke überquerten. „Der hat doch des alles losgedrehde mit seine breide Schlabbe.“

„Weil er Feuerwehrmann ist, Herbert, und kein Polizist.“ Schuhmann rollte mit den Augen und bereute seinen Entschluss, den einfältigen Kollegen mitgenommen zu haben.

„Na und?“, schimpfte Böhmer weiter, der heftig schnaufte. „Isch arm Sau muss jetzt da enübber dabbe. Des wärd eh nix, dess waas isch jetz schon. Die wern en Daibel due, un ohne ihrn Anwalt mit uns babbele. Un dadavon abgesehe, versteh isch nett, warum de kei Ruh gebbe dust. De Franz hat die Klaa uffgeschlitzt, un fertisch. Wenn de Chef erauskrieht, dass de nett die Finger von dere Sach lasse dust, gibt's verrissene Hose.“

„Abwarten“, sagte Schuhmann nur und stellte bis zum Eintreffen an der Villa der zu Helmsbach-Lippes in der Dreikönigsgasse die anstrengende Konversation mit Böhmer ein.

Nachdem der Kommissar die Türglocke geläutet hatte, wurde die schwere Holztür von einem steifen Hausdiener geöffnet. Als Schuhmann sich und seinen Kollegen vorgestellt hatte, zog der Hausdiener eine Augenbraue nach oben und blickte hochnäsig auf die Besucher herab.

„Wenn Sie mir bitte folgen mögen, meine Herren“, sagte er dann und gab den Weg frei. „Ich werde die Herrschaften über Ihr Eintreffen informieren.“

Böhmer und Schuhmann wurden von dem Hausdiener in einen großen Raum, der an den Eingangsbereich grenzte, geführt und gebeten zu warten.

„Des wärd nix“, murmelte Herbert und schaute sich neugierig um. „Jetzt guck doch emal, was die für e Geld habbe müsse. Wenn mer sisch hier so umguckt, merkt mer doch sofort, dass die zum Friestick kaan Haddekuche fresse.“

Schuhmann ersparte sich eine Entgegnung. Ihm war es egal, wie viel Geld diese Familie hatte. Wenn sie in der Sache mit drin steckte, würde er Mittel und Wege finden, sie ihrer gerechten Strafe zukommen zu lassen.

Kurze Zeit später wurde die Tür geöffnet und Otto zu Helmsbach-Lippe trat in das Zimmer.

„Meine Herren, nehmen Sie doch Platz“, gebot der Hausherr mit klangreicher Stimme.

Schuhmann suchte sich einen Stuhl und musterte sein Gegenüber. Er musste zugeben, dass Otto zu Helmsbach-Lippe eine stattliche Erscheinung war. Gerhard schätzte ihn auf Ende der Vierzig. Er hatte graumeliertes Haar und sehr elegante, gefällige Gesichtszüge. Seine Garderobe saß perfekt. Sein Äußeres ließ keinen Grund zum Tadel.

„Was kann ich für Sie tun?“, wollte zu Helmsbach-Lippe wissen.

„Nun - es geht um den Mordfall Maria Wenger“, eröffnete Schuhmann.

„Ich dachte, der wäre abgeschlossen“, bemerkte zu Helmsbach-Lippe argwöhnisch.

„Wie kommen Sie darauf?“

„Jetzt, wo ihr offensichtlicher Mörder tot ist, wären weitere Ermittlungen doch unsinnig.“

„Wer sagt denn, dass Franz das Mädchen ermordet hat?“

„Sein Abschiedsbrief ist doch wohl aussagekräftig genug.“

„Ich glaube nicht, dass Franz Maria getötet hat“, versetzte Schuhmann.

„Was lässt Sie in diesem völlig abwegigem Glauben?“, wollte der Hausherr wissen.

„Da gibt es einige Anhaltspunkte, die uns glauben lassen, dass dieser Fall bei Weitem noch nicht abgeschlossen ist.“

„Für mich schon.“

„Nun, zum Glück haben *Sie* das nicht zu entscheiden, Herr zu Helmsbach-Lippe.“

Böhmer rutschte unruhig auf seinem Stuhl herum; ihm verursachte die Art, wie Schuhmann mit dem hohen Herrn umsprang, Unbehagen.

„Ich werde wohl mal mit meinem Freund, dem Polizeichef, darüber reden müssen“, drohte zu Helmsbach-Lippe, wobei sein Tonfall einen kaum merklichen Unterton bekam, der zumindest bei Herbert seine Wirkung nicht verfehlte.

„Tun Sie, was Sie nicht lassen können“, zeigte sich Gerhard unerschrocken. „Aber bis dahin möchte ich, dass Sie mir ein paar Fragen beantworten.“

Man sah zu Helmsbach-Lippe an, dass es hinter seiner Stirn arbeitete. Nach kurzem Schweigen verkündete er: „Nun gut, Herr Schuhmann. Stellen Sie Ihre Fragen.“

„Wie gut kannten Sie die Tote?“

Schuhmann glaubte, ein kurzes Zucken in zu Helmsbach-Lippes Gesicht gesehen zu haben.

„Gar nicht.“

„So, wie kommt es dann, dass Sie mit ihr zusammen gesehen wurden?“

Jetzt zuckte Böhmer merklich. Der Befragte hingegen blieb ruhig.

„Da muss es sich ... um eine Verwechslung handeln.“

„Ich denke nicht“, setzte Schuhmann nach und blickte zu Helmsbach-Lippe selbstsicher an.

„Ich kenne ... kannte diese Frau nicht, habe sie nie gesehen oder gar mit ihr gesprochen. Diese Antwort muss Ihnen genügen.“

„Gut“, gab Schuhmann scheinbar auf. „Versuchen wir es mit einer anderen Frage.“ Der Kommissar machte eine kleine Pause. Diese brauchte er, um seinen ganzen Mut zusammen zu nehmen.

„Bitte!“, forderte der Hausherr den Kommissar selbstsicher auf.

„Warum haben Sie Maria Wenger getötet?“

„Himmelherrgott“, stieß Böhmer aus.

Otto zu Helmsbach-Lippe schien, zumindest äußerlich, sehr gefasst.

„Ich werde diese lächerliche Frage nicht beantworten. Verlassen Sie mein Haus. Ab sofort werden Sie nur noch mit meinem Anwalt reden.“

Schuhmann hatte eine solche Reaktion erwartet und sprang auf.

„Den werden Sie auch brauchen, Herr zu Helmsbach-Lippe.“

Kaum waren die beiden Polizisten auf der Straße, platzte Böhmer.

„Biste von alle Schutzheilische verlasse, oder was? Des hab isch in fünfunnzwanzisch Jahrn Polizei noch nett erlebt!“

Herbert schüttete über seinen Vorgesetzten ein Füllhorn weiterer Vorwürfe aus. Doch Schuhmann hatte sein Ziel erreicht. Er hatte seine Duftmarke bei zu Helmsbach-Lippe gesetzt. Nun war er unter Druck und würde vielleicht den entscheidenden Fehler machen. Der Kommissar war fest davon überzeugt, dass zu Helmsbach-Lippe etwas mit der Sache zu tun hatte.

„Schuhmann, das wird Konsequenzen haben“, schrie Horst Rosenbaum, der seines Zeichens Dezernatsleiter und damit Schuhmanns Vorgesetzter war.

„Was hat Sie geritten, Mann? Was glauben Sie, wie ich mich gefühlt habe, als mich der Polizeipräsident fragte, was für ein Saustall meine Abteilung wäre? Wie ich es zulassen konnte, dass ein verdienter Bürger dieser Stadt von einem meiner Männer des Mordes bezichtigt wurde? Sie haben mich unmöglich gemacht, Schuhmann! Dieser Schwachsinnige hat das Mädchen getötet und fertig! Der Fall ist abgeschlossen!“

Rosenbaum schrie noch eine Weile weiter. Schuhmann wartete geduldig, bis sein Vorgesetzter sein Pulver verschossen hatte. Dann versuchte er, seine Argumente vorzutragen.

„Wenn Sie mir einen Moment zuhören, kann ich Ihnen meine Beweggründe offenbaren, Herr Rosenbaum.“

„Ich will sie nicht hören, Schuhmann.“

„Wenn Sie Polizist sind, wollen Sie sie hören.“

Das saß.

Rosenbaum hatte sich von ganz unten nach oben hochgearbeitet. Er war ein Mann der Straße. Er vermisste es, an Ermittlungen direkt beteiligt zu sein. Seine jetzige Aufgabe war von Verwaltungsaufgaben und politischen Zwängen geprägt, was Rosenbaum hasste. Oft genug hatte er sich darüber beklagt. Schuhmann wusste dies natürlich und setzte nun an dieser Schwachstelle an.

„Ich habe … gesicherte Hinweise, dass Franz nicht der Mörder war. Zumindest war er es nicht alleine. Der Junge war gar nicht dazu in der Lage gewesen, so eine Tat zu vollbringen. Ich kann es noch nicht beweisen, aber mein Gespür sagt es mir."

Rosenbaum dachte nach. Natürlich wusste er, dass Schuhmann einer seiner besten Männer war. Wenn er eine Behauptung aufstellte, war diese in der Regel fundiert.

„Na gut, Schuhmann. Bringen Sie mir die Beweise. Ich werde Sie eine Weile decken. Aber wenn Sie wieder wie ein wilder Affe auf unbescholtene Bürger losgehen, kann ich für nichts mehr garantieren. Und offiziell ist der Fall abgeschlossen."

Zusammenhänge

Am nächsten Morgen machte sich Schuhmann daran, die Hintergründe des Falles genau zu durchleuchten. Die zentrale Frage, die den Polizisten beschäftigte, war, welche Verbindung zwischen Otto zu Helmsbach-Lippe und der Toten bestand und weshalb er diese Verbindung leugnete. Bis zum Nachmittag zerbrach sich der Kommissar den Kopf über den Fall. Er sinnierte, spekulierte, erstellte Diagramme und machte sich Notizen. Als er nicht mehr weiter kam, gab er auf und beschloss, auf ein Schwätzchen zu seinem Freund, dem Türmer, zu gehen. Er erhoffte sich davon ein wenig Ablenkung.

Kaum hatte sich Schuhmann die Stufen des Turms nach oben gekämpft, trat allerdings das genaue Gegenteil ein. Statt über Alltägliches zu reden, gierte der Türmer nach Neuigkeiten über den Fall; und zwar im Detail. Schuhmann dachte, dass es nicht schaden könnte, den Türmer in seine Gedankengänge einzubeziehen und klärte seinen Freund über die neuesten Entwicklungen auf.

„Das ist aber nicht viel, was wir da haben“, resümierte der Türmer, als Schuhmanns Bericht beendet war.

„Na ja, so viel Zeit ist ja auch nicht vergangen, seit ich bei zu Helmsbach-Lippe war und ihm die Pistole auf die Brust gesetzt habe“, gab Schuhmann zu bedenken.

„Hat denn schon mal jemand mit der Familie des Opfers gesprochen?“

Schuhmanns Gesichtsausdruck nahm groteske Züge an.

„Das ist nicht dein Ernst“, rief der Türmer, der glaubte, den Ausdruck richtig gedeutet zu haben.

„Wann hätte ich das denn tun sollen?“, startete der Polizist einen Verteidigungsversuch.

„Das ist peinlich, Gerd!“, legte der Türmer nach.

„Du hast recht, aber der Fall ist offiziell abgeschlossen, da ist es nicht so einfach, an alles zu denken, wenn man quasi im Verborgenen ermittelt.“

„Schwamm drüber“, beschloss Niemann, der merkte, dass der Fehler dem Polizisten schwer zu schaffen machte. „Morgen ist Sonnabend. Lass uns doch mal einen Ausflug nach Offenbach machen, mein Freund. Vielleicht finden wir was heraus.“

Das Haus der Familie Wenger bot einen herunterkommenden Anblick. Einst herrschaftlicher Sitz inmitten der besten Wohngegend Offenbachs, schien das Haus nun dem Verfall als willkommenes Opfer zu dienen. Allein der Garten bot einen schauderhaftes Bild. Überall wucherten die Pflanzen unkontrolliert, der Kiesweg zum Haus schien seit Monaten nicht geharkt worden zu sein und die Fenster am Wohnhaus waren fast alle von Läden bedeckt, die hier und da Löcher aufwiesen.

„Sind wir hier richtig?“, fragte deshalb der Türmer ungläubig.

„Die Adresse stimmt“, bestätigte Niemann, schaute aber zur Sicherheit trotzdem nochmals auf die Hausnummer, die am Eingangstor angeschlagen war. „Auch der Name am Tor stimmt.“

„Was hier wohl passiert ist?“, fragte sich der Türmer.

„Pleite iss er, ... dess iss passiert“, hörten die beiden plötzlich eine schrille Stimme hinter sich.

Erschrocken und selten synchron fuhren Heinrich und Gerhard herum. Hinter ihnen stand eine Frau, die in ihrer Hässlichkeit konkurrenzlos sein musste. Kaum Zähne im Mund, fleckige Haut und ungewaschenes Haar unter einem grellbunten Kopftuch. Die buschigen Augenbrauen und eine riesige schwarze Warze mitten auf der Nasenspitze ließen die beiden Frankfurter zusammenzucken. Die Kleidung, die die Frau trug, war zerschlissen, aber intakt. Der Geruch, der von dem Weib ausging, war alles andere als angenehm. Eine Mischung aus Schweiß, Staub und ungewaschenem Körper flog den beiden Freunden entgegen.

„Hat e morz Firma gehabt, de Wenger“, redete die Offenbacherin ungefragt weiter. „Hatt aber de falsche Freund gehabt. Hatten beschisse, der feine Herr aus Frankfurt.“

„Von welchem feinen Herrn sprechen Sie?“, hakte Schuhmann geistesgegenwärtig nach.

„Kei Ahnung, irschend so en reische Babbsack aus Sachsehause. Erst hatt erm die Kohle aus de Naas gezoche und dann war alles futsch. Verkalkuliert - hat man gesacht. Was e schee Wort für so e hesslisch Sach!“

„Woher wissen Sie das alles so genau?“, wollte der Türmer wissen.

„Waas doch jeder hier im Vertel. Wenn Se en Gläubischer sinn, mach isch Ihne nett viel Hoffnung. Der Wenger ist fertisch. Seit er sei Dochter verlorn hat, iss er ganz kaputt. Se iss ermordet worn, wisse Se. Aber die hamm den Drecksack gefunne, der se abgestoche hat. Hat sisch uffgehängt, der Feichling. Na ja, was soll's, des hätt de Henker eh gemacht." Die Alte kicherte böse. „Geh'n se ruich enei, der Wenger iss bestimmt dehaam. Der hat des Haus seit em halbe Jahr nemmer verlasse."

Mit diesen Worten verabschiedete sich die Frau und trottete davon.

„Ich wette, wir kennen den reichen Babbsack aus Sachsenhausen", kommentierte Niemann den schrägen Auftritt der alten Frau.

Kurz darauf öffnete Wenger persönlich die Tür. Als sich die Frankfurter vorgestellt hatten, ließ er sie eintreten. Sein Äußeres hatte sich dem des Anwesens angepasst. Völlig ungepflegt schlurfte der gebrochene Mann vor seinen Gästen her und führte sie in ein Zimmer, in dem nur wenige Möbel zu erkennen waren. Das übrige Mobiliar war mit weißen Tüchern abgedeckt, um es vor dem Staub zu schützen.

„Wollen Sie auch was trinken?", fragte der Gastgeber gelangweilt. „Ich habe noch etwas Schnaps im Haus, mehr kann ich Ihnen leider nicht anbieten."

Angesichts der frühen Morgenstunden lehnten beide Gäste dankend ab.

„Wenn es Sie nicht stört, genehmige ich mir erst mal einen. Bin nach den Aufstehen immer ein wenig wackelig auf den Beinen, da hilft ein gutes Frühstück." Wenger lachte bitter. Er schien seinen Zustand zu bemerken, nahm ihn aber völlig gleichgültig hin.

„Wir möchten gerne noch einmal mit Ihnen über Ihre Tochter sprechen", versuchte Niemann schnellstmöglich auf den Punkt zu kommen, bevor sich der Mann den Verstand weggesoffen hatte.

„Sie ist tot und ihr Mörder ist tot. Was wollen Sie da noch reden?"

„Wir haben Grund zur Annahme, dass derjenige, den wir für den Mörder halten, nicht der Mann ist, der Ihre Tochter umgebracht hat."

„So, so", war alles, was Wenger dazu zu sagen hatte. Er öffnete eine unmarkierte Flasche, die eine farblose Flüssigkeit beherbergte, und setzte sie an.

„Wer könnte ein Interesse daran haben, Ihre Tochter zu ermorden?“, versuchte Schuhmann geschäftlich zu bleiben.

„Was weiß ich? Ich habe ihr nicht nachspioniert. Sie konnte tun und lassen, was sie wollte.“

„Weshalb sind Sie mit ihrer Firma pleite gegangen?“, wechselte Schuhmann das Thema.

„Spielt das eine Rolle?“

„Vielleicht.“

Wenger nahm einen tiefen Schluck aus der Flasche und sagte dann: „Der feine Herr zu Helmsbach-Lippe hat Schuld. Todsichere Investition, hat er gesagt. Pah! Von wegen. Hören Sie auf mich und spekulieren Sie nie an der Börse, meine Herren. Otto hat zwar auch Verlust gemacht, aber er hatte nicht sein ganzes Vermögen in das Unternehmen gesteckt. Der war nicht so blöd wie ich.“ Wenger machte eine kurze Pause, in der er vor sich hinstarrte und noch einen weiteren Schluck aus der Flasche nahm. Dann lachte er auf. „Vielleicht war er auch einfach nur nicht so gierig wie ich. Na ja, ist vorbei. Ich bin alleine und pleite.“

„Kannte Otto zu Helmsbach-Lippe eigentlich Ihre Tochter?“, fragte der Türmer.

„Sicher, wir waren doch ständig bei ihm zu Hause oder er bei uns. Warum fragen Sie?“

„Ach, nur Routine“, log der Kommissar, bevor Niemann den Offenbacher weiter misstrauisch machen konnte.

Die beiden Frankfurter schauten sich an. Nun hatten sie ihre Verbindung zwischen Maria und Otto zu Helmsbach-Lippe.

Eine Weile noch versuchten die beiden Ermittler, aus dem Offenbacher weitere Informationen herauszubekommen. Doch Wenger war kurze Zeit später derart weit in seiner Welt aus Selbstmitleid und Alkohol versunken, dass ein Durchdringen zu ihm nahezu unmöglich war. Immer wieder fing er davon an, dass er alles verloren hatte und ihm niemand helfen könne. Als Heinrich das Gespräch wieder auf Maria lenkte, wurde er noch depressiver.

„Ach, mein kleiner Engel“, stieß er wehmütig aus und bekam Tränen in die ansonsten so glanzlosen Augen. „Wäre sie doch nur bei mir. Aber sie hat mich genauso verlassen wie meine Frau.“

„Ist Ihre Frau ebenfalls tot?“, wollte Schuhmann wissen.

„Ja, sie ist vor einem Jahr gestorben. Eine schwere Krankheit hat sie dahingerafft.“

„Das tut mir leid“, sprach Schuhmann in pietätvollem Ton.

„Ach, das muss es nicht. Sie war ein intrigantes, hinterhältiges und untreues Miststück. Den Tod meiner Tochter können sie bedauern, den meiner Frau nicht.“

Ziemlich starker Tobak, dachte Heinrich, sagte aber nichts.

Während Wenger einen weiteren kräftigen Zug an seiner Flasche tat, fügten sich die Teile in des Türmers Kopf langsam zusammen. Auch in Schuhmanns analytisch trainiertem Gehirn wurde so einiges klarer.

„Ich denke, wir haben Sie lange genug belästigt“, sagte er deshalb.

Man verabschiedete sich von dem Offenbacher und ging vor die Tür.

„Denkst du dasselbe wie ich?“, fragte Heinrich noch im Vorgarten der einst so prachtvollen Villa Wenger.

„Dazu müsstest du mir verraten, was du denkst.“

„Maria muss irgendetwas gegen zu Helmsbach-Lippe in der Hand gehabt haben, was einen Mord rechtfertigt.“

„Dann denken wir tatsächlich dasselbe. Und dieses *Etwas* gilt es nun herauszufinden.“

Sofort am nächsten Morgen machte sich der Polizist auf den Weg zu seinem neuen Hauptverdächtigen, um ihn mit den in Offenbach gewonnenen Erkenntnissen zu konfrontieren. Zur Sicherheit nahm er zwei uniformierte Kollegen mit. Seinen geschwätzigen Kollegen Böhmer deckte er mit sinnfreien Arbeiten ein, damit er nicht auf dumme Gedanken kommen und ihn bei seinen Vorgesetzten anschwärzen konnte.

Wenig später hatte man das herrschaftliche Haus der zu Helmsbach-Lippes erreicht. Die beiden uniformierten Kollegen, die vor dem Haus Stellungen bezogen, wurden von Schuhmann eingehend instruiert, niemanden außer ihm aus dem Haus zu lassen.

Überraschenderweise wurde Schuhmann ohne Widerstand eingelassen und in die Bibliothek geführt, wo er gebeten wurde, auf den

Hausherrn zu warten. Kurz darauf betrat eben dieser, scheinbar bei allerbester Laune, das feudal eingerichtete Zimmer.

„Kommissar Schuhmann, schön Sie zu sehen“, flötete der Aristokrat.

Schuhmann grüßte verhalten zurück und nahm wieder Platz.

„Sie sind sicherlich wieder wegen dieser unangenehmen Sache mit dem Mädchen bei mir. Ich hatte Ihnen zwar ausdrücklich gesagt, dass Sie mich damit in Ruhe lassen sollen. Aber ich dachte mir schon, dass Sie das nicht tun werden.“

„Äh, ... wie Sie sehen können, ist dem so“, war alles, was Schuhmann dazu einfiel. Er war reichlich verwirrt ob der unerwarteten Freundlichkeit, die ihm hier entgegenschlug.

„Bevor wir meine kostbare Zeit verschwenden, werde ich Ihnen nun ein paar Dinge anvertrauen, die Sie hoffentlich dazu bringen, mich nicht weiter zu behelligen.“

„Da bin ich aber mal gespannt“, zischte der Kommissar, der langsam seine Selbstsicherheit wieder fand.

„Selbstverständlich war mir Maria bekannt und ich war zutiefst geschockt, als ich erfuhr, dass die Tochter meines Freundes ein solch grausames Schicksal hatte erleiden müssen. Die arme Kleine.“ Der Hausherr schüttelte mitleidig den Kopf. Schuhmann hielt die Anteilnahme tatsächlich für echt, denn einen kaum merklichen Moment fiel die Arroganz aus dem Gesicht des hohen Herrn.

Er atmete hörbar aus und rutschte nach vorne auf die Kante des Sessels.

„Schuhmann“, sagte er eindringlich. „Ich muss Sie bitten, dieses Gespräch absolut vertraulich zu behandeln. Kann ich mir dessen sicher sein?“

Schuhmann nickte langsam. „Selbstverständlich.“

Der Kommissar musste zugeben, dass er nun sehr neugierig war.

„Also gut: Ich muss mich für mein Verhalten neulich entschuldigen. Aber Sie müssen verstehen, dass ich es mir nicht leisten kann, eine Pleite zuzugeben.“

Schuhmanns Konzept war damit zerschmettert. Zu Helmsbach-Lippe gab alles zu, was er ihm vorwerfen wollte.

„Wenn ich meine Verbindung zu Herrn Wenger meinen Geschäftspartnern in Erinnerung rufe, könnte das für meine Geschäfte fatale

Folgen haben. Mir persönlich würde das nicht viel ausmachen, zumindest finanziell. Aber denken Sie an die vielen Arbeiter in meiner Fabrik. Ich habe Verantwortung für sie und ihre Familien."

Otto zu Helmsbach-Lippe hatte seine Kaltschnäuzigkeit abgelegt und sprach seinem Gegenüber nun ins Gewissen. „Ich will offen zu Ihnen sein: Ich kannte Maria von Geburt an. Sie war ein liebes Mädchen und es hat mir sehr zugesetzt, als ich erfuhr, dass sie die Tote in unserem Garten ist. Ich gebe zu, mit ihr eine Affäre gehabt zu haben. Meine Ehe ist de facto nicht mehr existent und Maria war ein wunderschönes Ding. Ich wurde schwach. Das Kind, das sie in Ihrem Leib trug, war das Meine. Als sie mir gestand schwanger zu sein, wollte ich ihr natürlich helfen, doch sie bevorzugte lieber den Schuster. Romantisch, nicht wahr?"

Zu Helmsbach-Lippe stand auf und lief vor dem völlig verblüfften Kommissar auf und ab.

„Ich habe mich kurz vor ihrem Verschwinden tatsächlich mit ihr getroffen. Und ich gebe zu, dass wir einen Streit hatten. Es ging um das Kind. Sie wollte es unbedingt mit diesem Schustergesellen großziehen, wohingegen ich sie finanziell unterstützen wollte, damit es dem Kleinen gut ergehen würde. Sie lehnte mein Angebot ab. Stattdessen verlangte sie, dass ich die Verbindlichkeiten ihres Vaters übernähme, da sie mir die Schuld an Wengers Pleite gab. Ich weigerte mich natürlich. Ich hatte selbst nicht die Mittel, Wenger aus der Patsche zu helfen. Die Summe, die Wenger verloren hatte, war einfach zu groß. Sie verließ das Haus im Zorn. Das war das letzte Mal, dass ich sie lebend sah. Das müssen Sie mir glauben, Herr Kommissar. Warum sollte ich das Mädchen töten? Ich habe sie geliebt. Das macht doch keinen Sinn."

Otto zu Helmsbach-Lippe stand vor dem Kommissar und schien all seine Selbstsicherheit verloren zu haben.

„Ich habe Wenger sogar noch angeboten, in meinem Unternehmen eine Position zu übernehmen, damit er ein Einkommen hat. Aber er war zu stolz, die Stelle anzunehmen."

Schuhmann war gehörig verwirrt. Mit einer Beichte dieses Ausmaßes hatte er nicht gerechnet. Er war sich nun nicht mehr sicher, ob dieser Mann wirklich so schlecht war, wie er ihn die ganze Zeit über gesehen hatte.

„Glauben Sie mir, Herr Kommissar. Mir hat viel an Maria gelegen und ich möchte, dass der Mord an ihr gesühnt wird.“

Alles auf Anfang

An diesem Abend saßen Schuhmann und der Türmer gemeinsam in der engen Wohnung in der Spitze des Doms und versuchten den Fall neu zu ordnen. Vor ihnen stand ein großer Bembel gefüllt mit Apfelwein, den sie schon zur Hälfte geleert hatten. Zuvor hatte der Polizist seinen Freund über das Gespräch mit zu Helmsbach-Lippe informiert.

„Es ist zum Verzweifeln. Wir wähnten uns so nah dran, den Fall zu lösen. “

„Aber irgendjemand hat Maria getötet und es war nicht Franz!“, warf der Türmer ein.

„Das wissen wir beide, aber der Fall ist offiziell abgeschlossen und diejenigen, die das zu bestimmen haben, glauben, dass Franz der Mörder ist“, rief der Kommissar dem Feuerwehrmann ins Gedächtnis. „Nachdem zu Helmsbach-Lippe als Täter ausscheidet, habe ich keine Rückendeckung mehr von meinem Vorgesetzten. Alles, was wir jetzt machen, ist nicht legal und führt unweigerlich zu Ärger. Ich hätte vollstes Verständnis dafür, wenn du jetzt aussteigst.“

„Ich bin enttäuscht, dass du auch nur einen Gedanken daran verschwendest, dass ich jetzt den Schwanz einziehe, Gerd“, empörte sich der Türmer. „Wer hat denn dafür gesorgt, dass aus der ganzen Angelegenheit überhaupt ein Fall geworden ist?“

„Du!“

„Genau! Das ist *mein* Fall und das bleibt er auch.“

Schuhmann, der insgeheim damit gerechnet hatte, dass sein Freund auf diese Weise reagieren würde, grinste breit.

„Fangen wir noch mal von ganz vorne an“, schlug er dem Türmer vor. „Wir hatten die Leiche im Glockenturm, die verschwunden war. Wir haben, zugegebenermaßen, sehr eindeutige Hinweise auf Franz' Beteiligung an dem Fall. Ich persönlich aber glaube nicht, dass er Maria getötet hat. Wenngleich er mir irgendwie in die Sache verwickelt scheint. Aber er ist nicht der Mörder; da bin ich mir sicher.“

„So, warum nicht?“

„Weil er kein Motiv hatte. Er kannte Maria doch gar nicht.“

„Aber er war schwachsinnig“, gab Heinrich zu bedenken. „Ihm konnte man alles zutrauen.“

„Nenne es Intuition, wenn du willst“, beharrte der Kommissar. „Ich glaube einfach nicht daran, dass Franz den Mord begangen hat.“

„Er war auf jeden Fall im Glockenraum, das beweisen die Kirschkerne.“

„Falsch“, widersprach der Kommissar. „Was wir haben, sind Indizien und Vermutungen, aber keine Beweise.“

Der Türmer stimmte zu. All diese Dinge waren wahrscheinlich, aber keineswegs gesichert. Jeder hätte einen Kirschkern im Glockenturm verlieren können.

„Vielleicht wurde der Kirschkern ja auch absichtlich dort oben platziert“, dachte der Türmer laut nach. „Ich wurde immerhin angegriffen. Vielleicht habe ich den Mörder dabei überrascht, wie er die falschen Beweise dort ausgelegt hat und vielleicht wurde der Karren ja gar nicht zum Transport der Leiche benutzt.“

„Das ist alles sehr vage. Was uns helfen würde, wäre ein Geständnis.“

„Was wir haben!“

„Wie kommst du denn darauf?“

„Der Abschiedsbrief, den Franz hinterlassen hat.“

„Der ist aber sehr dünn.“

„Aber es stand doch darin ...“

„ ... dass es ihm leid tut und er sie nicht töten wollte“, vollendete Schuhmann den Satz.

„Genau! Was willst du denn noch?“

„Sie!“

„Hä?“

„Er hat *sie* geschrieben.“

„Ja und?“

„*Sie* kann jeder sein“, klärte der Polizist seinen Freund auf. „Er hat keinen Namen genannt. Vielleicht meinte er ja auch die Katze vom Nachbarn damit. Und eine Frage haben wir noch gar nicht geklärt.“

„Und welche?“

„Konnte Franz denn überhaupt schreiben?“

Ein seltsamer Zufall

Die beiden Freunde sinnierten noch die halbe Nacht weiter über den Fall. Doch zu einem Ergebnis kamen sie nicht. Es gab zu viele offene Fragen. Fragen, die sie auf keinen Fall siebzig Meter über der Stadt beantworten konnten. Schuhmann machte sich reichlich deprimiert auf den Weg nach Hause.

Am nächsten Morgen rächte sich der üppige Zuspruch des Frankfurter Nationalgetränks im Turm. Schuhmann hatte üble Magenkrämpfe. Zum wiederholten Male fragte er sich, wie die Frankfurter dieses Gesöff so vergöttern konnten. Ihm zerriss es förmlich die Eingeweide. Nachdem er geraume Zeit auf der Toilette verbracht und mit dem Gedanken gespielt hatte, sich für heute krank zu melden, entschied er dann, doch ins Präsidium zu gehen. Heute würde er aber den liegen gebliebenen Papierkram erledigen und sich nicht mehr als zehn Meter von einer Toilette entfernen.

Dem Türmer erging es ähnlich wie seinem Freund. Der Apfelwein forderte auch von dem Feuerwehrmann seinen Tribut. Mehrfach an diesem Tag hatte er das Gefühl, es nicht mehr auf eine Toilette zu schaffen. Einmal hatte er sogar eine Besuchergruppe einfach stehen lassen, um im Sprint den nächsten Abort aufzusuchen. Zum Glück war er zu diesem Zeitpunkt gerade auf der Aussichtsplattform des Domes. Dadurch schaffte er es gerade noch auf den Eimer im Treppenaufgang zum Hochzeitszimmer. Er erleichterte sich qualvoll, wobei er sich mehrfach mit dem Sensenmann im Kampf um sein Leben wähnte, den er dann doch wider Erwarten knapp gewann. Heinrich hinterließ einen beißenden Geruch im Treppenhaus.

Froh, endlich wieder die Gedanken auf etwas anderes lenken zu können, machte sich der Türmer zurück zur Besuchergruppe, wo er den Fremden ausführlich die Stadt von oben erklärte. Da eine weitere Gruppe schon auf ihn wartete, kam er nicht dazu, den stinkenden Eimer auszuleeren.

Heinrich lief schwerfällig die steinerne Wendeltreppe des Turmes hinunter, um die nächsten Gäste abzuholen. Immer darauf bedacht, keine Darmwinde entweichen zu lassen. Denn wer wusste schon, ob da nicht etwas mehr als nur stinkende Luft aus ihm herauskommen würde. Unten angekommen, erwartete ihn Meinhardt.

„Kerle, Kerle“, rief dieser ihm zu. „Du siehst ja aus wie em Deibel sein Dörrfleischreisende.“

„Ja, ja“, wiegelte Heinrich mürrisch ab, der überhaupt keine Lust auf die dummen Sprüche seines Kollegen hatte.

„Mit de große Hunde pisse gehe wolle, uns Baa nett hebe könne, hat mei Mudder immer gesacht.“

„Kluge Frau, deine Mutter.“ Heinrich hätte ihm diese Respektlosigkeit normalerweise niemals durchgehen lassen. Doch er musste sich eingestehen, dass der Pförtner recht hatte. Außerdem war der Türmer weder in der Stimmung noch in der Lage, den einfältigen Meinhardt zurechtzuweisen.

Heinrich schleppte sich durch die nächste Führung und war heilfroh, als er endlich in den wohlverdienten Feierabend gehen konnte. Er beeilte sich, in seine Wohnung zurückzukehren. Zum Glück war Klara unterwegs auf dem Markt; anschließend wollte sie ihre Mutter, die in der Nähe der Bockenheimer Warte wohnte, besuchen. Sie würde erst spät nach Hause kommen.

Gerade hatte Heinrich sich an den Küchentisch gesetzt und wollte sich einen Kanten Brot dick mit Butter beschmieren, als es wieder losging. Mit einem lauten Rumpeln meldete sich sein Darm zu Wort.

„Oh, Herrgott noch mal“, fluchte der Feuerwehrmann und merkte auch schon, wie die mittlerweile dünnflüssige Masse sich seinen Weg zum Ausgang suchte.

Und zwar im Eiltempo!

Der Türmer stieß den Stuhl, auf dem er saß, schwungvoll von sich und eilte zum Hinterausgang der Türmerwohnung, die direkt zum Treppenhaus des Hochzeitszimmers und somit zum Abort führte. Panikartig riss sich der Türmer seine Uniformhose vom Leib und schaffte es gerade noch rechtzeitig auf den Eimer, bevor er eine neue hätte anziehen müssen.

Es brannte wie Feuer.

Heinrichs Unterleib verkrampfte sich, als hätte man ihn in eine Schraubzwinge eingespannt. Es war einfach schrecklich. Der Sensenmann hatte seine Renaissance geschafft, da war sich der Türmer sicher. Und diesmal würde es schwer werden, dem Tod zu entkommen.

„Furchtbar“, stöhnte der Feuerwehrmann deshalb. Die nächste Welle schlecht verdauten Apfelweins suchte sich ihren Weg nach draußen und fiel plätschernd in den Eimer.

„Womit habe ich das verdient?“, stöhnte Heinrich in Erwartung des nächsten Krampfes.

Nach einer kleinen Ewigkeit war der Türmer der Meinung, dass er sich vollständig entleert hatte und rappelte sich auf.

Doch noch mal mit dem Leben davongekommen!

Vorsichtig zog er die Hose hoch und schlich zurück in seine Wohnung. Dort setzte er sich an den Tisch, stützte seinen Kopf auf beide Hände und zerfloss in Selbstmitleid.

Wie lange er in Erwartung seines baldigen Ablebens dort verharrte, vermochte er nicht zu sagen; als aber seine Frau endlich nach Hause kam, war es bereits dunkel.

„Um Himmels Willen, was ist denn mit dir los?“, rief sie, als sie ihren Mann wie ein Häuflein Elend am Küchentisch vorfand.

„Ich habe einen schrecklichen Durchfall. Ist bestimmt ein Virus“, klagte Heinrich sein Leid.

Klara lächelte wissend.

„Dein Virus heißt wohl Apfelwein“, spekulierte sie.

„Quatsch“, entfuhr es dem Türmer. Doch wusste er, dass seine Frau mal wieder recht hatte.

Klara hob den Kopf und schien eine Witterung aufzunehmen.

„Sag mal …“, sie schnüffelte erneut. „So wie das hier riecht, hat eine ganze Kompanie Durchfall, mein Freund. Hast du den Eimer denn nicht ausgeleert?“

„Wie denn, in meinem Zustand?“ Der Türmer fühlte sich schuldig, versuchte aber, den unangenehmen Gang zu verhindern. „Wie du weißt, ist unser Flaschenzug im Moment kaputt. Du kannst doch nicht ernsthaft von mir verlangen, dass ich die vielen Stufen mit dem schweren Eimer in der Hand hinunterlaufe, wo ich doch so krank bin.“

„*Wenn* du krank wärest, mein Lieber, wäre ich die Letzte, die dies von dir verlangen würde“, sprach Klara zuckersüß. „Da du aber lediglich die Nebenwirkungen einer maßlosen Selbstüberschätzung ausbadest, sehe ich nicht ein, warum ich diese widerliche Angelegenheit für dich übernehmen sollte. Und komme mir ja nicht damit, dass die Kerschelbauern erst morgen kommen, um den Inhalt des Eimers mitzunehmen. Dann gehst du eben jetzt runter an den Main und schüttest deinen Kram dort hinein. Bei der Gelegenheit, kannst du den Eimer gleich mal so richtig sauber machen."

Heinrich setzte zur Gegenrede an, doch Klara duldete keine Widerrede.

„Geh jetzt! Hier stinkt es wie in einer Jauchegrube."

Somit hatte Heinrich Niemann die Schlacht verloren. Ihm blieb nichts anderes übrig, als zu dieser späten Stunde den ganzen weiten Weg den Eimer hinunterzutragen und zu entleeren. Als er sich erhob, bemerkte er, dass sein Verdauungsapparat wohl die Folgen des übermäßigen Apfelweingenusses beinahe überwunden hatte. Sein Bauch fühlte sich nicht mehr an, als würden dort sämtliche Wühlmäuse der Stadt Tango tanzen. Sehr zu seiner Freude, schien er nun endgültig den Tod besiegt zu haben.

Widerwillig machte sich der Türmer auf, die unliebsame Arbeit, den Aborteimer zu entleeren, anzugehen. Er trug es mit Fassung. Er streckte sich zu voller Größe und stellte sich somit mannhaft vor sein Weib, um nicht den letzten Rest seiner Würde auch noch zu verlieren.

Der Geruch des Eimers war schier unerträglich. Heinrich musste zugeben, dass Klara gut daran getan hatte, ihn zur Entsorgung seiner Exkremente zu zwingen. Ausgerechnet jetzt musste dieser vermaledeite Flaschenzug seinen Geist aufgeben. Gleich morgen Früh würde er sich des Problems annehmen.

Darauf bedacht, ja nichts zu verschütten, trug er den Eimer nach unten. Endlich hatte er es geschafft. Nur noch wenige Meter hinunter zum Main und er wäre seine ekelerregenden Ausscheidungen ein für alle Mal los.

„Das ist ja eine Arbeit für jemanden, der Vater und Mutter erschlagen hat", schimpfte er vor sich hin. Er rümpfte die Nase und beschleunigte seinen Schritt. Nur noch um die Ecke und er hätte die Schöne Aussicht erreicht.

Der Türmer entleerte den Eimer vorsichtig in den Main und spülte ihn im Flusswasser aus. Irgendwie hatte er es sogar geschafft, sich dabei nicht zu beschmutzen.

„Ekelhaft!", schickte er seinem Durchfall verächtlich hinterher und trollte sich.

Froh, die widerliche Aufgabe endlich erledigt zu haben, schlenderte er am alten Schlachthaus vorbei zurück zum Dom.

Es war sehr finster.

Die wenigen Gaslaternen, die den kleinen Platz zwischen dem Dom und dem Gasthaus Storch erleuchten sollten, erfüllten ihre Aufgabe nur spärlich. Der Türmer hörte ein Grummeln am Horizont, durch das sich ein Gewitter ankündigte. Sorgenvoll blickte er zum Himmel, als ihn ein erster dicker Regentropfen auf seiner unbehüteten Stirn traf.

„Oh, je“, murmelte er. „Das könnte ungemütlich werden.“

Heinrich erhöhte das Schritttempo, um dem unmittelbar bevorstehenden Regenguss zu entgehen. Er hastete gerade über das Kopfsteinpflaster, als ihn das Himmelswasser voll erwischte. Urplötzlich brachen die Wolken auf und ergossen sich über der Stadt. Laut klatschte der Regen auf die Pflastersteine, die sich alsbald in ein unheimliches Schwarz hüllten. In all dem Getöse hörte der Türmer das Jammern einer Katze.

„Blödes Vieh!“, stieß er aus und kramte nach dem Schlüssel für das Eingangstor.

Er öffnete es und wollte hindurch ins Trockene gehen, als die Katze erneut jammerte. Heinrich blieb stehen und kämpfte mit sich.

„Was rennt die auch da draußen herum?“, sprach er mit sich selbst. „Kann die sich nicht irgendein Loch suchen und sich verkriechen?“

Wieder wimmerte das Tier. Diesmal noch kläglicher.

„Ich muss bekloppt sein.“

Heinrich stellte den Eimer ab, zog sich den Kragen seiner Uniformjacke höher und ging hinaus, um dem armen Tier zu helfen. Aber zuerst musste er es finden.

„Wo bist du?“, rief er deshalb ins Nichts. Tatsächlich antwortete die Katze.

Mit zusammengekniffenen Augen suchte er im Wasserschleier nach dem jämmerlichen Vierbeiner. Der Türmer ging um die Schirnen, die an der Dommauer entlang gereiht waren, herum und fand das Tier einige Meter weiter in Richtung des Garküchenplatzes an der alten Mehlwaage.

„Dummes Ding“, stieß der Türmer aus, als er das Tier völlig

durchnässt auf dem Pflaster liegen sah. „Wieso gehst du nicht nach Hause."

Der Türmer näherte sich vorsichtig der Katze. Irgendetwas schien seltsam zu sein. Normalerweise hätte sie sich doch schon längst bewegen müssen.

„Du bist ja verletzt", erkannte der Feuerwehrmann.

Wie zur Antwort maunzte der schwarzweiß gefleckte Haufen Elend vor ihm gepeinigt. Tatsächlich schien etwas mit den Hinterläufen des Tieres nicht in Ordnung zu sein.

„Hast dich wohl mit einer Kutsche angelegt, was, kleiner Kerl?"

Wieder maunzte das Tier den Türmer flehend an.

„Na, komm her, ich nehme dich erst mal mit ins Trockene; dann sehen wir weiter."

Der Türmer hob die Katze vorsichtig auf und bettete sie in seiner Armbeuge. Er wollte gerade zurück zum Eingang des Domturmes gehen, als er im Augenwinkel eine Bewegung wahrnahm. Er blickte auf und sah aus der Großen Fischergasse ein Mann zu den Schirnen an der Ostseite des Domes eilen. Der Türmer dachte sich nichts weiter dabei. Er wäre wieder zurück in den Turm gegangen, um sich seines kleinen Patienten anzunehmen, wäre nicht kurz darauf eine Frau dem Mann hinterhergeeilt.

„Da stimmt doch was nicht", murmelte er. „Das war doch ..."

Von Neugierde geplagt, trieb es ihn in die Richtung, in der das Paar verschwunden war. Immer noch die Katze in der Hand, lief er im Schutz der Vordächer der Schirnen zum Garküchenplatz, um zu sehen, was es mit den beiden auf sich hatte. Als er am Ende des Doms um die Ecke bog, fand er einen leeren Platz vor sich.

„Merkwürdig", murmelte er. „Wie können die so schnell über den Platz gelaufen sein?"

So plötzlich wie der Regen begonnen hatte, endete er auch. Der Türmer hielt prüfend die Hand unter dem Vordach hervor, zuckte kurz mit den Schultern und machte sich wieder auf den Weg zurück zum Turm. Da hörte er eine Stimme.

„Das ist Erpressung, Sie widerlicher ..."

„Leise!", zischte eine Männerstimme. Der Türmer setzte die Katze ab und schlich sich an die Stelle, aus der er die Stimmen zu hören glaubte. Zwischen zwei Schirnen am Ostende des Domes befand sich ein Holzzaun mit einem Tor, der einen kleinen Kräutergarten abtrennte. Dahinter vermutete er die beiden. Der Türmer presste sich an die Wand neben diesem Zaun und lauschte angestrengt. Tatsächlich konnte er hören, was gesprochen wurde.

„Und ich sage Ihnen noch einmal, Herr Möhnring", sagte die Frau. „Ich werde nicht noch mehr bezahlen. Sie haben für den zweiten Auftrag schon mehr als genug bekommen."

„Ich habe zwei meiner besten Männer bei dieser Angelegenheit verloren. Der dadurch entstanden Schaden muss mir ersetzt werden."

„Es ist doch nicht mein Problem, wenn Ihre Männer pfuschen."

„Wenn Sie nicht zahlen, werde ich der Polizei wohl einen Hinweis geben müssen!"

„Das wagen Sie nicht", empörte sich die Frau. „Ich werde Sie mit auf das Schafott nehmen."

Der Mann lachte boshaft. „Meinen Sie, ich hätte Angst davor? In meinem Geschäft muss man immer mit dem Schlimmsten rechnen. Ich bin darauf vorbereitet ... und Sie?"

Eine kurze Gesprächspause entstand. Scheinbar musste die Frau über das Gesagte nachdenken.

„Ich habe so viel Geld nicht verfügbar", sagte sie dann.

Wieder lachte der Mann. „Wollen Sie mich für dumm verkaufen, Teuerste? Sie sind eine der reichsten Frauen der Stadt."

„Das glauben Sie", rief die Angesprochene. „Mein Mann ist reich, ich bin nur seine Frau!"

„Dann wissen Sie ja, wie Sie am besten Ihren Mann dazu bringen, ein paar Mark locker zu machen."

„Ein paar Mark?", empörte sich die Frau erneut. „Was heißt hier ein paar Mark? Finden Sie Zehntausend nicht ein wenig zu viel?"

„Mitnichten", entgegnete der Mann selbstbewusst. „Es kommt darauf an, was Ihnen Ihr hübscher Hals wert ist. Und denken Sie an die Schande, die Sie über die Familie bringen."

„Lassen Sie meine Familie aus dem Spiel", zischte die Frau.

„Ich gebe Ihnen eine Woche Zeit, das Geld aufzutreiben. Sie haben die Büchse der Pandora geöffnet, als Sie den Auftrag gaben, die kleine Wenger zu töten. Jetzt ist es an Ihnen, sie wieder zu schließen, Frau zu Helmsbach-Lippe!"

Der Türmer sog hörbar die Luft ein.

„Da ist jemand“, zischte die Frau.

Heinrich hätte sich in den Allerwertesten beißen können ob seiner dämlichen Unbeherrschtheit. Dennoch schaltete er blitzartig und rannte zurück zur verletzten Katze. Er schnappte sich das Tier gerade in dem Moment, als das Holztor geöffnet wurde.

„Felix, du dummer Kater“, rief der Türmer. „Was machst du denn bei diesem Wetter hier draußen?“ Er lief mit dem Kater im Arm zurück zum Turm. Dabei achtete er darauf, dass er seinen Kopf eingezogen hielt. Zum Glück hatte er auf seine Dienstmütze verzichtet, als er den Eimer heruntergetragen hatte, denn das Uniformteil wäre ein verräterischer Anblick gewesen. Schnell bog er um die Ecke, in der Hoffnung, dass Frau zu Helmsbach-Lippe ihn nicht erkannt hatte.

Schwerer als gedacht

In dieser Nacht fand Heinrich keinen Schlaf. Er zählte die Minuten bis zum Morgengrauen. Da die Nacht ohnehin gelaufen schien, kümmerte er sich um den verletzten Kater, der alsbald ermattet einschlief und den Türmer mit seinen Gedanken allein in der Domspitze zurückließ. Heinrichs Gedanken kreisten um das Geschehene.

Könnte er tatsächlich durch diesen dummen Zufall die Lösung gefunden haben?

Doch warum hätte Frau zu Helmsbach-Lippe Maria Wenger ermorden lassen sollen?

Er musste mit Gerhard das weitere Vorgehen besprechen. Nur er konnte den Fall zum Abschluss bringen. Getrieben von der Unruhe verließ er die Türmerwohnung und betrat die Aussichtsplattform. Den Rest der Nacht verbrachte er damit, von oben auf seine Stadt hinunterzublicken und darüber nachzudenken, wie um alles in der Welt er es schaffen könnte, Henriette zu Helmsbach-Lippe zum Scharfrichter zu bringen.

Endlich war der Morgen da und Heinrich konnte sich auf den Weg ins Polizeipräsidium machen, um Schuhmann zu informieren. Der Türmer rannte fast, so ungeduldig war er. Als er am Präsidium eintraf, lag es im Dunkeln. Heinrich versuchte, einen Blick auf die Domuhr zu erhaschen. Da dies aber von seinem Standpunkt aus unmöglich war, musste er einige Meter südlich auf die Neue Zeil laufen, um die Uhr erkennen zu können.

„Nach acht Uhr“, murmelte er erstaunt, als er das Ziffernblatt erkennen konnte. „Weshalb kommt denn keiner zur Arbeit?“

Heinrich schaute sich um. Merkwürdige Stille umgab ihn. Er dachte angestrengt nach. Um diese Uhrzeit hätte die Prachtstraße Frankfurts vor Leben nur so sprudeln müssen.

Dann fiel es ihm wie Schuppen von den Augen: „Ich Depp!“, rief er. „Heute ist doch Sonntag!“

Heinrich überlegte, ob es Sinn machte, zu Schuhmann nach Hause zu gehen oder nicht. Nach kurzer Abwägung kam er zu dem Schluss, dass er seine Erkenntnisse nicht länger für sich behalten konnte und machte sich auf dem Weg zu des Kommissars Wohnung. Als Heinrich die Berger Straße hinauflief, fiel ihm zum ersten Mal auf, dass es ein geradezu schelmischer Wohnort für einen Polizisten war. Der Stadtteil Bornheim war schon zu Zeiten Luthers als das *lustige Dorf* verschrien, dem eine gewisse Sittenlosigkeit nachgesagt wurde. Manch einer behauptete sogar, dass hier der Dienst der *Venus Vulgivaga* eifrigst gepflegt wurde. Und ausgerechnet in diesem verrufenen Ort wohnte der aufrechte Polizist Gerhard Schuhmann.

Heinrich war es egal! Er musste endlich loswerden, was ihm am Vorabend in den Schoß gefallen war. Aber als er wenig später bei Schuhmann eingetroffen und ihm das Geschehene berichtet hatte, sagte dieser nur nachdenklich: „Das wird schwierig!"

„Was soll daran schwierig sein?", fragte der Türmer ungläubig. „Wir gehen gleich morgen zu deinem Vorgesetzten und erzählen ihm die Geschichte und – schwupps ist die hochwohlgeborene Dame auf dem Schafott!"

„Das ist nicht so einfach, wie du denkst, mein Freund", zweifelte Schuhmann erneut.

„Aber ich habe es doch mit eigenen Ohren gehört."

„Das genügt aber nicht."

„Was? Willst du mir erzählen, dass mein Wort nichts wert ist?"

„Nein, so war das nicht gemeint, Heinrich …", der Polizist zögerte einen Moment. Er legte sich die Worte zurecht. „Wenn wir Frau zu Helmsbach-Lippe mit deiner Aussage konfrontieren, wird sie es abstreiten."

„Na und? Ich habe doch gehört, wie sie den Mordauftrag zugegeben hat!"

„Aber du hast sie nicht gesehen, oder? Sie stand hinter einer Bretterwand und es war dunkel. Außerdem steht Aussage gegen Aussage. Du sagst, dass sie es war und sie wird sagen, dass sie es nicht war. Darauf wird sich kein Richter einlassen."

„Aber was sollen wir machen? Wir können sie doch nicht davonkommen lassen", protestierte der Türmer heftig.

„Das werden wir auch nicht. Ich verspreche es dir."

„Na, dein Wort in Gottes Gehörgang, Gerd", gab sich Niemann ungläubig.

„Was wir brauchen, ist das Motiv. Die Verbindung zu Maria! Das macht die Sache leichter."

„Und dann?“
„Stellen wir ihr eine Falle!“

Die Jagd beginnt

Möhnring fühlte sich gut. Er hatte dieser eingebildeten Schnepfe endlich mal gezeigt, wer hier die Fäden in der Hand hielt. Er würde aus dieser Sache so viel Geld wie möglich herauspressen und dann schleunigst das Weite suchen. Was sollte die aufgeblasene Landpomeranze denn schon gegen ihn ausrichten? Er kontrollierte schließlich das Verbrechen in Frankfurt. An allen wichtigen Stellen hatte er seine Informanten. Im Rathaus, bei der Polizei und in den wichtigsten Ämtern. Außerdem hatte er in der Unterwelt so viele Spitzel verteilt, dass er selbst nicht mehr wusste, wer alles einer war.

Möhnring grinste vor sich hin, steckte sich eine Zigarre an und lehnte sich in seinem hölzernen Bürostuhl zurück. Zufrieden sog er den beißenden Rauch ein und pustete ihn in den Raum. Er sah sich schon in den großen Städten Europas auf den Bällen und Festen der Schönen und Reichen ein- und ausgehen. Ja, mit diesem letzten Geschäft und seinem nicht unbeträchtlichen Ersparten, würde er es schaffen.

Gerd Schuhmann benötigte nur wenige Minuten, um seinen Vorgesetzten davon zu überzeugen, dass der Mordfall Maria Wenger wieder aufgerollt werden musste. Der Dezernatsleiter stammelte, dass er es irgendwie ohnehin schon die ganze Zeit über geahnt habe und räumte ein, dass Schuhmann und Heinrich im Recht waren. Ihm waren die ganze Zeit über ja nur die Hände gebunden, weil der Polizeichef ihn blockiert hätte und überhaupt, sollte man sich immer auf seinen Instinkt verlassen.

Schuhmann ordnete dieses Verhalten als Entschuldigung ein.

„Schwamm drüber!“, sagte er deshalb, um sich weitere Peinlichkeiten seines Chefs zu ersparen. „Aber bei Herrn Niemann sollte sich die Polizei bei Gelegenheit dann doch noch erkenntlich zeigen.“

„Das werden wir, wenn die Sache erfolgreich über die Bühne gelaufen ist. Ich hoffe, Ihr Plan ist gut genug, um die Sache endlich zu beenden. Ich vertraue Ihnen, Schuhmann. Ein letztes Mal!“

„Ich werde Sie nicht enttäuschen“, versprach Gerhard.

„Wen soll ich Ihnen zur Unterstützung zuteilen?“

„Heinrich Niemann."

„Ausgeschlossen!", empörte sich der Dezernatsleiter. „Sie vergessen, dass Niemann ein Feuerwehrmann ist ..."

„... der genauestens in den Fall involviert ist", beendetet Schuhmann den Satz.

„Aber trotzdem kein Polizist!", beharrte Rosenbaum.

„Nennen Sie mir eine Alternative, die ebenso gut Bescheid weiß wie der Türmer."

„Böhmer!"

„Böhmer ist seit einer Woche krankgeschrieben."

„So?"

„Ja."

„Mist."

„Also?"

„In Ordnung, aber auf Ihre Verantwortung!"

„Spinnst du?", rief der Türmer. „Ich bin Feuerwehrmann und kein Polizist!"

„Aber ich brauche dich", flehte Schuhmann. „Außerdem: Wie stehe ich denn vor Rosenbaum da, wenn du mich jetzt hängen lässt?"

„Wie stellst du dir das vor? Ich habe ja noch nicht einmal eine Polizeiuniform."

„Das sollte das geringste Problem sein."

„Ich weiß nicht ..."

Niemann zögerte, was Schuhmann hoffen ließ.

„Und du bist dir sicher, dass der Plan funktioniert?", vergewisserte sich der Türmer.

„Klar doch. Todsicher!"

„Na ja, - es wäre schon mal was anderes ..."

Schuhmann hielt die Luft an und unterdrückte ein freudiges Grinsen.

„Gut, ich bin dabei. Unter einer Bedingung."

„Jede!"

„Du wirst niemals, ich wiederhole: Nie – niemals, auch nur ein Sterbenswörtchen gegenüber Klara darüber verlieren."

„Ehrensache!"

„Ich meine es ernst. Dann sind wir geschiedene Leute!“
„Ich nehme es mit ins Grab.“
„Gut, dann zu den Einzelheiten.“

Schnappt die Falle zu?

Der Türmer war nervös. Schweiß lief ihm den Rücken hinunter und sammelte sich an einer ungünstigen Stelle, was sehr unangenehm war.

„Verflucht", sagte er deshalb. „Worauf habe ich mich da nur eingelassen?"

„Was sagst du, Liebster?", rief Klara aus dem Nachbarraum.

„Ach, … nichts." Niemann rief sich zur Vorsicht. „Ich gehe noch auf ein Bierchen mit Gerd in den Löwen."

„Komm nicht so spät nach Hause, Heini."

„Nein, nein. Wir müssen ja beide morgen früh raus."

Der Türmer fühlte sich wie ein Strauchdieb, als er seine luftige Wohnung verließ, in der seine ahnungslose Frau zurückblieb. Mit jedem Schritt in Richtung Polizeipräsidium wuchs die Nervosität. Zu allem Überfluss wurde ihm jetzt auch noch speiübel. Erneut überprüfte er, ob er noch alle Tassen im Schrank hatte und kam zu dem Schluss, dass wohl die ein oder andere das Weite gesucht haben musste, sonst hätte er sich bestimmt nicht auf dieses Himmelfahrtskommando eingelassen.

„Ah, da bist du ja endlich", empfing ihn Schuhmann ungeduldig. „Wir müssen dich noch einkleiden."

„Ich …"

„Ja?"

„Ich weiß nicht, ob ich das schaffe."

„Heinrich, wir hatten das doch alles geklärt. Du bist der Einzige, der den Fall genauso gut kennt wie ich. Und außer mir und Rosenbaum der Einzige, der in den Plan eingeweiht ist. Ich zähle auf dich; lass mich jetzt nicht hängen."

Dagegen hatte Niemann keine Argumente und fügte sich in sein Schicksal.

Der Kommissar führte seinen Freund in die Bekleidungskammer und ließ ihn von Kopf bis Fuß ausstaffieren, sodass er aussah wie ein echter Polizist. Da er gewohnt war, Uniform zu tragen, bewegte er sich völlig natürlich in der neuen Kleidung.

Die Tarnung war perfekt.

Wenig später erreichten sie das große Gebäude in der Kaiserstraße, das Möhnring als Residenz diente. Um ein wenig Eindruck zu schinden, hatten sie ein Automobil der Polizei ausgeliehen, mit dem sie nun vorfuhren.

Schuhmann schaute vor dem Aussteigen seinem Freund in die Augen.

„Es kann nichts passieren, Heinrich. Vertrau mir."

„Ich hoffe, du behältst recht, Gerd."

„Bist du bereit?"

„Bringen wir es hinter uns."

Möhnring war mal wieder bei seiner Lieblingsbeschäftigung: Geld zählen.

Er saß über seinen Büchern und rechnete aus, was seine krummen Geschäfte in diesem Monat in seine Kasse gespült hatten. Er grinste zufrieden vor sich hin. Dann rechnete er, nur so zum Spaß, die zehntausend Mark von Henriette zu Helmsbach-Lippe dazu, addierte diese mit der bereits in seinem Safe befindlichen und den zu erwartenden Erlösen seiner diversen Geschäfte.

Beim Anblick der Gesamtsumme lehnte er sich genüsslich zurück und zündete sich seine wohlverdiente Feierabendzigarre an. In ein paar Tagen konnte er sich auf sein Privatleben konzentrieren. Und das mit noch nicht einmal vierzig Jahren.

Er war der Gewinner!

Wer weiß, vielleicht würde er sich sogar eine Frau suchen, die er nicht dafür bezahlen musste, mit ihm ins Bett zu gehen.

Er saß breit, mit hinter dem Kopf verschränkten Armen in seinem Ledersessel und genoss die Zigarre, als es an der Tür klopfte.

„Wer stört?", rief er.

Die Tür wurde langsam geöffnet und sein Diener steckte vorsichtig den Kopf hindurch.

„Was gibt's denn noch, Alfred?" Möhnrings Laune verschlechterte sich rapide.

„Ich weiß, dass Sie nur sehr ungern zu so später Stunde gestört werden ..."

„Warum machst du es dann trotzdem?"

„Nun ja, die beiden Herren haben ein gutes Argument."

„Welches?“

„Sie sind von der Polizei!“

Der Türmer fühlte sich sehr unwohl in dem großen Haus. Sie warteten in der Lobby darauf, dass der Hausdiener zurückkam und sie zu dem Verbrecher führen würde. Je länger dies dauerte, desto mehr hatte Niemann Zeit, über die ganze Aktion nachzudenken. Er versetzte sich in die Lage Möhnrings, was schicksalhafte Folgen hatte.

„Wir müssen abbrechen, Gerd“, stieß er plötzlich aus.

„Was? Spinnst du?“, entfuhr es dem Polizisten. „Meinst du nicht, dass dies der falsche Zeitpunkt dafür ist?“

„Ich habe noch mal über deinen Plan nachgedacht, er kann nicht funktionieren!“

„Ich ...“, setzte Schuhmann an, als er vom Hausdiener unterbrochen wurde.

„Meine Herren, Herr Möhnring lässt bitten“, sagte dieser steif und machte eine richtungsweisende Handbewegung.

„Gerd, wir ...“, versuchte es Niemann erneut.

„Aber gerne doch“, sagte stattdessen Schuhmann zu Alfred und schritt voran.

Der Türmer schüttelte den Kopf und folgte seinem Freund. Hängen lassen wollte er ihn auch nicht. Aber er war sich sicher, dass er recht behalten würde.

Der blasierte Hausdiener führte die beiden Besucher in Möhnrings Arbeitszimmer. Immer noch rauchte dieser genüsslich seine Zigarre. Als die beiden Männer den Raum betraten, sprang er auf und lief um den großen Schreibtisch herum, hinter dem er gethront hatte.

„Meine Herren, was kann ich für Sie tun?“, rief er überspannt und schüttelte beiden kräftig die Hand. „So nehmen Sie doch Platz. Am besten, wir setzen uns auf das bequeme Kanapee.“

In der Ecke des Raumes befand sich eine kleine Sitzgruppe bestehend aus einem Zweisitzer und einem Sessel. In der Mitte der Gruppe stand ein kleiner Beistelltisch, auf dem eine kleine Kiste stand. Niemann und Schuhmann nahmen auf dem Sofa Platz, während Möhnring sich in den Sessel setzte.

„Oh, wie unfreundlich von mir“, Möhnring griff nach der Kiste auf dem Tisch und öffnete sie. „Möchten Sie vielleicht eine Zigarre, meine Herren?“

„Nein."
„Nein, danke."
„Da entgeht Ihnen was." Möhnring schlug die Kiste wieder zu und schaute seine Gäste auffordernd an. „Nun? Was ist der Grund Ihres Besuches?"
„Wir sind hier, um Ihnen ein Geschäft anzubieten."
„Ein Geschäft? Das freut mich, dass die Polizei endlich begriffen hat, wie der Hase läuft. Welche Art Geschäft bieten Sie mir denn an?"
Schuhmann richtete sich auf und legte seinen giftigsten Blick auf.
„Wie wäre es, wenn ich Ihnen anbiete, dass Sie mit dem Leben davonkommen?"
„Oh, wie schön", antwortete Möhnring zynisch und lachte laut.
„Wie wäre es, wenn wir Ihnen einen Mord nachweisen können?"
„Das wäre schrecklich, aber da Sie das nicht können, bin ich doch sehr entspannt." Er machte eine kurze Pause, in der er nachzudenken schien. „Fühlen Sie sich bitte nicht angegriffen Herr ..., wie war noch Ihr Name?"
„Kommissar Schuhmann!"
„Gut, Kommissar Schuhmann. Wie ich schon sagte: Sie sind mir doch nicht böse, wenn ich meine Meinung ändere und nun sage, dass mir Ihre Art, Geschäfte zu machen, überhaupt nicht gefällt!"
„Verständlich. Aber lassen Sie mich die Alternativen aufzählen und Sie werden mich verstehen."
„Ich bitte darum." Möhnring lehnte sich zurück, nahm einen kräftigen Zug an seiner Zigarre und blies den Rauch in den Raum.
„Wir wissen aus sicherer Quelle, dass Sie den Mord an Maria Wenger zu verantworten haben. Ebenso wissen wir, wer Ihnen den Auftrag dazu erteilt hat. Ferner ist uns bekannt, dass Sie Ihre Auftraggeberin erpressen."
„Das sind schwerwiegende Anschuldigungen, Herr Kommissar." Möhnring schien nicht im Geringsten beunruhigt zu sein. „Sie halten mich sicherlich für beschränkt, wenn ich Ihnen sage, dass ich immer noch kein Geschäft dabei sehe."
„Wir sind daran interessiert, Ihre Auftraggeberin einen Kopf kürzer zu machen. Ihnen können wir anbieten, Sie wegen Erpressung anzuklagen, was nur eine Gefängnisstrafe nach sich zieht. Jedoch ist

dieses Angebot an eine Bedingung geknüpft."

„So? An welche?"

„Sie verlassen sofort nach der Haftentlassung unsere Stadt und werden hier nie wieder auftauchen."

Möhnring dachte angestrengt nach. Er stand auf, paffte Rauchwolken in das Zimmer und nickte mit dem Kopf.

„Wissen Sie, Herr Kommissar Schuhmann, wie ich die Sache sehe?"

„Nein, das weiß ich nicht."

„Dann sage ich es Ihnen."

„Ich bitte darum!"

„Sie haben einen Mordfall, für den Sie keinen Mörder haben. Sie verdächtigen mich, darin verwickelt zu sein und eine ominöse Auftraggeberin, die ich auch noch erpressen soll. Das habe ich doch so weit richtig verstanden?"

Schuhmann nickte.

„Sie bieten mir also an, dass ich den Mord an dieser, ... wie hieß sie noch?"

„Maria Wenger."

„Also, die soll ich ermordet haben?"

„Zumindest sind Sie darin verwickelt."

„Ich sage Ihnen was: Sie haben keinerlei Beweise, sonst hätten Sie mich schon längst verhaftet. Sie fischen im Trüben, mein Lieber. Sie haben gedacht, dass ich Ihr ach so freundliches Angebot sofort annehme, weil ich mich vor dem Schafott fürchte. Ich werde nichts dergleichen tun, weil ich mit der Sache nicht das Geringste zu tun habe. Und nun verlassen Sie bitte mein Haus, meine Herren, und kommen Sie erst wieder, wenn Sie etwas beweisen können."

„Das werden Sie noch bereuen, Möhnring. Wenn wir Ihnen den Mord beweisen können, werde ich dem Scharfrichter persönlich assistieren."

„Tun Sie, was Sie nicht lassen können", gab sich Möhnring gleichgültig.

„Ich will ja jetzt nicht irgendwie blöd klingen, aber du hättest auf mich hören sollen, als ich sagte, dass wir die Sache besser lassen", sagte Niemann, während sie das Dienstautomobil bestiegen.

„Du musst zugeben, dass der Zeitpunkt für deine Zweifel sehr schlecht gewählt war."

„Ich gebe zu, dass es unglücklich war, aber ich habe mich zuvor nicht in die Lage Möhnrings versetzt. Als ich das tat, wurde mir klar, dass ein Mann mit seiner kriminellen Energie das Spiel durchschauen würde."

Schuhmann wurde nachdenklich.

„So habe ich das noch nicht betrachtet. Verdammt!"

„Was machen wir jetzt?"

„Wir müssen einen anderen Weg finden."

Zunächst herrschte Resignation bei den ermittelnden Freunden. Schweigend fuhren sie zurück zum Polizeipräsidium. Schuhmann verfluchte sich selbst für seine offensichtliche Naivität. Hinzu kam das schlechte Gewissen, dass er seinen Freund mit hineingezogen hatte. Er spürte den Zwang, sich zu entschuldigen, schaffte es aber irgendwie nicht, die Worte über seine Lippen zu bekommen. Zu sehr war er mit seiner Wut auf sich selbst beschäftigt.

Die Freunde bogen in die Porzellanhofstraße ein und erreichten kurz darauf das Polizeipräsidium, wo sie das Automobil abstellten. Immer noch schweigend gingen sie in die Bekleidungskammer, wo der Türmer seine geliehene Uniform wieder abgab. Schuhmann begleitete seinen Freund anschließend zum Ausgang.

„Mach dir keine Sorgen, Gerd", sagte Niemann unerwartet. „Wir kriegen sie, davon bin ich überzeugt."

Der Polizist lachte ungläubig. „Fragt sich nur, wie. Wenn ich weiter solche dummen Fehler mache, wird das nie etwas."

„Du hast einfach nicht alle Möglichkeiten durchgespielt. Wir müssen Geduld haben."

„Sag das mal Rosenbaum. Wenn der von dem Desaster erfährt, werde ich bis in die Steinzeit keinen Gefallen mehr von ihm bekommen."

„Hör auf mit Trübsal blasen!", fuhr der Türmer den Polizisten an. „Wir sind es Maria schuldig."

„Du hast ja recht, aber wie sollen wir das nur bewerkstelligen?"

„Zunächst einmal schlafen wir über die Sache. Morgen ist ein neuer Tag und wir werden neue Ideen haben."

Geld

„Herr Pfarrer, kommen Sie schnell", rief der Junge atemlos. Kurz zuvor war er in das Amtszimmer des Dompfarrers Lindemann gestürmt.

„Was soll das?", wollte der erschrockene Gottesmann wissen. „Kannst du nicht anklopfen, du Bengel?"

„Keine Zeit, Herr Pfarrer", schnaufte der Junge. „Sie müssen schnell mitkommen."

„Wohin?"

„Zu Herrn Steckenreiter, es geht zu Ende."

Heinz-Herbert Steckenreiter war einer der reichsten Männer Frankfurts. Er war seit vielen Jahren ein großer Gönner der St. Bartholomäusgemeinde. Viel von seinem Geld hatte er für die notwendigen Renovierungsarbeiten am Dom gespendet. Doch Steckenreiter spendete nicht nur dafür, sondern auch für die zahlreichen Hilfsprojekte der Gemeinde. Pfarrer Lindemann war froh über die Großzügigkeit des Mannes und verteilte die Gaben an die Bedürftigen.

Steckenreiter konnte unter anderem so großzügig sein, weil er keinerlei Erben hatte. Ein Einzelgänger zeitlebens, der früh seine Eltern verloren hatte und seitdem von ihrem sagenhaften Reichtum lebte, den seine Eltern wiederum von deren Eltern geerbt hatten. Geld hatte für ihn keinen Wert, er hatte ja mehr als genug davon.

Der Einzige, den Steckenreiter etwas näher an sich herangelassen hatte, war Pfarrer Lindemann. Trotz ihrer gesellschaftlich gegensätzlichen Positionen hatten die beiden über die letzten Jahre hinweg eine fast freundschaftliche Beziehung aufgebaut. Der Pfarrer mochte Steckenreiter, da er sein Geld sinnvoll einsetzte. Er war nicht zu vergleichen mit all den anderen Patrizierfamilien der Stadt, die sich im äußeren Rand der alten Stadtmauer oder im Westend breit gemacht hatten und ihren Reichtum zur Schau stellten, indem sie immer und immer wieder versuchten, sich gegenseitig zu übertrumpften.

Steckenreiter war alles in allem sehr bodenständig. Für ihn waren alle Menschen gleich. Man könnte auch sagen, er war der Zeit weit voraus.

Und nicht nur seiner …

Aber nun ging es mit ihm zu Ende.

Pfarrer Lindemann wusste um den Gesundheitszustand des Patriziers. Eilig machte er sich auf, alles zusammenzusuchen, was er für die letzte Ölung brauchte. Der kleine Bote hatte sich mittlerweile von seinem Sprint gut erholt und wartete geduldig auf seinen Lohn. Beim Hinausgehen drückte der Pfarrer dem Jungen einen Groschen in die Hand, der sofort in der Tasche seiner dreckigen Hose verschwand.

Der Pastor eilte zu Steckenreiters Anwesen. Der Todgeweihte bewohnte ein, für seine Verhältnisse, durchschnittlich großes Haus. Sein Schlafzimmer befand sich im ersten Obergeschoss. Der Pfarrer betrat den Raum und stellte erleichtert fest, dass der alte Mann noch am Leben war. Um den Sterbenden herum befanden sich einige seiner Angestellten und der Arzt Jobst Seidel, der sich seit vielen Jahren um Steckenreiters Gesundheit und auch Krankheit gekümmert hatte. Mit Bitterleichenmiene saß er nun am Bettrand und musste mit zusehen, wie seine Kunst am Ende war. Nichts war mehr für den Patienten zu tun.

Nichts, außer der letzten Ölung.

Der Pfarrer grüßte flüchtig in die Runde und begann sofort mit der Prozedur.

Lindemann bat darum, mit Steckenreiter alleine gelassen zu werden, damit er ihm seine Sünden beichten konnte. Nachdem der Pfarrer dem Kranken den Ablass erteilt hatte, bat er die Wartenden wieder in den Raum und sprach zuerst ein kurzes Gebet. Danach verlas er den Jakobusbrief 5, die Kapitel 14 und 15. Andächtig lauschten die Anwesenden der geschulten sonoren Stimme des Predigers. Der Sterbende bekam von der Prozedur kaum etwas mit. Hinter dem Pfarrer schluchzte ein Dienstmädchen und schniefte in ein Taschentuch.

Lindemann träufelte das gesegnete Öl auf die Stirn des todkranken Mannes und sprach abschließend die Worte: „Durch diese heilige Salbung und seine mildreichste Barmherzigkeit lasse dir der Herr nach, was immer du gesündigt hast."

Nur wenige Stunden später stellte Jobst Seidel den Tod des vermutlich reichsten Bürgers der Mainmetropole fest.

„Morsche Törmer“, blaffte Meinhardt Heinrich entgegen, der gerade den Turm besteigen wollte, nachdem er seine Einkäufe in den reparierten Lastkorb verstaut hatte, den nun seine Frau auf die Aussichtsplattform zog.

„Gott zum Gruße, Meinhardt.“

„Haste schon geheert?“

Was für eine dämliche Frage, dachte Heinrich. Wie konnte er darauf antworten? Wenn er nicht wusste, *was* er gehört haben sollte, konnte er auch nichts darüber aussagen. Aber so waren die Frankfurter nun einmal. Voller rätselhafter Riten.

„Nein, was denn?“, tat er dem einfältigen Pförtner den Gefallen.

„De Parrer hat morz geerbt!“

„Aha.“

„Was heißten da: Aha?“

Dass es mich nicht die Bohne interessiert, wollte Niemann den Torwächter anbrüllen. Wenn man Tag für Tag den dümmlichen Attacken dieses Mannes ausgesetzt war, wurde die Zündschnur täglich kürzer. Aber noch war sie nicht abgebrannt.

Niemann atmete tief durch und antwortete gepresst: „*Aha* ist eine Metapher, mein unterbelichteter Freund. Ich möchte damit zum Ausdruck bringen, dass es mich nicht wirklich interessiert, wer dem werten Herrn Pfarrer Lindemann wie viel auch immer hinterlassen hat.“

„Was redstn so geschwolle? Haste mim Bürschermaaster gefriehstickt, oder was iss los? Odder haste e Lexikon gefresse?“

Es hatte keinen Sinn.

„Also, was willst du mir erzählen?“, gab der Türmer auf.

„De Parrer hat geerbt. Oder besser gesacht: die Kersch.“

„Das hast du mir schon erzählt. Was ist denn daran so besonders? Das passiert doch beinahe täglich.“

„Abber nett so.“

„Wie denn?“

„Ei, so viel.“

„Wie viel denn?“

Wolf wurde verschwörerisch und schaute sich verstohlen um.

„Man munkelt, dass de Parrer die gesamte Kohle vom Steckenreiter geschnappt hat.“

„Aha“, blieb Niemann ungerührt.

„Jetz her uff mit deim ewische Aha, des nervt."
„Wie viel ist es denn jetzt, damit ich endlich gehen kann?" Die Zündschnur brannte jetzt lichterloh.
„Hunnerdachtzischdausend."
Jetzt war Heinrich wirklich beeindruckt. Mit weit aufgerissenen Augen stand er vor dem Pförtner, der sich mit stolz geschwellter Brust präsentierte.
„Isch du disch nett bedubbe. Da biste platt, was?"
„Allerdings!"
„Na ja, de aale Steckereider hat ja aach kei Bobbelsche und sonst aach kaaner. E bissi was hatter an die Aagestellte verschenkt und de Rest an die Kersch vermacht."
„Das ist sehr viel Geld", gab Niemann zu.
„Aber hallo! Dadefier kannste dir mehr als aan Bembel Eppelwoi kaafe."
„Na, dann kommen aber rosige Zeiten auf die St. Bartholomäusgemeinde zu."
„Abwarde", gab sich der Pförtner wissend. „Wer waaß, was die mit dere Kohle mache due. Warscheints erst emal en neue Aldar kaafe und dann die Kohle unners Koppkisse lesche. Uns zwei gebbe die dadefo nix ab. Wart's ab, die Aanzischste, die was kriehe werd, iss die Schwester vom Parrer, die zu Helmsbach-Lippe, für ihrn Wohldätischkeitskram."
Heinrich zuckte bei der Erwähnung des Namens unmerklich zusammen.
„Wenn mer vom Deibel spricht", sagte Meinhardt und zeigte Richtung Main, wo gerade die eben Angesprochene auftauchte.
„Gude Morsche, Frau zu Helmsbach-Lippe", rief der Pförtner untertänig schon von Weitem. Heinrich nutzte die Gelegenheit und verschwand im Turm, wo er hastig die Stufen erklomm. Ein Zusammentreffen mit der Mörderin war im Moment nicht ratsam.
Zu seinem Glück schien Meinhardt ein gesteigertes Interesse daran zu haben, sein Wissen in die Welt hinauszuposaunen, wodurch er die Schwester des Pfarrers aufhielt.
„Frau zu Helmsbach-Lippe, habbe Se schon geheert?", stellte der Pförtner die gleiche sinnlose Frage erneut.
„Nein, was denn Herr Wolf?", erwiderte die Angesprochene freundlich und blieb stehen.

„Die Kersch hat en Haufe Geld geerbt, vom aale Steckereider."

„Aha", machte auch sie. Jedoch klang dieses *Aha* wesentlich interessierter als das des vorherigen Konversationspartners. Deshalb fügte sie bohrend hinzu: „Wie viel ist es denn, Herr Wolf?"

„Hunnerdunachtzischdausend Mack", verkündete der Pförtner und streckte seinen gnomigen Körper zu voller Größe, was aber immer noch nicht genügte, um Henriette zu Helmsbach-Lippe geradenwegs in die Augen zu schauen.

Diese, jedenfalls, hörte ab jetzt dem Geschwätz des Pförtners nicht mehr zu. Alles, was ihr im Kopf herumspukte, war, dass sie nun ihren Erpresser bezahlen und mit etwas Geschick noch etwas hinzuverdienen konnte.

Pfarrer Lindemann nahm die Nachricht zunächst gelassen auf, als man ihm verkündete, dass Heinz-Herbert, genannt Heiner, Steckenreiter in seinem Testament die Kirche berücksichtigt hatte. Lindemann glaubte an einen durchaus großzügigen Betrag, der ihn für ein paar Monate der Geldsorgen für seine Gemeinde entledigen würde und die dringend notwendige Renovierung des Daches zuließ. Als er dann aber den unfassbaren Betrag von einhundertachtzigtausend Reichsmark hörte, wurde ihm schwindelig. Es war jedermann bekannt, dass Steckenreiter sehr reich war. Aber so viel Geld auf einen Schlag, war schwer zu verkraften.

Lindemann wurde vom Notar vor die Wahl gestellt, das Erbe anzunehmen oder abzulehnen. Er bat um ein paar Tage Bedenkzeit. Jeder andere hätte nicht eine Sekunde gezögert.

Nicht so Lindemann.

Der Pfarrer befürchtete nämlich, dass das Geld vom Segen zum Fluch werden könnte. Sobald herauskam, dass die St. Bartholomäusgemeinde im Geld schwimmt, kämen die Begleiterscheinungen. Allen voran würde der Bischof seinen Anteil haben wollen. Dann kämen die vielen wohltätigen Einrichtungen der Gemeinde und stritten sich um das Geld und für welchen Sinn und Unsinn es ausgegeben werden solle. Am Schluss würde es mehr Ärger als Freude bereiten, dessen war sich der Pastor sicher. So wie immer, wenn der Mensch zum Spielball der Gier wird. Aber was, wenn er die Erbschaft ausschlug? Das Geld würde der Stadt zukommen und die würden es in den dunklen Kanälen der Bürokratie versickern lassen.

Nach sorgfältigem Abwägen des Für und Wider entschloss sich der Pfarrer ein paar Tage später, das Erbe anzunehmen. Dass er diese Entscheidung schon bald bitter bereuen würde, hätte er nicht ahnen können.

Geschwisterliebe

Henriette zu Helmsbach-Lippe war wild entschlossen. Sie würde die goldene Kuh melken und ein für alle Mal Ruhe haben vor dem Erpresser. Der dämliche Pförtner hatte ja keine Ahnung, welch freudige Nachricht er überbracht hatte. Dafür hatte sie sich sogar länger als gewöhnlich das völlig sinnfreie Geschwätz des Trottels angehört.

Noch am selben Morgen stürmte sie, wie immer ohne anzuklopfen, das Arbeitszimmer ihres Stiefbruders. Pfarrer Lindemann hatte gerade Besuch von einem jungen Paar, das seine Hochzeit mit ihm besprechen wollte. Henriette zu Helmsbach-Lippe sagte zwar nichts, ließ aber durch ihre Körpersprache erkennen, dass sie von ihrem Bruder erwartete, dass er zum Ende kam und sich ihrer annahm.

Noch eine Weile hielt der Pfarrer dem Druck seiner Schwester stand, die zwar nur wortlos im Raum stand, ihn aber mit den Augen fixierte. Dann, wenige Minuten später, brach er das Gespräch mit dem Paar ab und bat sie, doch am nächsten Morgen erneut zu kommen, wenn er mehr Zeit hatte.

„Was willst du von mir?“, blaffte Lindemann, als das Pärchen fort war.

„Aber Brüderlein, wie kommst du denn darauf, dass ich etwas von dir haben möchte?“, versuchte es Henriette zu Helmsbach-Lippe zunächst auf die sanfte Tour.

„Weil du nie zu mir kommst, ohne dass ich irgendetwas für dich tun muss.“

„Ist das so?“

„Ja, das ist so.“

„Na ja, dann wird es wohl diesmal auch so sein.“ Ihr Tonfall verschärfte sich.

„Also, was ist es diesmal? Welcher deiner zahlreichen Vereine hat ein Anliegen an die Kirche und benötigt Beistand?“

„Keiner.“

„Keiner?“ Der Pfarrer verspannte sich. Das war ungewöhnlich. In der Regel ging es bei Henriettes Besuchen um Räumlichkeiten, die mietfrei zur Verfügung gestellt werden sollten oder Segenssprüche für reiche Bürger, die dafür aber auf gar keinen Fall eine Spende an die

Kirche entrichten wollten, weil sie zu geizig waren.

„Was machst du dann hier? Ein netter Plausch zwischen Geschwistern wird es wohl nicht sein."

„So sarkastisch, Brüderchen? Ich war doch immer gut zu dir."

Der Pfarrer lachte bitter. Welch eine unfassbare Fehlinterpretation der Tatsachen.

Schon seit frühester Kindheit hatte seine Stiefschwester ihn als ihren persönlichen Sklaven angesehen. Das war der eigentliche Grund, warum Lindemann sich in den Schoß der Kirche geflüchtet hatte. Seine Kindheit mit Henriette war die Hölle auf Erden. Unzählige Male hatte sie ihren Bruder gegen alles und jeden ausgespielt. Immer wenn sie etwas angestellt hatte, drehte sie es so, dass er den Ärger dafür bekam. Sie war immer das scheue Rehlein und er der böse Stiefbruder gewesen. Sie hatte diese Fähigkeit über die Jahre zur Perfektion gebracht. Auch wenn es sich für einen Mann Gottes nicht geziemte, so musste er sich doch eingestehen, dass er seine Schwester hasste.

„Rede nicht um den heißen Brei", fuhr er sie an. „Ich habe noch genug andere Termine, zu denen ich dank dir nun schon zu spät komme."

„Gut, wenn du es so eilig hast. Ich will fünfzehntausend Reichsmark von dir."

Lindemann starrte seine Schwester an und sagte nichts. Der Pastor überlegte, wie er reagieren sollte. Diese Forderung war selbst für seine Schwester dreist. Schließlich entschied er sich dafür, hysterisch zu lachen.

Als Henriettes Lachen ausblieb, begriff er, dass sie es ernst gemeint haben musste.

Er erstarrte.

„Das ist dein Ernst!"

Henriette nickte und durchbohrte den Pfarrer mit ihrem Blick.

„Ausgeschlossen", sagte dieser, nachdem er sich von der Fixierung seiner dominanten Schwester losreißen konnte.

„Nicht, wenn man vor Kurzem einhundertachtzigtausend Reichsmark geerbt hat."

„Das Geld habe doch nicht ich, sondern die Kirche geerbt", rief Lindemann.

„Halte mich nicht für blöd“, zischte zu Helmsbach-Lippe. „Ich weiß genau, dass du die Finanzen der Gemeinde regelst. Es kann doch wohl nicht so schwer sein, ein paar Mark abzuzweigen.“

„Ein paar Mark?“ Lindemann war völlig mit den Nerven runter. Was bildete sich diese unverschämte Person ein? „Wir sind hier doch keine Bank!“

„Es wird doch wohl möglich sein, das Geld zur Verfügung zu stellen. Sagen wir ... für einen guten Zweck.“

„Damit du dich persönlich bereichern kannst? Das ist doch nicht dein Ernst.“

„Dass es mein Ernst ist, haben wir doch bereits geklärt.“ Henriette wurde langsam ungeduldig. „Ich muss doch wohl nicht etwa wieder die alte Sache mit dem Sohn des Wirtes vom Schwan aufkochen.“

Lindemann zuckte zusammen.

„Das wagst du nicht.“

„Oh doch, Bruderherz“, sagte sie eiskalt. „Hier geht es um meinen Kopf, und den wirst du mir mit dem Geld retten. Wenn du mir das Geld nicht gibst, erzähle ich jedem in der Stadt, dass du jungen Burschen nachstellst. Und dazu müsste ich ja noch nicht einmal lügen.“

Dagegen hatte Pfarrer Lindemann kein Mittel. Vor ein paar Jahren war seine Stiefschwester durch einen Zufall hinter sein Geheimnis gekommen.

Er gab sich geschlagen.

Ihm blieb keine Wahl.

Wieder einmal hatte sie es geschafft, ihn für ihre Zwecke zu manipulieren.

„Was hast du mit dem Geld eigentlich vor?“

„Das geht dich nichts an.“

Wieder lachte der Pfarrer empört auf.

„Das geht mich sehr wohl etwas an“, entgegnete er schroff. „Wenn du das Geld von mir willst, will ich auch wissen, wofür.“

„Glaube mir, das willst du nicht.“

„Was hast du getan?“

„Das geht nur mich etwas an.“

„Du bekommst kein Geld von der Kirche für deine Fehler.“ Lindemann sprang auf und stellte sich vor seine Schwester. Das erste

Mal in seinem Leben hatte er den Mumm, ihr zu widersprechen.

„Gut. Dann wird morgen die ganze Stadt erfahren, dass ihr Dompfarrer einen jungen Mann verführt hat."

„Du verd..."

„Ts, ts, ts ... du wirst doch nicht in deiner eigenen Kirche fluchen?", unterbrach ihn zu Helmsbach-Lippe.

Pfarrer Lindemanns Kopf war krebsrot angelaufen. Er war außer sich vor Zorn, wohlwissend, dass dies eine der Todsünden ist. Nur seine Schwester konnte ihn so weit treiben.

„Also, was ist jetzt?", hakte Henriette nach. „Ich habe auch Termine."

Schuhmann war in gedrückter Stimmung. Vor wenigen Minuten hatte der Polizeipräsident sein Büro verlassen. Das Gespräch war alles andere als erfreulich verlaufen. „Dummkopf" und „Versager" waren noch die harmlosen Attribute, die sein Chef für ihn übrig hatte. Auch Sätze nach dem Schema „Wie kann man nur so blöd sein?" waren gefallen. Schuhmann musste zugeben, dass diese Worte des Pudels Kern trafen. Er schämte sich und ließ die Brüllattacke klaglos über sich ergehen. Am meisten beunruhigte ihn der letzte Satz: „Das wird ein Nachspiel haben, Schuhmann."

Dann knallte die Tür.

Der Kommissar saß nun wie ein Häuflein Elend an seinem Schreibtisch und grübelte nach, wie es so weit hatte kommen können. Er war sich so sicher gewesen, dass Möhnring sich auf das Spiel einlassen würde. Jetzt hatte er nur erreicht, dass der Verbrecher gewarnt war. Obendrein hatte er seinen Freund, den Türmer, noch mit in die Sache hineingezogen. Das war der schlimmste Fehler von allen gewesen. Damit hatte er Heinrich nur unnötig in Gefahr gebracht. Mit Möhnring war nicht zu spaßen.

Da der Tag ohnehin gelaufen war, beschloss Schuhmann, sich beim Türmer zu entschuldigen. Er zog sich Hut und Mantel über und ließ die dienstlichen Sorgen in seinem Büro zurück. Auf dem Weg zum Dom kaufte er sich eine Ausgabe des Frankfurter Generalanzeigers. Das Titelblatt posaunte in großen Lettern vom sagenhaften Erbe, dass die Domgemeinde St. Bartholomäus von ihrem Gönner Steckenreiter geerbt hatte. Der Bericht sprach von geschätzten zweihundertfünfzigtausend Reichsmark, die der kauzige Mäzen hinterlassen habe und der Kirche zur Verfügung stellte. Wenig interessiert, aber dennoch mit einem Kopfschütteln kommentierend, las Schuhmann den Artikel und vergaß ihn ebenso schnell wieder.

Schon bald hatte er den Domturm erreicht.

Der Pförtner sprach Schuhmann sofort an.

„Habbe Se schon geheert?"

Schuhmann rollte mit den Augen und beschloss mitzuspielen. Irgendwie tat ihm der kauzige Meinhardt leid.

„Nein, Herr Wolf. Was denn?"

„Die Kerch hat en Haufe Geld geerbt und ..."

Wortlos drückte Schuhmann dem Pförtner den Generalanzeiger in die Hand, ließ ihn stehen und erklomm den Turm. Sein Mitleid hatte Grenzen.

Peter Lindemann war alles andere als gut gelaunt. Seit dem Besuch seiner Schwester war er verständlicherweise nicht mehr in der Lage, sich auf etwas anderes als die dreiste Erpressung zu konzentrieren. Wut, Angst, Enttäuschung und der Zweifel an Gott wühlten seinen Gemütszustand abwechselnd auf. Er hatte seine Schwester um Bedenkzeit gebeten, die sie ihm bis zum Abend gewährt hatte.

Kurz nachdem Henriette gegangen war, schickte er einen seiner Mitarbeiter zu seinen anstehenden Terminen, um ihn so gut es ging zu vertreten oder sein Kommen abzusagen. Er schob eine Unpässlichkeit vor; diese Lüge kam zu seinen zahlreichen Sünden an diesem Tag hinzu. Kurz überlegte er, ob Notlügen zählten, verwarf aber wieder den Gedankengang – Zeitverschwendung!

Er kam ohnehin nicht dazu, ihn zu Ende zu führen, da in diesem Moment an seiner Tür geklopft wurde. Automatisch rief er „Herein!" Doch bevor er sich besann, dass er eigentlich nicht zu sprechen war, stand schon Heinrich Niemann in seinem Arbeitszimmer.

„Was wollen Sie?", bellte der Pfarrer.

„Auch Ihnen einen schönen guten Tag, Herr Pfarrer", gab sich der Türmer sarkastisch.

„Entschuldigen Sie, aber ich bin ein wenig ... angespannt."

„Wer ist das nicht?"

Der Pfarrer atmete kurz durch, um sich zu sammeln.

„Was kann ich für Sie tun, Herr Niemann?“

„Ich wollte Ihnen nur mitteilen, dass das südliche Dach dringend einer Reparatur bedarf. Wenn Sie nicht wollen, dass Ihr Kreuzgang nass wird, sollten Sie in den nächsten Tagen einen Handwerker mit den Arbeiten beauftragen. Geld sollte jetzt ja keine Rolle mehr spielen.“

„Was ist denn mit euch allen los?“, brüllte plötzlich der Pfarrer. „Seid ihr denn alle vom Teufel besessen? Ich wusste, dass es ein Fehler war, das Erbe anzutreten. Jeder kommt und will ein Stück vom Kuchen. Man ist ja noch nicht mal vor der eigenen Familie ...“

Lindemann bemerkte, dass er zu weit gegangen war und unterbrach sich. Er senkte seinen Blick und hoffte, dass sein Fauxpas unentdeckt blieb.

Doch ihm gegenüber stand der Türmer und starrte ihn mit großen Augen und offenem Mund an. Plötzlich verzog sich der depressive Nebel aus des Türmers Kopf und es wurde hell in seinen Gedanken. Er zählte eins und eins zusammen, legte sich in Windeseile einen Plan zurecht und wagte einen Vorstoß.

„Herr Lindemann“, begann er zögerlich. „Ich glaube, ich weiß, für was Ihre Schwester Geld braucht.“

„Was? Wie kommen Sie denn darauf, dass meine Schwester ...“

Durch die aufgesetzte Empörung scheiterte der Versuch der Leugnung jedoch kläglich. Der Türmer ermahnte sich, einfühlsam mit dem Pfarrer umzugehen.

Jetzt bloß keinen Fehler machen!

„Herr Lindemann, Sie wissen doch, dass ich vor knapp einem Jahr diese Leiche gefunden habe?“

„Ja, natürlich. Wie sollte man denn so etwas vergessen, Herr Niemann?“

„Ich glaube, Ihre Schwester hat mit dieser ... Sache zu tun.“

Statt einer Antwort schaute der Pfarrer den Türmer nur traurig an.

„Sie sehen nicht besonders verblüfft aus“, zeigte sich Heinrich überrascht.

„Nun, wie Sie ja wissen, ist meine Schwester ein schlechter Mensch. Da überrascht mich gar nichts mehr. Nur erklärt die Verwicklung in diese Sache nicht ihre Geldsorgen.“

„Lassen Sie mich weiter erzählen, dann werden Sie verstehen."

„Ich bitte darum!"

Der Türmer setzte sich. Auch der Pfarrer machte es sich bequem und konzentrierte sich auf Heinrich. Sollte dieser ruppige Feuerwehrmann seine Sorgen beseitigen können? Er dankte dem Herrn für dieses Zeichen. Sein Glaube kam zurück.

Mit Gottes Hilfe

Schuhmann hatte den Türmer zwar schon sehr oft in seiner luftigen Höhe besucht, an das Treppensteigen hatte er sich jedoch noch immer nicht gewöhnt. Aber der Ausblick auf die Stadt war wie immer eine Entschädigung für die Strapazen. Das Wetter war herrlich. Ein wunderschöner Spätsommertag, der zwar ein wenig kalt war, aber einen strahlenden Himmel und eine sensationelle Weitsicht bot. Hinter dem nördlichen Ende der Stadt konnte man beinahe die Bäume des nahen Taunus zählen. Schuhmann lehnte sich an die Brüstung und genoss für einige Minuten den Ausblick.

Sein Blick fiel auf den Römerberg, auf dem sich die Menschen auf dem Wochenmarkt tummelten. Ein friedliches Bild, wie der Kommissar fand. Ein Lächeln umspielte seine Lippen und Melancholie ergriff ihn. Er hatte sich den Bürgern dieser Stadt verpflichtet. Sie vertrauten ihm, ohne ihn zu kennen. So wie sich die Sache aber im Moment darstellte, musste er sie im Mordfall Maria Wenger enttäuschen.

Er stieß einen langen Seufzer aus und trat von der Brüstung zurück.

„Jetzt kann mir nur noch ein Wunder helfen“, murmelte er vor sich hin.

„Wir sind im Dom, da gibt es solche Wunder!“

Schuhmann fuhr herum.

„Heinrich!“, rief er. „Warum schleichst du dich an?“

„Ich habe mich nicht angeschlichen. Du warst ja in den Ausblick vertieft.“

„Wohl eher in meinen depressiven Gedanken.“

„Warum so negativ?“

„Ich gebe es auf, Henriette zu Helmsbach-Lippe den Mord an Maria Wenger nachzuweisen. Ich hab’s versaut.“

„Ja, das hast du“, piesackte Heinrich seinen Freund.

„Selbst wenn wir sie Tag und Nacht überwachen lassen, wozu uns die Möglichkeiten fehlen, werden wir sie nur erwischen, wenn sie ein Geständnis ablegt. Und das wird sie nicht tun. Es steht Aussage gegen Aussage. Da sind wir machtlos.“

„Da hilft nur Gottvertrauen.“

Schuhmann blickte auf, als er den merkwürdigen Unterton in Niemanns Stimme bemerkte.

„Willst du mich jetzt auch noch für dumm verkaufen?"

„Um Himmels Willen, nein", beruhigte der Türmer seinen Freund. „Komm erst mal mit rein. Wir trinken einen Tee und dann erzähle ich dir etwas, das deine Stimmung wieder heben wird."

Schuhmann schaute den Feuerwehrmann skeptisch an. Als er jedoch die Zuversicht in dessen Gesicht erblickte, wurde er neugierig und folgte ihm in die Türmerwohnung.

Pfarrer Lindemann war nervös.

Jeden Moment erwartete er den Besuch seiner Schwester Henriette zu Helmsbach-Lippe. Sie wollte seine Entscheidung hören. Der Pfarrer sprach ein kurzes Stoßgebet. Er bat darin um die notwendige Kraft, seiner dominanten Stiefschwester endlich einmal die Stirn bieten zu können.

Wie auf Stichwort wurde die Tür aufgerissen, als Lindemann sein Gebet beendet hatte. Ohne Umschweife kam die Schwester des Pfarrers zum Thema: „Und? Was ist jetzt? Wann kann ich das Geld haben?"

Diese Formulierung gab Lindemann die erforderliche Mannhaftigkeit. Hatte sie tatsächlich gefragt, *wann* sie das Geld haben konnte? Demnach ging sie davon aus, dass sie es bekommen würde. Diese offensichtliche Arroganz war ein guter Ansporn, sich ihr endlich einmal zu widersetzen.

„Du bekommst das Geld nicht!", stieß er aus.

Henriette zu Helmsbach-Lippe sagte nichts. Dennoch sah man deutlich, wie sie zornig wurde. Lindemann motivierte sich. Jetzt galt es, ihr entgegenzutreten.

„Das ist doch …", schnaufte zu Helmsbach-Lippe. Die Zornesröte war ihr ins Gesicht gestiegen. „Wie kannst du es wagen? Du weißt genau, dass deine Entscheidung verheerende Konsequenzen für dich haben wird. Wenn ich erst einmal den Bischof informiert habe, über dein Treiben mit Männern, wirst du die längste Zeit im Dienst der Kirche gestanden haben."

„Ich werde dir das Geld trotzdem nicht geben, weil ich weiß, wofür du es brauchst."

Erneuter Farbwechsel bei Henriette zu Helmsbach-Lippe.

Dieses Mal wurde sie blass.

Aber schon kurze Zeit später hatte sie sich einigermaßen gefangen und legte ein diabolisches Grinsen auf. „Gar nichts weißt du. Du willst mir nur das Geheimnis entlocken."

Pfarrer Lindemann fühlte sich so gut wie seit Jahren nicht mehr.

Jetzt würde er endlich die Genugtuung für all die schrecklichen Jahre seiner Kindheit bekommen. Jetzt, in diesem Moment, war endlich die Gelegenheit, sich aus der Umklammerung seiner Schwester zu lösen.

Er blieb erstaunlich ruhig, als er weitersprach. „Ich weiß, dass du das Geld für einen gewissen Herrn Möhnring benötigst, der dich erpresst. Deshalb kannst du dir das Geld nicht von deinem Mann holen, weil er es sonst herausbekommen würde."

„Pah, so ein Quatsch", machte zu Helmsbach-Lippe. Ihre Körpersprache verriet ihrem Bruder aber, dass sie in der Defensive war. Der Türmer hatte recht gehabt. Unglaublich, seine Schwester war eine Mörderin!

„Ich weiß nicht nur, dass du erpresst wirst, ich weiß auch, warum."

„Ich werde nicht erpresst", kam ein kläglicher Versuch mit zittriger Stimme.

„Oh doch, das wirst du." Der Pfarrer stand auf und ging auf seine Schwester zu, die es nicht wagte, ihm in die Augen zu sehen.

„Setz dich!", befahl er. Erstaunlicherweise gehorchte sie. Henriette ließ sich in den Stuhl, der vor des Pfarrers Schreibtisch stand, plumpsen und starrte stur geradeaus.

„Jahrelang hast du mich gequält", begann Lindemann mit seinem Vortrag. „Du hast mich stets wie den letzten Dreck behandelt. Immer und immer wieder hast du mich benutzt. Doch damit ist jetzt Schluss."

„Was redest du da? Ich war immer gut zu dir."

Lindemann lachte böse.

„Du warst niemals gut zu mir. Du warst einzig und alleine gut zu *dir* und zu sonst niemand anderem!" Der Pfarrer musste sich im Zaum halten, um seine Schwester nicht zu schlagen. Lust dazu verspürte er große.

„Aber Peter, ich …“, setzte zu Helmsbach-Lippe an.

„Es ist besser, du lässt mich jetzt reden, bevor ich mich vergesse, du falsche Schlange“, zischte der Pfarrer.

Seine Schwester nickte unterwürfig.

„Weshalb musste Maria sterben?“

Die feine Dame zuckte zusammen.

„Woher …?“, keuchte sie.

„Das spielt keine Rolle. Ich weiß es.“

Als Heinrich Niemann es ihm erzählt hatte, wollte er es einfach nicht wahrhaben. Er wusste zwar, dass seine Schwester eine gewisse Skrupellosigkeit inne hatte, aber Mord? Doch jetzt war es Gewissheit.

„Ich frage dich jetzt noch einmal“, fuhr der Pfarrer fort, als er keine Antwort bekam. „Warum musste sie sterben?“

„Weil sie sonst alles kaputt gemacht hätte!“, schrie zu Helmsbach-Lippe.

„Also stimmt es.“ Pfarrer Lindemann ließ sich in seinen Stuhl fallen und wurde seinerseits blass.

„Ich konnte doch das Miststück nicht alles zerstören lassen, was ich mir über all die Jahre aufgebaut hatte“, verteidigte sich die Mörderin.

„Was kann so gefährlich sein, dass du einen Menschen töten lässt?“, wollte der Pfarrer wissen.

„Töten lässt, pah!“, stieß sie plötzlich böse aus. „Selber musste ich es machen!“

„Was sagst du da?“

„Die Männer Möhnrings waren doch alles Versager. Sie haben es nicht mal hinbekommen, ein kleines Offenbacher Mädchen zu erstechen.“

Der Pfarrer bekam Angst vor seiner Schwester. Ihr Gesicht bekam seltsame Züge. Sie starrte vor sich hin und schien dem Irrsinn anheim zu fallen. Sie kicherte irre und fuhr fort: „Man stelle sich das einmal vor. Da gibt man einem Mörder den Auftrag, seine Arbeit zu machen und dann muss man es am Ende selbst tun.“

„Was meinst du?“, wollte Lindemann wissen.

„Ich habe sie mit meinen eigenen Händen umbringen müssen. Hier im Dom!“

„Oh mein Gott!“

„An diesem Abend habe ich sie hierher gelockt, die kleine Dirne. Sie wollte alles kaputt machen.“ Henriettes Blick wurde leer.

„Was wollte sie denn kaputt machen? Was hatte sie in der Hand gegen dich? Was hast du denn noch Schlimmes getan?“

„Sie war schwanger!“

„Ja und?“

„Von meinem Mann.“

Jetzt verstand der Pfarrer. Otto zu Helmsbach-Lippe hatte eine folgenschwere Affäre mit Maria Wenger gehabt. Und seine Schwester befürchtete daraufhin den Verlust ihres Ansehens in der Frankfurter Gesellschaft. Für Henriette zu Helmsbach-Lippe ein unerträglicher Gedanke.

„Ist Otto auch in die Sache verwickelt?“, wollte Lindemann wissen.

„Nein, er weiß nichts davon.“

„Was hatte Franz mit der ganzen Sache zu tun?“

Bei diesem Stichwort brach die Mörderin in Tränen aus. „Ich habe ihn benutzt. Er ...“, sie musste sich unterbrechen, um ein Schluchzen abzuwarten. „Es tut mir leid, er war so ein guter Junge. Aber ich konnte ihn nicht retten.“

„So, jetzt mal langsam.“ Er reichte ihr ein Tuch. „Erzähl mir alles. Von Anfang an.“

Henriette zu Helmsbach-Lippe schniefte geräuschvoll in das Taschentuch und begann, sich ihre Sünden von der Seele zu reden.

„Eines Tages kam Maria zu uns nach Hause. Ich war gerade im oberen Stockwerk und habe es nicht gleich mitbekommen. Ich wollte kurz darauf aus dem Haus gehen. Als ich im Erdgeschoss an der Bibliothek vorbeikam, hörte ich Otto schreien. Neugierig geworden, bin ich zur Tür und wollte nach dem Grund forschen. Kurz bevor ich die Tür öffnen konnte, hörte ich eine mir wohl bekannte Frauenstimme. Es handelte sich um die Tochter dieses Alfred Wengers, der uns mit seinen Geschäftsideen beinahe in den Ruin getrieben hatte, wie sich selbst.“

Henriette putzte sich geräuschvoll die Nase und fuhr dann fort.

„Ich lauschte, was dieses Biest von meinem Mann wollte. Dabei erfuhr ich, dass sie Geld forderte. Wenn er nicht zahle, würde sie in der ganzen Stadt von ihrer Affäre erzählen und dem Kind, dass sie unter ihrem Herzen trug. Ich war entsetzt. Das hätte uns einen fürchterlichen Leumund eingebracht."

„Was hat Otto zu dem Erpressungsversuch gesagt?"

„Ich weiß es nicht. Ich konnte dem Gespräch nicht weiter zuhören, da eine Magd den Flur betrat und ich nicht beim Lauschen erwischt werden wollte. Aber das spielt keine Rolle. Sie hätte irgendwann geredet."

„Und deshalb hast du sie dann ermordet?"

„Ich war mir sicher, dass sie ihr kleines, vorlautes Maul nicht halten würde. Ich musste sicher sein, dass sie schweigt. Für immer!"

„Also bist du zu Möhnring gegangen?"

Henriette nickte. „Genau. Man sagte mir, dass er solche Sachen regeln konnte. Ich hatte mich ein wenig in den dunkelsten Kneipen der Stadt umgehört. Immer wieder fiel sein Name. Deshalb bin ich zu ihm gegangen. Er versprach mir, sich darum zu kümmern. Alles, was ich tun musste, war, dafür zu sorgen, dass Maria zu einem bestimmten Zeitpunkt am Dom sein musste."

„Und dafür bezahlen", fügte Lindemann hinzu.

„Ja. Eine Menge Geld hat das gekostet. Aber es war es mir wert. Ich lockte also Maria an diesem Abend zum Dom, indem ich ihr eine fingierte Nachricht von Otto zukommen ließ. Sie sollte auf dem Weg dorthin abgefangen und ermordet werden, so wie es oft bei Überfällen in der Altstadt passiert. Gut, dass ich an diesem Abend im Dom war. Ein Gefühl sagte mir, dass ich besser in der Nähe sein sollte, falls etwas schief geht. Wie sich herausstellte, hatte mich mein Gefühl nicht getäuscht. Dieser Stümper hatte sie nämlich entwischen lassen. Maria flüchtete verletzt in den Dom und fiel ausgerechnet Franz in die Arme. Der arme Tropf hatte mich ja unbedingt begleiten müssen. Ich hatte noch versucht, ihn umzustimmen. Wie hätte ich ihm den erklären sollen, dass er ausgerechnet an diesem Abend zu Hause bleiben musste, wo er doch sonst immer dabei war? Als er Maria fand, rief er nach mir."

Sie machte eine kurze Pause, die sie dazu nutzte, sich die Nase erneut zu putzen.

„Als ich sie erkannte, war mir klar, dass ich sie töten musste. Also schickte ich Franz los, etwas Verbandszeug zu holen, das ich angeblich in meinem Arbeitszimmer in der Pfarrei hatte. Das war natürlich nur ein Vorwand, um ihn loszuwerden. In der Zeit, in der Franz weg war, holte ich einen Kerzenleuchter vom Altar und erschlug Maria."

Der Pfarrer bekam eine Gänsehaut. Er stellte sich vor, dass er die ganze Zeit Gottesdienste unmittelbar neben einer Mordwaffe gehalten hatte, ohne es zu merken.

Henriette redete weiter. Jetzt war es an der Zeit reinen Tisch zu machen.

„Alsbald kam Franz zurück, natürlich ohne Verbandszeug. Stattdessen hatte er diese Decke dabei, in die wir Maria einhüllten. Ich log ihn an, dass Maria während seiner Abwesenheit verstorben war und machte ihm weiß, dass die Leiche verschwinden musste, da man ihm, als eindeutig Schwachsinnigen, sonst einen Mord anhängen würde. Er glaubte mir natürlich und bekam es mit der Angst zu tun. Ich befahl ihm, die Leiche irgendwo im Dom zu verstecken; am besten im Glockenturm. Dort sollte er bis spät in die Nacht warten und dann die Leiche nach Sachsenhausen bringen, wo er sie im Garten vergraben sollte. Ich erhoffte mir davon, dass des Nachts weniger Menschen auf der Straße wären, die ihn sehen könnten. Derweil machte ich mich auf den Weg nach Hause. Als er die tote Maria nach oben geschleppt und im Glockenraum abgelegt hatte, schlief er, während er auf die späteren Stunden wartete, ein, der Dummkopf. Dann wurde er vom Türmer überrascht, aber zum Glück nicht entdeckt. Als der Türmer auf dem Weg zur Polizei war, zerrte Franz die Leiche dann über den Dachboden und das östliche Treppenhaus nach unten und warf sie in einen Karren."

„Jetzt weiß ich auch, wer sich den Karren genommen hat", murmelte der Pfarrer.

„Er hatte aber die Kolter, in die wir die Tote eingewickelt hatten, zurückgelassen. Mir fiel ein, dass auf dieser Decke unser Wappen eingestickt war. Also schickte ich ihn wieder zurück, um sie zu holen. Doch der Türmer war schneller. In der Nacht vergrub er den Körper im Garten, doch nicht tief genug. Er war halt nicht besonders klug, der Junge."

Sie senkte den Blick. Lindemann bemerkte, dass es ihr um Franz wirklich leid tat.

„Ich ging zu Möhnring, um mich über die schlechte Arbeit zu

beschweren. Doch für ihn wurde Franz zum Spielball. Er schob ihm alles in die Schuhe, beauftragte jemanden, ihn zu töten und es wie Selbstmord aussehen zu lassen. Ich war dagegen, aber er handelte eigenmächtig. Die Sache lief aus dem Ruder. Ich konnte es nicht mehr stoppen. Dann bohrte dieser Türmer immer weiter nach und fand in dem Polizisten auch noch einen Verbündeten. All mein Einfluss bei den Stadtoberen schien zu verpuffen. Die beiden ließen einfach nicht locker. Wieder kümmerte sich Möhnring darum. Spätestens nach dem Mordversuch an Niemann wusste ich, dass ich mich auf ein sehr gefährliches Spiel eingelassen hatte. Ich wollte es beenden, bevor ich nicht auch noch sein Opfer wurde und traf mich deshalb letzte Woche mit ihm."

„Und dabei hat er gedroht, alles der Polizei zu erzählen und erpresst dich seitdem."

Henriette zu Helmsbach-Lippe nickte beschämt.

Beide schwiegen eine Weile.

Pfarrer Lindemann musste das Gehörte erst einmal verarbeiten. Er war schockiert, zu was seine Schwester fähig war. Doch noch mehr schockierten ihn die Worte, die als Nächstes aus ihrem Mund kamen.

„Also, wann kann ich das Geld haben, Peter?"

Lindemann starrte seine Schwester an. Er konnte es nicht glauben. Sie ging einfach zur Tagesordnung über.

„Ich werde dir das Geld nicht geben", sagte er langsam.

Plötzlich war seine Schwester wieder ganz die Alte.

„Oh, doch. Das wirst du. Du willst doch nicht, dass dir ein Leid geschieht. Und obendrein wird die Frankfurter Presse sich über die Geschichte mit dem Jungen vom Schwan freuen. Über mein Geständnis reden, darfst du ja nicht. Das Beichtgeheimnis hält dich davon ab."

„Welches Beichtgeheimnis?" Lindemann schien nicht zu verstehen.

„Ich habe dir soeben meine Sünden gebeichtet, die du als Pastor für dich behalten musst und niemandem erzählen darfst. Also brauche ich mir keine Sorgen zu machen, dass du zur Polizei gehst und irgendetwas darüber erzählst. Denn das würde deine kirchliche Karriere beenden." Siegesgewiss grinste sie ihren Bruder an.

Doch der ließ die Falle zuschnappen.

„Das war keine Beichte, meine Liebe“, klärte er seine Schwester auf.

„Was?“

„Erstens haben wir nie vereinbart, dass es sich um eine Beichte handelt und zweitens muss man bei einer Beichte alleine sein.“

„Was? Alleine? Aber ich sehe hier nur dich und mich.“

„Was du siehst, Henriette, spielt keine Rolle“, sagte der Pfarrer und erhob die Stimme. „Meine Herren, ich hoffe, Sie haben alles mitbekommen.“

„Oh ja, das haben wir“, sagte Schuhmann und trat aus seinem Versteck hervor.

„Das kann ich nur bestätigen“, sprach der Türmer und trat ebenfalls hervor.

Die ganze Zeit über waren sie verborgen durch einen Paravent, der hinter dem Pfarrer in einer dunklen Ecke des Raumes stand, und hatten dem Geständnis der Mörderin gelauscht.

„Ich denke, das wird für eine Anklage genügen“, resümierte Schuhmann. „Frau Henriette zu Helmsbach-Lippe: Sie sind verhaftet wegen Mordes an Maria Wenger.“

Epilog

„Diesmal trinken wir aber nicht so viel wie beim letzten Mal, Gerd."

„Was kann ich denn dafür, dass du das Stöffche nicht verträgst?", konterte der Kommissar.

Die beiden Freunde standen mit vollen Apfelweingläsern auf der Aussichtsplattform des Domes und genossen die milde Spätsommerluft. Felix der Kater streifte um die Beine des Feuerwehrmanns. Seit er die Katze gesund gepflegt hatte, war sie ihm ein treuer Gefährte geworden. Niemann stellte sein Glas auf der Brüstung ab und nahm seinen vierbeinigen Freund auf den Arm. Er streichelte den Mäusefänger geistesabwesend, was dieser mit einem lauten Schnurren guthieß. Hinter dem Taunus verabschiedete sich die Sonne in einem Glutball und tauchte die Stadt in ein romantisches Licht.

„Wann wird sie hingerichtet?", fragte der Türmer zwischen zwei Schlucken des erfrischenden Getränkes.

„Übermorgen", blieb der Kommissar einsilbig.

„Nur schade, dass Möhnring den Braten gerochen hat und abgehauen ist."

„Den kriegen wir auch noch, keine Sorge."

Schuhmann war müde. Ihm steckte immer noch der aufsehenerregende Prozess in den Gliedern. Henriette zu Helmsbach-Lippe hatte ein Bild des Jammers abgegeben. Man hatte die Geschichte genüsslich in den Gazetten der Stadt breitgetreten. Man äußerte auch Mitleid mit der gefallenen Wohltäterin. Doch sie wurde am Ende ihrer gerechten Strafe zugeführt.

Schuhmann hatte eine Beförderung und Niemann eine Abmahnung erhalten. Doch dem Türmer war es reichlich egal. Er hatte nach seinem Gewissen gehandelt und endlich seinen Seelenfrieden gefunden. Wenn er darüber nachdachte, kam er zu dem Schluss, dass er jederzeit wieder so handeln würde.

Übersetzung der typisch hessischen bzw. Frankfurter Begriffe in diesem Roman

Anscheints	Scheinbar, dem Anschein nach
Babbeln	Reden, Sprechen
Babbsack	schleimiger Mensch
Bedubbe	betrügen, belügen
Bembel	Tongefäß, in dem Apfelwein serviert wird
Bobbelsche	kleines Kind
Dadefier	dafür
Dappen	Laufen
Dilldaab	Dummkopf
Dollbohrer	schusseliger Mensch
Dormelisch	Schwindelig, komisch anfühlen
Dörrfleischreisender	(unübersetzbar!)
Dribbdebach	Andere Seite des Flusses
Dubbe	Spleen, Knall, Verrückt sein
Geripptes	typisches Apfelweinglas
Hä?	Entschuldigen Sie bitte, ich habe das nicht richtig verstanden, könnten Sie das bitte noch einmal wiederholen?
Haddekuche	Frankfurter Gebäck
Knorres	mürrischer Mensch
Kolder	Wolldecke
Morz	viel, beeindruckende Anzahl
Offenbach	verbotene Stadt
Rabbel	verrückt werden
Schlabbe	Hausschuhe oder schlurfender Gang
Schnösel	vornehmer Mensch

Besonderer Begriff:

Kerschelbauern	am besten mit Müllabfuhr zu erklären

Danksagungen

Ohne tatkräftige Unterstützung kann ein Buch nicht entstehen. Bis es in den Handel kommt, arbeiten viele Menschen an seiner Entstehung. Allen Beteiligten an diesem Buch sei hiermit mein tiefster Dank für die wunderbare Unterstützung ausgedrückt.

Normalerweise hebt man in einem guten Team nicht einen Einzelnen hervor. Doch besondere Leistungen erfordern besonderes Lob. Reiner Michel sei hier in dieser Kategorie erwähnt. Nur durch seine Einfälle und Denkanstöße bei unzähligen „Pausentees" am Gartenzaun, bis tief in die Nacht hinein, war es Heinrich Niemann überhaupt vergönnt, den Mordfall zu lösen. Ihm gebührt mein größter Dank!

Röschen-Verlag

Autor: Meddi Müller

ISBN: 978-3-9809915-9-9
Preis 11,95 Euro / SFr. 22,20

Der Gewürzhändler zu Frankfurt

Frankfurt Mitte des 17. Jahrhunderts. Arthur ist ein einfacher fahrender Händler entlang von Main und Rhein, bis ihm ein Unwetter Hab und Gut raubt. Er wird von einem Flörsheimer Gutsherren gerettet und verliebt sich in dessen Tochter Elisabeth. Nach einem Streit mit Arthur willigt Elisabeth in die von ihrem Vater arrangierte Hochzeit mit einem französischen Adligen ein. Zu diesem Zeitpunkt ist sie jedoch bereits schwanger. Als Elisabeths Ehemann von dem Kind erfährt, muss Arthur das Gut fluchtartig verlassen. Sein Weg führt ihn zurück in seine Geburtsstadt Frankfurt, in der er den Gewürzhandel erlernt und sich schnell in den Kreisen des gehobenen Bürgertums etabliert. Als er Elisabeth und den gemeinsamen Sohn aus den Fängen des Adligen befreit, scheint das Glück perfekt. Doch die Ereignisse nehmen eine Wendung, die Arthur in sein größtes Abenteuer stürzen: Die Seereise nach Indien.

Autor: Frank Demant

ISBN-13: 978-3-9809915-3-7
Preis 10,00 Euro / SFr. 18,50

+++Tagesgeschäfte+++

Das vorliegende Buch beruht auf einer wahren Begebenheit, die sich im Umfeld des Autors zugetragen hat. Das couragierte Verhalten eines unbedeutenden Sachbearbeiters entwickelte sich zum wohl teuersten Mobbing-Fall in der Geschichte der Bundesrepublik Deutschland.

Es ist eine Hommage an all diejenigen, die trotz größter Repressalien den Blick für Recht und Unrecht nie aus den Augen verlieren.

Elend in Kambodscha

Wie jedes Jahr entfloh ich, Autor und Verleger Frank Demant, auch im Februar 2009 dem hiesigen Winter. Diesmal ging's nach Kambodscha. Neben der größten Tempelanlage der Welt, Angkor Wat, war ich besonders von einem Konzert samt Filmvorführung des Schweizer Arztes und Cellisten Beat Richner in Siem Reap nachhaltig beeindruckt, der sein Leben den Müttern und ihren kranken Kindern dieses von Kriegen verwüsteten Landes widmet und opfert. Dr. Beat Richner ist es gelungen, eine der effektivsten Hilfsorganisationen (keine Korruption, kaum Verwaltungsaufwand, deswegen auch mehrere Auszeichnungen) globusweit ins Leben zu rufen. So, wie viele andere Menschen in Deutschland auch, hat mich vom Spenden meist die Tatsache abgehalten, daß oft nur ein Bruchteil des Geldes bei den wirklich Bedürftigen ankommt. Dies hat sich nun geändert – es gibt keine Ausreden mehr.

Wenn auch Sie (wie ich auch) hin und wieder für einen guten Zweck spenden möchten, so informieren Sie sich bitte über das Tun und Wirken von Dr. Beat Richner auf folgender Website:

www.beat-richner.ch

Jeder Euro zählt und hilft.

Viele Grüße und ‚Danke' für das Lesen dieser Zeilen

Röschen-Verlag

Autor: Frank Demant

ISBN-13: 978-3-9809915-0-6
Preis: 9,30 Euro / SFr. 17,70

Simon Schweitzer - immer horche, immer gugge

Autor: Frank Demant

ISBN-13: 978-3-9809915-1-3
Preis 9,30 Euro / SFr. 17,70

Simon Schweitzer - Geiseldrama in Dribbebach

Autor: Frank Demant

ISBN-13. 978-3-9809915-2-0
Preis 9,30 Euro / SFr. 17,70

Simon Schweitzer - Tod im Ebbelwei-Expreß

Autor: Frank Demant

ISBN-13: 978-3-9809915-4-4
Preis 9,45 Euro / SFr. 18,00

Simon Schweitzer - die Leiche am Eisernen Steg

Röschen-Verlag

Autor: Frank Demant

ISBN-13: 978-3-9809915-6-8
Preis 9,30 Euro / SFr. 17,70

Simon Schweitzer - Opium bei Frau Rauscher

Herr Schweitzer, Privatier aus Leidenschaft, lebt gerne in den Tag hinein. Die Nacht widmet er intensiv der Sachsenhäuser Kneipenszene. Um diese Ausschweifungen zu finanzieren, spielt er mit dem Gedanken, eine Detektei zu gründen.

Von einer Urlaubsbekanntschaft aus Laos erhält Herr Schweitzer seinen ersten Auftrag und wird versehentlich Zeuge eines Mordes aus Eifersucht. Doch je mehr Details die Frankfurter Kripo ans Tageslicht zerrt, desto weniger glaubt er an das, was er mit eigenen Augen gesehen hat.

Autor: Frank Demant

ISBN-13: 978-3-940908-03-2
Preis 9,45 Euro / SFr. 18,00

Simon Schweitzer - Verschollen im Taunus

In Unterwäsche erwacht Herr Schweitzer, seines Zeichens Detektiv und Privatier aus Leidenschaft, leicht verletzt in Nachbarschaft zu einem enthaupteten Bösewicht fern jedweder Zivilisation im Taunus. Ein kleiner temporärer Gedächtnis- schwund erschwert die Ursachenforschung.

Derweil ist in Frankfurt die Hölle los. Ein russischer Milliardär würde sich gerne den hiesigen Fußball-Bundesligisten unter den Nagel reißen, was aber von einem aufmerksamen Sportjour- nalisten recht fix aufgedeckt wird.

Und irgendwie hat das eine mit dem anderen zu tun.

Röschen-Verlag

Autor: Wolfgang Fienhold

ISBN-13: 978-3-940908-00-1
Preis 9,80 Euro / SFr. 20,30

Kaputt in Frankfurt

Harry 1968: Er ist jung, groß, wild, unglaublich attraktiv, dazu mit einem außergewöhnlichen IQ ausgestattet, ein Spieler, Genießer, Biertrinker, Frauenversteher – kurz: ein Liebling der Götter. Für ihn gelten nur seine Regeln; er will alles und das sofort, als da wären Geld, Gold, schnelle Autos, Frauen, Partys, Sex, Drugs und Rock'n'Roll. Sein Leben ist eine Achterbahnfahrt zwischen Kick und Absturz. Die Frauen reiht er auf wie Perlen auf einer Kette, da gibt es die edel schimmernden echten und auch die hässlichen Imitate. Insbesondere interessieren ihn Unregelmäßigkeiten – jedenfalls lässt er keine Dame auf der Bettkante schmoren. Dass dies buchstäblich in die Hose gehen kann, beweist eine der Durchgeknallten, als sie seine Genitalien mit einer großen Schere tranchieren will. Aus purer Not würgt er sie, bis sie keinen Mucks mehr macht und, wie er annimmt, tot ist. Es folgt eine Flucht aus Deutschland mit dem ganz festen Entschluss, nun wirklich seriös zu schreiben. Natürlich kommt bei Harry alles anders, als er plant. Erneut ergeben sich Verwicklungen und Abenteuer.